Das Minutenbuch Band IV
Die Tagwache 12-16 Uhr
Abu Carola
أبو كارولا

Das Minutenbuch

Band IV

Die Tagwache

12-16 Uhr

أبو كارولا

Abu Carola

© 2020

ابو كارولا
Abu Carola
Das Minutenbuch Band IV
Die Tagwache
12-16 Uhr
Titelbild: Armbanduhr, **ابو كارولا** Abu Carola
Satz und Gestaltung: **ابو كارولا** Abu Carola
Herstellung und Verlag: BoD – Books on Demand, Norderstedt
ISBN: 9783751983150

Bibliografische Information der Deutschen Nationalbibliothek:
Die Deutsche Nationalbibliothek verzeichnet diese Publikation in der Deutschen Nationalbibliografie; detaillierte bibliografische Daten sind im Internet über http://dnb.dnb.de abrufbar.

Das Minutenbuch Band IV
Die Tagwache 12-16 Uhr

12:00 Uhr ndr
Bernd Alouis Zimmermann – Im Geist sind die Dinge nicht voneinander entfernt, nicht zeitlich-räumlich getrennt, sondern Nachbarn. Und in der Liebe Gottes Nachbarn.

12:01 Uhr nfd
einhundertundachtundreizig geistliche begafften im zoo die affen durch gitter, schauten sich einander an und es schien als bahnte sich bei beiden die frage an: wer, bitte schön, ist jetzt hinter gittern?

12:02 Uhr
PETERS EIERLEGENDE GÖTTER

Der Chor feierte nach dem Gottesdienst am Zweiten Sonntag im neuen Jahr *Nieuwjaarborrel* – ein geselliges Beisammensein im Haus eines Chormitgliedes mit Umtrunk und kleinen leckeren Happereien, Fingerfood. Meine Frau und ich waren nicht die Ersten, aber doch sehr früh da und noch viele Plätze frei. Am hellsten und freundlichsten erschienen mir die Sessel im Erker, die wurden gerade frei. Ich nahm dort Platz. Ein älteres Ehepaar saß neben mir. Mit meinem Anfängerniederländisch kamen wir ins Gespräch. Ein Mitsänger im Baß gesellte sich dazu. Er ist Chemiker und interessiert sich für Geologie. Ich erzählte von dem Besuch im Übersee-Museum in Bremen. Dort hatten wir gesehen, dass eine deutsche Delegation in Ozeanien eine Insel als Kolonie beanspruchte, wo sie Phosphat entdeckt hatten. Mir war das ein Rätsel, wie kann man das auf einer Insel feststellen? Peter erklärte es mir. Er erklärte noch mehr. Er holte weit aus. „Als zwischen den Jahren Neunzehnhundertundeins und Neunzehnhundertundzwölf die Fahnen der verschiedensten Länder auf dem Südpol steckten, war die Erde erforscht. Es gab keine weißen Flecken mehr. Da ging ein Beben durch die Welt. Die expandierenden Kräfte stießen aufeinander. Es war kein Raum mehr da, in den sie ausweichen konnten. In Literatur, Malerei und Musik ist dieses Erdbeben wahrgenommen worden und hat sich in Politik und Gesellschaft ausgewirkt. Die Menschen haben die Götter und das Unendliche in sich aufgenommen und spielen deren Rollen mitsamt ihren Eigentümlichkeiten aus. Die alles übersteigende Gewalt des Zeus bzw. Jupiter wird von Menschen und Staaten beansprucht und umgesetzt bis zum gnadenlosen Ende. Die Erde hat gar nicht Raum und Platz genug, damit alle Götter zum Zuge kommen. Und wahrscheinlich hat noch längst nicht jede Gottheit ihr Ei gelegt. Es wird Götter geben, die darauf dringen, dass sie auch endlich zum Zuge kommen. Sie werden schreien und ihr Recht einfordern. Das Leben auf dem Mars wird wie ein Zwang verwirklicht werden, weil die Götter erzwingen, sich ausleben zu können." Die eierlegenden Götter. Während er vom Beben Anfang des Zwanzigsten Jahrhunderts sprach dachte ich an die expressionistisch genannte Lyrik der Vorkriegszeit:

Weltende

Dem Bürger fliegt vom spitzen Kopf der Hut,
In allen Lüften hallt es wie Geschrei.
Dachdecker stürzen ab und gehn entzwei,
Und an den Küsten – liest man – steigt die Flut.

Der Sturm ist da, die wilden Meere hupfen
An Land, um dicke Dämme zu zerdrücken.
Die meisten Menschen haben einen Schnupfen.
Die Eisenbahnen fallen von den Brücken.
Jakob von Hoddis

12:03 Uhr näd
Wenn Frauen einem zulächeln – ob das aus Freundlichkeit, Lebensfreude geschieht oder manchmal auch, um sich Menschen, vor allem Männer vom Leib zu halten, sie quasi gnädig zu stimmen, damit sie auf Distanz bleiben?

12:04 Uhr cft
VERTRAUEN ALS ERGÄNZUNGSVERMÖGEN

Vertrauen vermag bei einer gestörten Persönlichkeit das Fehlende zu ergänzen zu einer geheilten und womöglich später auch heilenden Persönlichkeit.

12:05 Uhr cft

Christus – der „mit dir lebt und Leben schafft". So ein Priester in der Unterkirche in Steyl. Statt, wie es die Liturgie vorschreibt: „der mit dir lebt und herrscht in Ewigkeit". Derjenige, der Leben schafft – das ist das Regiment, die Regierungsart, die Herrschaft Jesu Christi.

12:06 Uhr cft

Wenn Menschen die Langmut Gottes leben, gelten sie als langweilig. Ist diese Langmut darum ein gutes Maß für Gewalt? Also für alles, das diese Langmut nicht aushält und vermeint Abkürzungen nötig zu haben?

12:07 Uhr
BEEILUNG ODER SCHLENDRIAN?

Am Gleis Sieben, Hauptbahnhof. Diesmal fuhr der Intercity-Express pünktlich. Der Zwölf-Uhr-Zug war schon weg. Das ist ein innerer Streit: Soll ich darauf drängen so früh wie möglich wegzukommen und alles dafür zu tun, um die nächstbeste Gelegenheit abzufahren zu erwischen oder nicht? Erschreckendes Beispiel: Familien, die alles daran legten, bei der Flucht die Gustrow zu erreichen und andere, die am Ufer, beim Ablegen des Schiffes damit haderten, zu spät gekommen zu sein: Diese überlebten, jene ertranken, die meisten jedenfalls. Meine Weg: Nichts erzwingen. Versuche, früher wegzukommen nicht versäumen, aber nicht auf jeden Fall es darauf ankommen zu lassen. Argument: Nicht weil der ehere Zug mehr verschont werden würde als der ursprünglich geplante – es kann auch umgekehrt sein, was niemand weiß. Das Argument ist: Ich möchte nicht hadern müssen, „hätte ich doch nur..." oder „warum habe ich nicht...": Wenn's ein Problem gibt, ist das – in der Regel – groß genug, um alle Kräfte zu binden, damit umzugehen. Das muss nicht noch erschwert werden dadruch, dass ich damit hadere. Also: Meine Gelassenheit bewahren. Und dafür Gelegenheiten nicht versäumen!

12:08 Uhr näd
AM TELEFON

Irgendwann fiel es mir auf: Es klingelt gar kein Telefon! Es hat Zeiten gegeben, da war ich zutiefst gekränkt, wenn keines erklang. Und zu anderen, da konnte ich Gift darauf wetten, dass genau dann, wenn ich mich gerade für ein kurze Pause hinlegte, das Telefon ging. Als ich im Oberbergischen meine Doktorarbeit fertigstellte, hatte meine Frau den Dienst übernommen, zur Tür und zum Telefon zu gehen. Einen Telefonbeantworter lehnten wir ab. Später ersann ich eine Ansage, die mir den Alltag tatsächlich leichter machte und hechtete nicht jedem Anruf hinter her, ihn nur ja nicht zu verpassen, ganz gleich wo ich gerade war. Das Telefon war geradezu meine Berufsdefinition: Der, der immer erreichbar ist. Selbst mitten in der Nacht. Auch als es laufend der Fall war, dass ein Jugendlicher mich mitten in der Nacht anonym anrief und lange gar nichts sagte bis wir uns nach über einem halben Jahr endlich in Köln verabredeten. Ich hatte zur Sicherheit noch jemand als Zeugen mitgenommen. Es kam zu keiner Begegnung. Und zu keinen weiteren Anrufen dieser Person. Gebraucht zu werden, tat gut. Und wenn kein Telefon ertönte, stieg das ungute Gefühl auf, zuwenig in der Gemeinde und für die Gemeinde getan zu haben. Wer würde sich nicht alles über einen Besuch freuen? Und dann schlug die Logik der Gleichbehandlung zu: Wenn ich aber den besuche und nicht auch den, das gilt nicht. Und wenn ich die besuche, dann muss ich auch den und den besuchen. Womit aber fange ich an? Das Telefon läutet. Gott sei Dank. Problem gelöst.

Schon seit mehr als Zwei Jahren geht kein Telefon mehr, jedenfalls kein dienstliches. Und ich vermisse es nicht. Obwohl ich nicht mehr gebraucht werde. Aber ich bin auch kein Pfarrer mehr im gemeindlichen Dienst. Da ist etwas merkwürdig. Warum konnte ich in der Gemeinde, keinen normalen, freien Umgang mit dem Telefon einüben? Weil die Ansprüche zu groß und zu unterschiedlich waren. Und ihnen in keiner Weise nachzukommen, bedeutete Stress. Termine, Gespräche, wie man die Kuh vom Eis holt, Sitzungen, Protokolle, Abberufung. Dieser Film lief ganz oder stückchenweise im Inneren ab, aber immer irgendwie gleich. Kein Vergnügen. Aber was band mich daran? Es so zu erleben? Sicherlich die verletzende Erfahrung aus der Gemeinde im Obernbergirschen, die mich abberufen wollte. Aber das lag Jahre zurück. Manches braucht länger um zu heilen. Vor allem auch, weil ich mir die Zeit zum Heilen dafür nicht genommen hatte. Ich hätte auch nicht gewusst wie. In Steyl habe ich es erlebt, wie es möglich gewesen wäre.

Nun bin ich nach Zwei Jahren Steyl in Kairo. Statt an der Maas entlang zu gehen, nur eine Verkehrsader Europas, streife ich an Zwei großen Verkehrsadern Afrikas vorbei, beides Zubringer zum Suez-Kanal, die Afrika mit Asien verbindet.

12:09 Uhr när
Neben dem Schulwesen gibt es in Ägypten ein regelrechtes Nachschulwesen. Eine Familie, so hören wir, könne sich ein neues Haus für Sieben Millionen ägyptische Pfund leisten, pro Jahr zahlt er eine Million ägyptische Pfund ab, eingenommen aus der Nachhilfe. Eine Stunde Nachhilfe im Gruppenunterricht zwischen Zehn bis zwanzig Kindern kostet die Eltern ca Zweihundert ägyptische Pfund.

Es ist schon eine Zeit her, vor dem Kursverfall, als die Währung über Nacht nur noch halb soviel wert war: Einem Lehrer war es zu dumm. Er wollte weniger Nachhilfe geben und hob den Preis an. Statt Einhundert Ägyptische Pfund jetzt Einhundertundfünfzig Pfund. Er bekam mehr Anmeldungen. Er verlangte Zweihundert Pfund – und es meldeten sich noch mehr an. Die Eltern dachten: Wenn er so teuer ist, dann wird er besonders gut sein!

12:10 Uhr när
Polymetrik: An meinem Schreibtisch zwischen Zwei geöffneten Fenstern höre ich Zwei Predigern aus ihren Moscheen und mit ihren Lautsprecheranlagen bei ihren Gesängen zum Freitagsgebet zu. Wenn ich besser Arabisch verstehe ist meine unschuldige Unwissenheit auch vorbei.

12:11 Uhr ndr
Café am Niederrhein. Vier Damen am Tisch nebenan erzählen sich Geschichten, ich schreibe am tragbaren Computer und im Tagebuch. Ich weiß nicht, seit wann sie dort sitzen. Jetzt erzählen sie Selbsterlebtes, vor etwa einer Stunde fast ausschließlich noch Fremderlebtes: Aus Fernsehen, Zeitschriften, Talkshows. Aber vielleicht gehört das zusammen. Erst wenn man sich vergewissert hat, dass und wie zugehört wird, wird erzählt, womit man sich sonst äußerst verletzbar macht.

12:12 Uhr nfr
Pulheim, öffentliches Fasten für eine atomwaffenfreie Welt. Ist darum die Resonanz auf die Opfer der Atombombenabwürfe auf Hiroshima und Nagasaki nicht gerade überwältigend, weil eine Trauer um die Bombenopfer der eigenen Städte noch nicht wirklich angefangen hat? Wo werden deren Namen verlesen? Von Dresden, Magdeburg, Berlin Hamburg, Krefeld – Krefeld, wie ich bei einer Station der Fastenaktion dort hörte, wurde Zweimal bombardiert – Köln, Koblenz, Bonn, ja auch Venlo, weil noch von Deutschen besetzt?

12:13 Uhr nfd
Theologentagung, beim Mittagessen, wir sitzen zu Sechst an kreisrunden Tischen. Neben mir ein früherer Kommilitone, etwas älter als ich und längst im Pfarramt. Wir kennen uns aus mehreren Seminaren zum Alten Testament. Wo er denn jetzt sei, frage ich ihn. Er sei bei der Bundeswehr, Militärpfarrer. Und warum, frage ich ihn. „Geld", flüstert er mir zu und macht die sprechende Fingerbewegung von Daumen und Zeigefinder mit seiner rechten Hand. „Du kannst nicht Gott und dem Mammon dienen", sage ich, so dass nicht nur er es vernimmt. „Was ist Mammon?", fragt er. Und ein gelehrtes Gespräch legt sein Gespinst über die Gedanken.

Als ich später selbst Militärpfarrer wurde, begegneten wir uns nicht, seine Zeit war längst vorbei.

12:14 Uhr ndr
Wenn ich den Wagen brauche, fahre ich meine Frau morgens zu ihrer Schule. „Kreuzherrenschule" steht dort in großen Buchstaben auf der Eingangsseite. „In heutiger Zeit", so wir beide im Auto, „müsste sie Jihadistenschule" heißen – damit klar würde, worum es damals ging.

12:15 Uhr ndr
Eine Freundin wenig älter als ich fragte mich, wie es mir damit ginge nicht mehr regelmäßig zu predigen. Ich erzählte von den Morgengebeten, der Laudes, und anderen Gebetszeiten im Missionshaus der Steyler in Steyl, den fast täglichen Eucharistiefeiern, an denen ich teilnehme, wie gut es mir getan hätte, jetzt ja schon über ein Jahr enfach mit anderen solche Andachten und Gottesdienste als Menschlein unter Menschen besuchen zu

können; auch dankbar, wenn ich die eine oder andere Kurz-Auslegung gestalten kann und dass ich mir wünschte auch einmal auf evangelische Weise unter den Brüdern und paar Schwestern Abendmahl zu feiern, aber sicher, das ist – noch – nicht der Fall – das alles sagte ich, aber die Frage beantworten tat ich damit nicht.

Hätte ich geantwortet, dann hätte ich davon reden müssen, wie oft ich im Ersten Jahr in Steyl zu Tränen gerührt war; ich wusste nicht, wie davon meiner Freundin zu erzählen. Und hatte Angst davor. Wovor? Einem Zuviel an Vertrauen?!

Dann hätte ich davon erzählen müssen, wie ich meine eigenen Verstümmelungen wahrgenommen habe. Von den schmerzaften Operationen am Glied im Bundeswehrkrankenhaus, über eine korrigierende Operation einige Jahre später, von dem sexuellen Missbrauch dort im Krankenhaus durch einen älteren Mann, dem ich mein Vertrauen geschenkt hatte; die Schläge von meiner Mutter mit dem Kochlöffel, von meinem Vater mit dem Gürtel, einem Schienbeinbruch, einem Schädelbasisbruch, einem Armbruch, einem Handgelenkbruch, eine Operation am Nabel und eine Nasenpolypenoperation, einer Nierenspende. Stattdessen erzählte ich von Gottesdienstformen und von zuwenig Gemeindebeteiligung und zuviel Pfarrerzentriertheit. Meine Freundin erzählte von einem Gottesdienst im Sommer an dem schon anstelle von Fünf Gottesdiensten an verschiedenen Standorten für die gesamte Gemeinde nur ein einziger stattfand und Acht Menschen da waren: Der Pfarrer, die Küsterin, die Organistin und Fünf aus der Gemeinde. Der Pfarrer zog seinen Talar aus, sie bildeten einen Halbkreis, er setzte sich dazu und es gab Worte im Austausch zwischendrin. Es war gut so.

Darüber sprachen wir. Aber nicht darüber, warum es für mich so wohltuend ist, keine Gottesdienste zu leiten. Wo ich doch sonst sage, dass ich selbst davon am Meisten profitiere. Aber ihre Frage hatte ich mir selbst schon gelegentlich gestellt ohne es gewagt zu haben, nach einer Antwort zu suchen. Owohl ich über meine Berufsmotivation schon einmal nachgedacht hatte, erschien mir diese Frage nicht einladend. Hatte ich Angst? Habe ich Angst? Davor, festzustellen, wieviel vergeblich

gewesen ist. Oder falsch motiviert? Die Chance es im Gespräch mit der Freundin auch mir selbst gegenüber zu klären – ich traute mich nicht.

12:16 Uhr cft

Liebe schafft Zwischenraum und verbindet zugleich, würdigt die Differenz und sucht oder schafft gar das Gemeinsame. Schuld zerstört Raum. Das entsprechende Gefühl ist Angst – eine Reaktion auf die Enge.

12:17 Uhr näd

MAILS

Auf dem Smartphone benutzte ich als Mail-Programm das erstbeste, das mir dort das aufgespielte Programm anbot. Irgendwann – ich suchte eine Mail? – sah ich in meinem Apparat nicht nur meine vom Vortag versandten und empfangenen Mails, obwohl ich sie nicht gespeichert hatte und am PC vom Server abgerufen hatte, wonach sie für gewöhnlich gelöscht werden, sondern noch sehr viel andere, und andere und andere. Mir wurde unheimlich. Ich wechselte sofort das Programm und stieg auf eine andere Software um. Und ich hatte Ruhe. Bis ich vor kurzem eine Mail suchte und eine Mailadresse eingab. Ich schaute nicht gleich nach, die Maschine konnte also rödeln. Und zeigte mir an: Mails und Mails und Mails, alles was ich dieser Person geschrieben hatte oder empfangen, und es waren viele! Aus Interesse gab ich einen Namen ein, den ich gut kannte. Von einer Person, mit der ich schon lange keinen Kontakt mehr hatte. Würde eine Mail auftauchen? Eine? Dutzende! Ich erschrak. Was war passiert? Es betraf seine Ehefrau. Und ich konnte lesen: längst vergangene Einladungen, Sitzungsprotokolle, Infobriefe, Nachfragen, Mails die auf- und erklärten und und und. Trotzdem. Das zu wissen, was es bedeutet, dass Mails wie Postkarten sind und es zu sehen, dass es noch viel schlimmer ist, ist ein Unterschied. Und jetzt: Wechsel ich wieder das Programm? Ich bin nur heilfroh, dass ich mich schon seit Jahren in Mails jeglicher Polemik enthalte oder irgendsonst verletzender oder herabsetzender Äußerungen. Es lag meinem Naturell, wie ich glaubte, gar nicht, ich fuhr gerne hier und da aus der Haut und konnte austeilen. Doch es tat mir auch gut. Trotzdem. Was jetzt: Diese Frage ist noch unbeantwortet. Alle halbe Jahr die Identität wechseln, einfach eine andere Mailadresse verwenden? Oder noch einfacher, Handys tauschen und Mails nachsenden? In Ägypten ist es nicht weniger interessant. Am Tag, nachdem die ägyptische Fußballnationalmannschaft sich zur Weltmeisterschaft in Russland im nächsten Jahr hatte qualifizieren können, war die Seite von Al Jaziera auf einmal nicht mehr gesperrt. Ich las interessiert mehrere Aufsätze und war freudig erstaunt. Schon am nächsen Tag war's vorbei. Da hatte womöglich einer der Beamten vor lauter Freude über den Sieg beim Fußballspiel vergessen den Hebel umzulegen. Es könnte eigentlich dauernd solche Spiele geben!

12:18 Uhr npr

Wissen um die eine Welt in der wir leben. Phänomenale Grundlage: Der Übergang von Privat in die Öffentlichkeit ist nicht die „Meinung", sondern das Zeugen/Empfangen: Die Öffentlichen Folgen des Intimsten: des Geschlechtsaktes: Des Innewerdens von Zweien: Schwangerschaft & Geburt als Geburts- und Entstehungsituation von Öffentlichkeit! Hat nicht bei Königen der Koitus zur Er-Zeugung des Nachfolgers öffentlich stattgefunden?

12:19 Uhr cfr
GEBETSÄSTHETIK

Gottesdienst unter freiem Himmel am Haupttor zum Atomwaffenlager Büchel. Nicht nur einmal, gleich Dreimal beobachtet: Die Worte und Gedanken in den Gebeten waren gut. Regten an. Der Ton war angenehm. Und ich erwartete, dass es damit auch gut sei. War es aber nicht. Kein Moment der Stille. Es kam noch was. Und noch was. Auch gut, ja ausgezeichnet, so dass ich mich fragte, ‚das hätte ich nie gekonnt, so viele Aspekte! Wie machen die das?' Aber es kam noch etwas. Was bedeutet es, dass ich das bei mir verspürte, dass es so stattfand? Kein Genüge finden–wie Jesus es karikierte, ‚die mit den langen Gebeten'?

12:20 Uhr cfr
Jede Minute ist heilig für mich.
Das ist die nicht nazissmusfreie Botschaft der Dauerverewigung mit Bildern und Dokumenten in der virtuellen Welt. Der Einzelne glaubt, er würde sich feiern, in Wirklichkeit wird der Eigentümer dieser Plattform zelebriert. Hier liegt eine optische Täuschung vor: Das Bezeichnete und Bezeichnende wurden vertauscht. Die Wahrheit ist: Jede Minute bist du heilig für Gott. Wo die Gegenwart der Liebe in jedem Augenblick zu Tage tritt, wird das Leben zelebriert, ohne Geld und ohne Zugangsvoraussetzungsexzess, den Accesexzess.

12:21 Uhr ndr
STANDESAMTLICHE HOCHZEIT

Es entbehrt nicht der Komik, dass diese öffentliche Sanktionierung der Möglichkeit von unbezahltem Dauersex immer noch so gefeiert wird. Obwohl die Gesellschaft längst andere Formen dafür gefunden hat.

12:22 Uhr när
Mein ägyptischer Geigenlehrer für arabische Musik kam mir auf die Schliche: Statt irgendetwas Neues einzuüben, baute er sein Stimmgerät auf und ließ mich die Intonation trainieren: B-Dur-Tonleiter. C-Dur-Tonleiter. ??. Ganz simpel? Von wegen! Ich weiß, wo ungefähr die Finger hingehören, doch wohin genau – ich höre es nicht immer richtig! Habe ihm von dem dauerverstimmten Klavier im Elternhaus erzählt und dass ich glaube, dass es mir mein Gehör versaut hat – obwohl ich ja richtig pfeife. Aber in der Regel greife ich Töne zu hoch. Es ist Trauma-Arbeit. Die Konzertmeisterin des Venloer-Symphonie-Orchesters hat mir Ähnliches beigebracht, indem sie mir Stücke mit Doppelgriffen zu üben aufgab. Der Effekt war ähnlich doch ohne Stimmgerät. Hier aber geht es um ein neues, anderes Eichen – oder höre ich etwa ‚G' und ‚A' und ‚F' innerlich schon bei Vierhundertundzweiundvierzig Hertz fürs A? In Ägypten ist Vierhundertundvierzig Hertz üblich. Ich glaube es nicht, die Schwierigkeit bestand auch in Venlo, wo das Orchster mit Vierhundertundzweiundvierzig Hertz spielte. Ein Kantor meiner Gemeinde fragte mich eines Tages nach dem Gottesdienst: „Haben Sie ein absolutes Gehör? Sie

12:22 Uhr

haben ein Lied ohne Hilfe meiner Orgel exakt auf dem richtigen Ton angestimmt!" Ich weiß es nicht.

Mein Kairoer-Geigenlehrer lässt mich die Töne statt mit der steilen Fingerkuppe mit dem aufgelegten ganzen Finger greifen, es sei die russische Schule von Yehudi Menuhin. Ein phänomenaler Unterschied. Meistens klingt es sauberer. Und mein inneres Tonbild für den richtig gespielten Ton ist ein anderes: ‚Lass deinen Finger darauf ausruhen, wo er hingehört! Da drüber und dadrunter muss er wieder arbeiten, sich korrigieren. Lass ihn sich ausruhen und gut ist.'

Ich bin ja eher ein Fleißmensch. Mein Erster Mathematiklehrer am Gymnasium in Bonn hatte in einer Elternsprechstunde meinem Vater gesagt, ich sei genial, ich hatte in Geometrie quasi aus dem Nichts einen Beweis konstruiert, nicht sehr elegant mit einigen Umwegen, aber richtig. Mein Vater fürchtete sich und impfte mir ein: „Genie ist Ein Prozent, der Rest ist Fleiß", womit ich nichts anzufangen wusste: Fleiß worin? In Mathe – Englisch – Französisch – Latein herrschte die Angst. Und ich hatte Angst davor, etwas nicht zu schaffen und war froh, wenn ich wusste, dass etwas mit Fleiß zu bewältigen war – wie meine Dissertation. Aber sie war nicht genial. Und das was daran genial war, versteckte ich in eine Fußnote: Søren Kierkegaards Gnostizismus nach seinem Karriereknick, als ihm eine kirchliche Anstellung von seinem Bischof verwehrt worden war. Ich wuchs mit der eingeflößten Angst vor dem Geniehaften in mir auf. Mein Vater hat es nicht gefördert, im Gegenteil, er versuchte es zu verhindern. In der Arbeit mit Jugendlichen und jungen Erwachsenen hat es der Jugendleiter offenbar gefürchtet und ich fand keinen Lehrer, der mich in irgendeinem Feld förderte, außer mein Doktorvater, der nur wenige Jahre nach der Fertigstellung der Dissertation starb. Intonation!

Während meiner Ausbildungszeit im Ruhrgebiet besuchte ich mit meiner Frau ein Symphoniekonzert in Essen. Eigentlich waren wir nur da, um *Herzogs Blaubarts Burg* von Béla Bartók zu hören, den wir beide sehr mögen. Im Anschluss wurde Beethovens Violinkonzert gespielt. Während ich's hörte vernahm ich deutlich für mich die Botschaft: ‚Mach was du kannst! Und was du kannst, mach! Wie bei jedem, der etwas schafft, es wird einmalig sein. Und was du schaffst, kannst nur du schaffen, zumindest auf diese Weise. Welchen Bestand es

hat, darüber lass andere urteilen. Gräme dich deswegen nicht, sondern schaff!' Das war vielleicht auch der Anstoß, die Doktorarbeit fertig zu stellen. Über die bekannten Anfangshürden und dem alles behindernden Wahn, es von Anfang an sehr gut machen zu wollen – also gar nichts – kam ich mit dem Trick hinweg: ‚Fang doch erst einmal an, später kannst du's immer noch verbessern. Wenn aber nichts da ist, kann auch nichts verbessert werden!' Meine Einleitung zur Arbeit blieb dann trotzdem nahezu unverändert.

Warum erlebte ich es von der Ersten Woche der Verleihung des Doktortitels an, dass dort, wo auf diese Titel geachtet wird, meiner regelmäßig unterschlagen wird, von Anfang an? Weil man in mir den Normalo sah und es nicht verknuserte, dass der so ewas geschafft haben soll, mehr als man selbst? Oder als Folge meiner Gewohnheit, mein Licht unter einen Scheffel zu stellen, aus Angst vor Missgunst?

12:23 Uhr cft
Gewalt ist auf die Liebe eifersüchtig, sie ist zwischen den Menschen präsent. Zwischen den Menschen aber soll Angst und Gewalt sein.

12:24 Uhr cft
Die Zehn Gebote sind Streitweisungen – die Gewalt fern zu halten.

12:25 Uhr -fr
Ich habe noch nie die Frage gehört: „Was haben wir mit Terroristen gemeinsam?" Aus Angst, was dann alles zu Tage träte? Und wir müssten uns selbst in gleicher Weise bekämpfen? Wie in Shakespeares Schreckensstunde im Sommernachtstraum?

12:26 Uhr näd
FOOL

Es fällt mir schwer mich zu konzentrieren. Es liegt nicht an der Musik, die hier im Café läuft. Das bin ich gewohnt. In all den Jahren an denen ich meine Frau an meinem

Pastorensonntag zu ihrer Schule begleitete und im dortigen Café den ganzen Vormittag verbrachte und oft noch viel länger, wo auch fast immer das Radio dudelte, oft noch durchsetzt mit Nachrichten, angestrengt peppig aufgemacht, nicht selten an der Grenze zur Peinlichkeit, wenn es etwas zu berichten gab, was nicht peppig ist.

Liegt es an den beiden großen Tassen Kaffee, die ich hier genossen habe? Zum Ersten Mal in Kairo in einem Bistro? Heute Morgen begleitete ich meine Frau in ihre Schule mit in ihren Unterricht, um dort Aufnahmen zu machen. Die Kinder hatten das Lied eingeprobt, „Alle Kinder lernen lesen". Das nahm ich mehrmals auf und hoffe, es ist etwas geworden, sonst muss ich es noch nacharbeiten.

Und nun –nach alter Gewohnheit – hatte ich mich auf einen Kaffee gefreut um dort richtig gut zu frühstücken und die Literatur zu lesen, die nicht unbedingt zu meinem Pensum gehört aber trotzdem wichtig ist. Damit ich nichts vergesse, hatte ich mir sogar eine Liste angelegt. Und fing also pflichtbewusst damit an. GEORGE PATTERY, S.J., sehr enger Papstberater, *Ahimsa*. Toller Titel, sehr anregender Einstieg, spannend. Aber, ich kann mich nicht darauf konzentrieren. Was lenkt mich ab? Fool. Das ägyptische Nationalgericht. Ein Brei aus dicken braunen Bohnen, lang und bei niedriger Hitze gekocht, mit Zitrone gewürzt und einer Mischung aus Gewürzen, die jeder als sein Geheimnis verwahrt, so dass es soviele verschiedene Arten wie Köche gibt, aber immer mit einem wunderbaren Geschmack. Wenn man nicht unweigerlich in recht kurzer Zeit davon satt werden würde, eindeutig Suchtcharakter. Und das Erstaunliche: Es hält vor. Für einen ganzen Tag bis zum Abend. Ohne Hungergefühle. Als mir das ägyptische Freunde erzählten, konnte ich es zuerst nicht glauben. An den ersten Tagen in Ägypten bekam ich in der Einrichtung, wo wir die ersten Wochen lebten, morgens immer Fool. Und es war so.

Nun hatte ich mir doch vorgenommen, das Leben meiner ägyptischsen Freunde zu teilen. Und was mache ich nun? Der Weg von der Deutschen Europaschule zur Mall war länger als ich dachte. Obwohl ich es vom Auto ja her wissen müsste. Oder gerade deswegen. Die Beine sind halt keine Räder. Was den Vorteil hat sonst ziemlich unmögliche Abkürzungen nehmen zu können, z. B. quer über den massiv befestigten Mittelstreifen einer breiten Ausfallstraße zu einer Baustelle um zwischen den massiven Neubauten die Parallelstraße zu erreichen.

Trotzdem zieht es sich hin. Und komme an einem Foolstand vorbei. Die Arbeiter an den Baustellen, Hausmeister der Firmensitze und Taxifahrer haben sich dort versammelt. Ich will aber frühstücken. Deutsch. Ich kann die Mall nicht sehen. Falls nichts hilft, rufe ich das Netz auf und schau in der Internet-Karte nach. Oder – ganz doof – aber in Alexandria hat es mir tatsächlich schon einmal geholfen, wo ich mich trotz aller Hilfsmittel heillos verlaufen hatte – alle Himmelsrichtungen waren innerlich und dann auch zwangsläufig äußerlich verdreht – ich muss ein Taxi nehmen. An einer anderen Baustelle wieder ein Foolstand. Ich sehe die frisch gepressten Zitronenhälften. Und der Geschmack dieses Bohnenbreis fängt an sich im Mund zu einem Vorgeschmack zu formen. Nein, ich will europäisch frühstücken. Mit Kaffee – sehr europäisch – und Brot, ja Brot. Oder Brötchen, wenn's sein muss. Und außerdem, da ist die Ausrede: Ich kann noch nicht genug Arabisch. Und wann, bitte schön und wie will ich's lernen? Aber ich will ja normal frühstücken. Also steure ich das große Gebäude an, dass sich als Downtown-Mall ausgibt, vorbei an Drei Arbeitern die auf dem Sims einer etwa Sechs Meter hohen Mauer arbeiten, einer am Gerüst mit einem Schleifgerät und Zwei auf der Mauer mit Hammer und Meißel und ohne Helm und Sicherung. Einer ließ beide Beine zu beiden Seiten baumeln, der andere hockte hoch oben über mir. Die Mall nennt sich so, obwohl sie mehr als Zwanzig Kilometer von der Downtown entfernt ist; und trotzdem, der Name ist Programm, denn das Geld der vielen Menschen, die hier leben, soll in diesen neuen Städtegebilden bleiben – und schau mich um, alles normal.

In der Mall ist nicht viel Betrieb. Es sieht aus wie in animierten Filmen, wenn ein Bauprojekt vorgestellt wird, ziemlich leer. Ein Kaffee. Ein Restaurant. Eine europäische Kette. Was für eine Auswahl! Unübersichtlich viele Gebäudeteile in denen sich noch viel mehr Geschäfte verbergen. Einmal – auf dem Weg von der Toilette – weiß ich spontan nicht mehr, wo ich bin und wohin ich mich wenden muss, um zu meinem Ausgangspunkt zurück zu finden. Und nun sitze ich schon seit einiger Zeit mit anderen Ägypterinnen und Ägyptern in einem französisch angehauchten Bistro. Hier passt auch

12:26 Uhr

meine Baskenmütze vielleicht endlich mal richtig. Aber das normale Leben ist das nicht.

12:27 Uhr cft
Jakobs Kampf mit dem Engel: Gott hat ein Problem mit ihm – so kann Jakob nicht bleiben!

12:28 Uhr
BERUFSVERBILDUNG

Im Fress-Zentrum mit einer Joghurt-Obst-Müsli-Mischung von „Mr.Cloud". Der Beruf verbildet: Kaum hatte ich Platz genommen – zuvor überlegt: dort wo ich alles sehe oder dort wo ich nur gesehen werde und entschied mich für den freien Platz mit maximaler Übersicht, der andere war dann doch besetzt – und öffnete mein Plastik-Ess-Gefäß, da stand ein Mann im Gang. Er kam an und stand und sah. Normalerweise liebe ich es Menschen klar und direkt ins Gesicht zu sehen. Und habe erfahren, dass dies von manchen als Einladung verstanden wird, um eine Unterstützung zu bitten. Darauf hatte ich keine Lust. Grund: Bin nicht im Dienst. Das ist jetzt nicht mein Beruf. Ich will jetzt hier nur meine Ruhe haben. Und schaute verschämt, mehr auf den Boden, Tisch und Stühle statt in Augenhöhe – sitze etwas erhöht hier – und als ich wieder aufsah: War er weg. So lang, wie er stand und sah, so schnell und unbemerkt war er fort.

12:29 Uhr
Erzähle meiner Frau meine Männerphantasien. Oder gebe sie ihr zu lesen. Wenigstens sage ich ihr, dass ich sie habe. Eben am Tisch im Café, als sie in der Pause aus der Schule herüberkam und ich am Computer schrieb und las. Und bemühe mich in der der Reflektion über meine Arbeit mit mir selbst und mir selbst gegenüber ehrlich zu sein. N.B.: ‚bemühe mich': Was heißt das? Eben – auf dem Topf des Cafés, in der Toilette im Untergeschoss – dort, wo ich an meinem Pastorensonntag dem Klingeln an meiner Haustüre entfliehe – kam mir – beim Ausdrücken? – der Gedanke: Will nicht der, der grundehrlich ist, nicht auch etwas verstecken, und gerade er? Was? Dass er etwas zu verstecken hat? So wie meine Praxis in der Schule? Auf Fragen der Lehrer und Mitschüler – Schülerinnen gab es in meinem Jahrgang

noch nicht, meinen Bruder, einige Jahrgänge unter meiner Klasse, beneidete ich darum – antwortet ich immer wahrheitsgemäß, auch wenn es mir zum Nachteil geriet, damit ich, wenn ich es für nötig hielt, Glauben fände, wenn ich einmal meinte lügen zu müssen; z. B. wenn ich vom Sportunterricht weg wollte und mich beim Lehrer entschuldigte, etwa, dass ich Kopfschmerzen oder Bauchschmerzen oder sonst was hätte. Auf die Frage des Lehrers, ob das tatsächlich stimme, antwortete ein Mitschüler: „Der lügt nie!" Das war's. Und brachte mich erst richtig auf die Idee solch einer Taktik.

Und – was ist die Lüge, die ich verstecke, das Geheimnis, das keiner wissen soll? Das Aufzudecken – ist das nicht auch Hybris: Als könne man sich über sich selbst vollendete Klarheit verschaffen? Bin ich nicht für andere ein offenes Buch? Lesbar für alle Kundigen – so wie diese für mich, jedenfalls manchmal? Ist es das Erbe meiner durchaus gewalttätigen Machtphantasien, geboren aus Ohnmacht der Kinder- und Jugendzeit, den Schlägen und Beleidigungen, denen ich mich wehrlos ausgesetzt sah, unfähig mich zu schützen; unfähig dazu und ohne Anleitung, wie es trotzdem möglich sein könnte? Ein Erbe, das mich antrieb in der Friedenstheologie exzellent sein zu wollen – mindestens in Deutschland? Und ein Stachel im Ehrgeiz, wenn ich in entsprechenden DIskursen unberücksichtigt bleibe? Ehrgeiz enthält anderen die ihnen zustehende Ehre vor. Exzellent sein zu wollen ist die Definition für Hochmut – wie ich vor ein paar Tagen in Dantes Läuterungsberg X-XII nachlesen konnte. Hochmut – die Gott zerstreut und nicht zum Zuge kommen lässt und erst kommt und dann der Fall. Demut nur aus taktischen Gründen? Solange es eben ankommt – und sobald man mich einmal frei und ungeschränkt schalten und walten lassen würde, ja dann, dann würde ich so richtig loslegen? Womit bitte, lege ich denn jetzt los? Friedensschule in der Gemeinde aufbauen – Fehlanzeige; Vorlesungen am Umwelt-Campus-Birkenfeld halten – hätte es tatsächlich tun können – Fehlanzeige; eine Verfassung für ein paritätisch-vereintes Deutschland zu erarbeiten um den vollständigen Abzug der Atombomben zu bewirken – Fehlanzeige; Vorgespräche mit WALTER DIRKS hatten stattgefunden getan, der Erste Schritt hätte getan werden können – es folgte: Nichts. Angst vor der Aufgabe? Angst vor der Herausforderung? Angst vor dem Versagen? Angst vor der Offenbarung: Dass ich ein Hochstapler bin. Oder: Hochstaplerisches mir eigen ist. Bei aller Bescheidenheit: Auch dies in beschränktem Maß.

12:30 Uhr

Synode in Krefeld, die Glocke schlägt halb. Im Unterschied zu Synoden in meiner Anfangszeit bei der Kirche sind hier gut die Hälfte aller Synodalen Frauen. Habe ich hohe Ansprüche oder einen schlechten Geschmack, warum sind so viele Gesichter so wenig hübsch? Eigentlich nur Drei. Alle anderen ohne Freude daran, die eigenen Vorzüge geschickt herauszustellen, die Haare schnell gewaschen, getrocknet – nein es sind Vier, gerade spricht die Geschäftsführerin des Diakonischen Werkes. Die Haut gepflegt, das Haar asymetisch gelegt, die Brille setzt einen Akzent ohne den Eindruck vom gesamten Gesicht abzulenken. Der unter dem weißen Pullover leicht gewölbte Bauch spricht für eine nicht geringe Lebensfreude, wenigstens, was den Gaumen entspricht. Und die Wahrhaftigkeit, die Wölbung auch eingerahmt von den schwarzen Seiten der geöffneten Wolljacke erscheinen zu lassen.

12:31 Uhr
Ulm, Tiefgarage Salzstedel Zwei A

Stille

Schritte, klingen nach hochhackigen Frauenschuhen

kann nur die Silhouette erkennen, sie geht wie wir soeben vom Ausgang in den entlegenen Teil der Tiefgarage, schwarzbekleidete Frauenbeine

der Hall im entlegenen Teil an meinem Auto – ich mache mir bewusst, diesen Hall werde ich so nie wieder und an keinem anderen Ort hören –

Hörtagebuch

würde ich mit diesem Klang ein Hörspiel anfangen und es folgten lauter solche Aufnahmen – ohne Erklärungen und irgendwelche Hinweise,

es wäre doch völlig normal, wenn jemand fragte, was soll das?

Mir stellte sich diese Frage jetzt beim Hören nicht.

Hört es jemand außerhalb dieses Zusammenhanges, stellt sich die Frage, was bedeutet das?

Der Mensch scheint ein bedeutungshungriges Wesen zu sein.

Welche Funktion hat „Bedeutung" und wann stellt sich die „Bedeutungsfrage"?

Die Frage nach der Bedeutung einer Wahrnehmung scheint sich dann zu stellen, wenn diese Wahrnehmung entweder aus dem Zusammenhang gerissen in einem anderen Zusammenhang erscheint oder erklingt oder sonstwie wahrgenommen wird, oder wenn es sich um ein Ereignis handelt, zu dem es – zunächst – nicht möglich ist, einen Zusammenhang herzustellen, jedes einmalige Ereignis, das ohne Bestätigung bleibt oder z. B. ein Unfall.

Es ist zu erwarten, dass wirklich einmalige Ereignisse, also solche ohne jede Wiederholung, entweder aus der Wahrnehmung ausgeschieden werden, wobei zu erwarten ist, dass an dieser Stelle eine Deckerinnerung erscheinen wird oder eine Bezeichnung erscheint, die etwas Vergleichbares festhält. Ein Vulkanausbruch z.B. oder ein Tsunami oder ein Erdbeben: Wer noch nie so etwas erlebt hat und noch nie gehört hat, dass es so ewtas geben kann – wie wird das bezeichnet?

Kommen daher die sprachlichen Bilder von riesigen Würmern, Echsen, Fröschen und Vögeln – Drachen, Lindwürmer, Greifvögel etc.?

„Bedeutung" scheint die Funktion zu haben, Leerstellen zu überbrücken.

Ein Hörspiel mit solchen Geräuschen wie aus der Ulmer Tiefgarage hätte keine andere Bedeutung als die Hörer zu provozieren, Bedeutung zu produzieren, wobei das, was ein jeder und jede dabei schafft, eine Möglichkeit ist, seine eigene „Sinnproduktion" wahrzunehmen, seiner oder ihrer eigenen Sinnproduktion auf die Schliche zukommen, wie ich Bedeutung erzeuge.

In diesem Zusammehang erscheint mir Religion eine der Möglichkeiten zu sein, geradezu ein Muster, wie Bedeutung geschaffen wird.

Es ist zu erwarten, dass die Bedeutungsmuster gar nicht so bunt und vielgestaltig sind, wie zunächst gedacht werden mag, da es ja darum geht Zusammenhänge herzustellen. Darum wird an Bekanntes angeknüpft – völlige Neuschöpfungen wird es darum kaum geben, allenfalls Variationen oder Verknüpfungen von Bekanntem. Eine völlige Neuschöpfung wäre hinwiederum ein einmaliges Ereignis, das für sich entweder ohne

12:31 Uhr

Bedeutung wäre, weil die Begriffe dafür auf Grund der Einmaligkeit dafür fehlen oder es hätte seine Bedeutung in sich.

Nach aller Erfahrung bedarf es allerdings einer erheblichen Reife der geistigen Welt, bis Menschen dazu kommen, in dem, was sie wahrnehmen, keine andere Bedeutung zu sehen oder zu vernehmen als das, was sie wahrnehmen, die Bedeutung in dem Geschehen, der Wahrnehmung in sich zu erkennen – eine Übung, die m. W. im Zen-Buddhismus gepflegt wird.

12:32 Uhr
DIE ANGST VOR DEM BLICK

Fahre im Neun-Sitzer in den anderen Gemeindeteil, zur Trauerfeier. Sitze erhaben und schaue auf die Autofahrer herab. Noch gerade so, dass ich Fahrer und Beifahrer erkenne. Die Ampel hält auf. Links von mir hält ein PKW um abzubiegen. Sie schaut zu mir herüber. Was für Augen! Mein Alter? Älter? Die Augenbrauen, Haarfarbe, das ganze Gesicht, aber diese Augen: ein Wohlgefühl dieser Anblick – wende mich ab. Kann ich Ihr in die Augen schauen ohne Angst vor den Folgen? Wird sie es tun, sich von mir in die Augen schauen zu lassen, mir in die Augen zu sehen? Was wird dabei ausgetauscht? Die Fahrzeuge werden sich so nie mehr begegnen. Und die Blicke jemals wieder? Die Ampel springt um. Schaut sie noch mal herüber? Längst hat sie die Strecke vor ihr wieder in Augenschein genommen. Ich bleibe nicht stehen.

12:33 Uhr
DAS GESETZ DER DOPPELTEN ABSURDITÄT

Die Absurdität der Kriege, Bürgerkriege, Umweltzerstörungen und Amokläufe kann einen schier um den Verstand, die Hoffnung und den Glauben bringen. Mit ihren Gesetzen setzt sie die Logik des Lebens außer Kraft.

Das andere ist genauso absurd: Der Neuanfang des Lebens bei jeder Geburt, die mutigen, lebensvollen Blicke der Kinder und Jugendlichen, die gütigen Worte alter Menschen, die tröstende Hand bei einem Sterbenden. Wenn das eine zu Tode erschrecken kann, kann das andere zu leben erwecken. Deren Gesetze hebt die Logik des Todes auf.

12:34 Uhr näd
BLICKE UND ORDNUNG

Kurz nach Sechs Uhr morgens verlassen wir das Haus um dorthin zu gehen, wo der Schulbus uns beide mit zur Schule nimmt. Man kann fast nach Gehör die Erste große Straße überqueren, so wenig Verkehr ist. Wir gehen auf dem Bürgersteig, was meistens halbe akrobatische Akte sind, weil hier in Ard el Golf die Bordsteine so hoch sind, wie Drei in Hinsbeck übereinander. Das gibt einem allerdings zum Ausgleich für diese Turneinlagen das gute Gefühl, so einfach kann einen kein Auto erwischen, weder absichtlich noch unabsichtlich. Aber daran hatte ich heute Morgen nicht gedacht. Es ist zwar früh dunkel, ab ca. Achtzehn Uhr ziemlich schnell sogar, aber es ist nicht kalt am Abend, so dass das deutsche Gefühl von Herbst und Winter nicht aufkommt, nur weil die Sonne schon weg ist. Dafür aber fühle ich mich für die frühe Dunkelheit dadurch entschädigt, dass es morgens immer schon recht bald hell wird, gegen Sechs Uhr. Und das wird sich so enorm im Winter kaum ändern.

Vorm Haus grüßt meine Frau eine Dame, die mit einem Nigab – d. i. ein Kopftuch mit Blickschlitz – und Galabaya bekleidet, Autos vom Staub befreit. Wer das wünscht, lässt seinen Wagen mit aufgerichteten Scheibenwischern die Nacht überstehen. So weiß sie am frühen Morgen was zu tun ist. Man kennt sich offenbar. Es sind freundliche Begrüßungsformeln. Vielleicht bald mehr, sobald wir im Arabischen bisschen fitter sind. Sie reagiert hellwach und interessiert.

Vor einer Rechtsanwaltskanzlei hat jemand für Katzen einen kleinen Plastikteller platziert. Drei Jungtiere laben sich. Es geht am Hauptsitz des Geheimdienstes vorbei. So geheim kann kein Dienst sein, dass er – gerade wenn er etwas auf sich hält – nicht ein großes Gebäude hätte. Seine Gefängnisse sollen woanders sein.

Wir stehen an der Straße, die in der Verlängerung gen Osten nach Suez führt. Das zeigt die Sonne, die wir direkt vor uns haben, als der Bus anhält und uns mitnimmt. Zuvor haben wir dort bestimmt eine Viertel Stunde gewartet. Die letzte Zeit kommt der Fahrer immer bisschen später. Bei der Fahrt, die mich zuletzt mit zur Schule nahm, hat er an alle Mitfahrenden eine Tüte mit Süßigkeiten und Knabberzeug verschenkt, weil er

Vater geworden war. Das wird auch seinen Tribut fordern.

Als wir warteten standen wir auf einer Verkehrsinsel unter einem eindrücklichen Brückengebäude, das noch eindrücklicher wäre, wenn es das einzige in dieser Stadt wäre. Es ist so konstruiert, dass es Rathaus, Sparkasse und die Lobbericher Innenstadt unter sich verbergen würde. Hier ist es nur eine dieser Verbindungsstrecken und nicht mal die höchste. Es gibt Stellen, da türmen sich Vier Ebenen Straßenverkehr übereinander. Der Traum von jedem Auto-Kinder-Spielzeug- oder Strandburgenbauer!

Vor uns steht ein anderer Kleinbus und harrt seiner Passagiere. Es scheint einer der vielen Firmenbusse zu sein, wo alle wissen, wer dazu gehört. An uns vorbei schlendert ein Herr mit einer Plastiktüte, darin sind einige Fladen und Zitronen erkennbar, zu diesem Gefährt. Mit Jeans und Shirt, halt normal. Er steigt ein und der Wagen setzt sich in Bewegung. Er schließt hinter sich die Tür. „Das ist der Unterschied", sagt meine Frau, „du kannst ihm hinterher sehen. Ich nur aus dem Augenwinkel."

Das hat sie beobachtet. Eine Frau schaut einem Mann nicht ins Gesicht. Nur unter Verwandten und engen Freunden ist es normal. Der Blick ist eine Macht. Er ist eine Waffe. Noch vor vielen Jahren sah ich auf LKWs und kleineren Transportern die böse Blicke abwehrende flache Hand in roter Farbe aufgemalt.

Blicke schaffen Beziehungen und die sind nicht auswechselbar beliebig. Nur am U-Bahnsteig erlebe ich es, dass mich der plane Blick von Frauen aus ihren Frauenabteilen trifft, dort wo sonst kein Mann einsteigt. Und wenn sich einer vertut und einen dieser Waggons ansteuert – wie es mir einmal geschehen ist – wird er freundlich von einem jungen Soldaten, wie sie auf jeder Station an jedem Gleis ihre Wehrpflicht ableisten, darauf hingewiesen, doch bitte nicht einzusteigen.

Beziehungen sind in Ägpyten die Lebensversicherung. Es ist mehr als das berühmte ‚Vitamin B'. Als Sozialversicherung, Arbeitslosengeld, Rente und Krankenversicherungen etc. unbekannt waren, waren die familiären Strukturen die einzigen, die einem das Gefühl gaben, einigermaßen abgesichert zu sein. Jedenfalls war darauf Verlass. Die moderne bürgerliche Gesellschaft hat dieses Prinzip bewusst durchkreuzt und durch das egalitäre Leistungsprinzip ersetzt. Die Mischform, die bis zum Ende des Ersten Weltkrieges in Deutschland herrschte, wurde mit der Revolution Neunzehnhundertundneunzehn abgeschafft. Beziehungsgefüge sind nicht egalitär. Du wirst in eines hineingeboren und bist in ihm und je älter und erfolgreicher du bist, umso mehr gleichzeitig für dieses verantwortlich. Und Verwandtschaft darf keine Strafe sein, wie mir einmal jemand sagte. In der Europaschule in Tagamoa Chamsa sind bestimmt Dreihundert Menschen beschäftigt. Einige dürften mit dem Eigentümer dieser Privatschule mehr oder weniger verwandt sein. So nimmt er in Ägypten seine soziale Verantwortung wahr. Wo beide Systeme, das der egalitären bürgerlichen Leistungsgesellschaft sich mit dem Beziehungsgeflecht der familiären Sicherungssysteme kreuzen und nicht auseinander gehalten werden, ist die natürliche Folge Korruption. Denn die Loyalität liegt eindeutig bei der Großfamilie. Es musste also etwas erfunden werden, was das Gefühl der Abgesichertheit ausstrahlt, wenn die bürgerliche Gesellschaft Bestand haben will und nicht durch großfamiliäre Geflechte zerstört und außer Kraft gesetzt werden soll. Dazu dienen in in meinen Augen die übers Geld gesteuerten Versicherungssysteme und Absicherungen (Rente, Arbeitslosengeld, Harz IV, Pensionen ec.). Dass trotzdem wenige Familien sich ein Reichtum angehäuft haben, der dem Eigentum des mehrheitlichen Anteils der Bevölkerung entspricht, ist ein Ungleichgewicht, das auf die Dauer selbst die stabilste bürgerliche Gesellschaft von innen heraus zerstört. Ägypten steht m. E. vor der Entscheidung, in welche Richtung es gehen will. Die massiv ausgebauten neuen Städte um Kairo herum sind ein eindeutiges Zeichen: Hin zur einkommensgestützten Bürgergesellschaft. Dann aber sind bürgerliche Freiheiten über kurz oder lang unabdingbar und die familiären Bereicherungssysteme auf die Dauer Gift.

Blicke berühren und bewegen, offenbaren und verbergen und sie offenbaren, dass sie etwas verbergen, wenn sie etwas verbergen. Indem Frauen verschleiert oder sogar vollverschleiert sind, wird der Gesichtsausdruck und der Blick aufgewertet. Und wird damit nicht vermittelt, besonders die Mimik noch stärker, bereits schon üblich zu kontrollieren?

Blicke sind ein Herrschaftsmittel, wer wen ansehen kann und darf. Wenn im alten Ägypten einmal im Jahr eine Gottheit ihren Tempel verlässt und durch die Straßen der Stadt getragen, gefahren oder geschoben wurde, gehörte es sich, sie niemals anzusehen. Genauso wenig wie es deutschen Soldaten erlaubt ist, die Atomwaffen der Vereinigten Staaten von Amerika in ihren Lagerhallen in Büchel jemals selbst zu Gesicht zu bekommen. Im alten Ägypten hatten sich alle am Straßenrand auf den Boden zu werfen und ja nicht den Kopf zu heben etwa um die Gottheit ansehen zu wollen. Der Anblick wirkte tödlich. Und war es auch. Dafür wurde gesorgt. Auch der Herrscher bestimmte, wer ihn ansehen durfte und wer nicht. Kolonialherren bestimmten darüber – so erinnert Achille Mbembe in seiner *Kritik der Schwarzen Vernunft* – dass sie sich die Freiheit heraus nahmen anzusehen, wen sie wollten, aber bei Strafe untersagten, dass Untergebene ihnen direkt ins Gesicht sahen.

Blicke schaffen Ordnung und gefährden sie. An diesem Morgen ging alles sehr ordentlich zu.

In der Schule nahm ich auf, wie die Kinder in der Klasse meiner Frau ihr Erstes Lied sangen. „Alle Kinder lernen lesen". Es ist ja ihre Erste Fremdsprache, die die meisten von ihnen im Dritten Jahr sprechen. Und natürlich alle Strophen auswendig. Dieses Video dürfen sich dann die Eltern auf einem Bildschirm ansehen. Und das ist dann ein Ansehen ohne Ansehen, sondern allenfalls ein Anblicken. Brecht nannte es Glotzen. Denn der Bildschirm ist kein Mensch. Und die Menschen, die auf dem Bildschirm zu sehen sind, sind keine Menschen, sondern Bilder von Menschen.

Nur wenige Stunden später konnte ich die Macht des Bildschirms nur wenige Hundert Meter weiter studieren. Neben der Europaschule Kairo leuchtet auf einer leichten Anhöhe die weiße Kuppel einer neu errichteten Moschee. Rundum von einer weißen Mauer umgeben. Jedes Tor gut bewacht. Nun habe ich Zeit. Nach dem Aufenthalt in einer Mall wandere ich dorthin. Eine breite Straße führt an der Europaschule vorbei geradewegs zu ihr. Am erstbesten Tor steht ein Flügel offen. Ich passiere ihn und spreche einen jungen Mann an, ob es möglich sei, sich die Moschee an zusehen. Er verweist mich an einen Herrn, der hinter Glasscheiben erscheint. Dieser zückt sein Funkgerät, tauscht sich mit weiß nicht wem aus und wartet. Schließlich schickte er mich an den von mir zuerst angesprochenen jungen Mann zurück. Er

ist ein Soldat, wie ich erfahre und führt mich zu einer Tür, durch die ich ins Innere des Gebäudes eindringe. Dort hocken Vier oder Fünf Leute in Kabinen, die so aussehen wie früher die Arbeitsplätze für Telefonistinnen. Er geht zu einem Büro, spricht vor, ich sehe nicht mit wem und bittet mich schließlich hinein zu kommen. Ein Mann nur wenig älter als ich mich fühle, begrüßt mich herzlich. Es ist der Major und Chef der Polizeimoschee. Die Polizei hat gegenüber der Moschee ihre Ausbildungsstätte und die Moschee gehört dazu. Er war vor über Dreißig Jahren im Rahmen eines Stipendiums beim Bundeskriminalamt in Wiesbaden und spricht mich, als er erfährt, dass ich Deutscher bin, sofort auf deutsch an. Fragt mich, was ich trinken möchte. Bald kommt ein Herr von der Security vorbei. Sie möchten wissen was ich tue. Ich arbeite nicht, sage ich, meine Frau arbeitet, in der Schule nebenan. Das finden sie gut und lachen beide köstlich. Jetzt wohnen wir in Kairo, im Dritten Monat. Ich studiere Friedenstheologie füge ich an. Beim Major kommt Friedenspsychologie an. Ich verbessere. „Denn Frieden ist nicht alles, aber ohne Frieden ist alles nichts." Dann zeigt er mir seinen Bildschirm. Man sieht gut Fünfzehn Bilder auf einmal. Er klickt eines an und man sieht einen holzgetäfelten Innenraum. Das ist der Raum, wo Polizisten Hochzeit feiern können. Ein anderer Raum, in gleicher Art, nur kleiner. Das Haupttor. Man sieht wie der Wind die Äste wiegt. Das Nebentor. „Da bin herein gekommen!" Ja, sagt er und klickt die nächste Kamera an: Und hier betrat ich das Gebäude. „Dann kannten Sie mich bevor Sie mich gesehen haben!" Der Security-Kollege ergänzt: Wir suchen Ihr Gesicht! „Jetzt haben Sie es hier!", sage ich und strecke es vor, „und meinen ganzen Body gleich mit!", und lehne mich auf meinen Körper weisend zurück. „So beobachten Sie das ganze Gebäude", halte ich fest, und ergänzend frage ich: „Und wer beobachtet Sie?"

Ansehen ist kein Anblicken. Wen ein Menschengesicht ansieht, gewinnt in dessen Augen Ansehen und derjenige weiß sich angesehen. Es ist ein grobes Missverständnis, nur dadurch, dass man erblickt werden kann, würde man an Ansehen gewinnen. Die Sucht, über eine ganze Stadt wie in London verteilt Kameras aufzustellen um dadurch Sicherheit zu gewinnen ist eine aberwitzige Idee. Sicherheit ist eine Folge der Gewissheit einander vertrauen zu können. Vertrauen kann nicht delegiert werden. Vertrauen entsteht zwischen Menschen und nicht zwischen Maschinen. Menschen sehen sich an. Auf den Bildschirmen sehen sich nicht Menschen an, selbst wenn alle erfassten Menschen nur in die Kameras blicken würden. Der Beobachter am Bildschirm sieht Bilder von Menschen auf seinem Bildschirm. Es ist ein Anblick von Menschen ohne Ansehen. Es wäre also weitaus geschickter Polizisten in die Viertel zu schicken, möglichst ohne Schusswaffen, um gesehen zu werden und in den Augen der Menschen Ansehen zu gewinnen. So würde das Gefühl der Sicherheit sich in kurzer Zeit selbst dann einstellen, wenn die Anzahl der Diebstähle nicht weniger würde, Was aber die Erfassung derer, die eingebrochen haben bei weitem begünstigen würde, weil es mehr Hinweise zur Erfassung der Täter gäbe.

Gott ließ sich von niemandem ansehen als allein von Mose, so nachzulesen unter Exodus Kapitel Dreiunddreißig Vers Elf. Und wurde dadurch ja auch in gewisser Weise einsam. Und gewinnt an Ansehen, indem er nicht mehr auf Abschirmung besteht – heute haben wir dazu Bildschirme – wie damals bei Mose, sondern sich sehen lässt, als Kind, als Mensch, als gekreuzigten Jesus von Nazareth. Darauf muss man erst mal kommen.

Ihn – er meinte der Major – so antwortete sein Kollege, beobachte hier niemand. Er habe das Sagen, und überkreuzt dabei beide Hände, und sei hier der Chef. Nun sei es an der Zeit, meinte der Polizeimajor, sich das Gebäude anzusehen, als ein Dritter Herr dazu gekommen ist.

Aus dem Verwaltungstrakt heraus betreten wir eine geräumige Vorhalle. Ich bewundere das farbenprächtige Muster der Decke, die islamischen Sternenmotive mit ihren Verbindungslinien miteinander ausgesprochen kunstvoll verbindet. Und bevor ich es entdecken konnte, verweist der Major auf den Boden, der das identische Muster unter einem genau parallel, mit bunten Marmorplatten, wie eine große Intarsie abbildet. Ein merkwürdiges Gefühl. So sind wir Menschen nur die sich jeweils wechselnden Füllungen für dies großartige Sandwich. Es kommt noch doller.

Nun sehe ich den tiefdunkelbraun getäfelten Partykeller live. Von Party und Hochzeitsfeiern keine Spur, obwohl an der Stirnseite, neben Fünf Stühlen hinter ei-

nem Pult, das aussieht wie beim Gericht, der mittlere Stuhl leicht erhöht, ein Hochzeitssofa steht. Ob ich einen Stuhl ausprobieren wolle. Die Lehnen tragen ein Ornament, sie laden zum Verweilen ein. Das ist jetzt nicht die Zeit. Zumal der Duft dieses Ortes bedrückend nach Herrschaftsreligion riecht. Hier möchte ich nicht sitzen müssen. Der kleinere Saal ist noch ungemütlicher, er hätte halbsoviel Platz, nur Einhundert.

Über einen Aufzug geht's nach oben. Die Sonne lässt einen Vorplatz aufleuchten, der die verzierte Kuppel mit ihren Seitenkuppeln als Ensemble im schönsten Licht zeigt. Es ist das Himmelsblau, das mit Weiß vermischt und dezenten goldenen Zierlinien nun den Farbton angibt. Dies findet sich im Inneren der Moschee wieder. Den Innenraum füllt die Kuppel mit ihrem Ornamentmotiv aus und wird über die Verzierungen in der Gebetsnische an den Teppichboden weiter gegeben. Der Boden ist auch hier symmetrisch zur Kuppel gestaltet. Ein Kreismotiv, sind es Zehn Tropfen?, bildet das Rund der Kuppel ab. Darum herum Sieben Ringe von jeweils sich verändernden Tropfenformen, die schließlich übergehen in das Teppichmuster, das den gesamten Raum ausfüllt. Weil dadurch für den einzelnen Betenden nicht mehr erkennbar ist, wo es für ihn – wie sonst gewohnt erkennbar – nach Mekka geht, durchziehen kleine gespannte im Farbton des Teppichs gehaltene Drähte den Boden. Hier können die Betenden nebeneinander sich aufstellen. Der Security-Mitarbeiter und ich betreten allein die Moschee. Die beiden anderen Herren bleiben außen vor. Ob und wie oft hier Gebete stattfinden? Die Antwort verstehe ich nicht.

Der Vorplatz vorm Haupteingang zur Moschee zeigt in diesem Bauwerk, wie in der Vorhalle mit farbigem Marmor im Boden eingelassen, den größten aller Sterne mit den meisten Zacken . Das Pendant darüber – ist jetzt nur noch der Himmel. So also ist es. Die darunter liegende Verwaltung mit ihren Festräumen und Versammlungsmöglichkeiten bilden die himmlische Dualität zwischen Gott und den Betenden im Oben und Unten der guten Ordnung genau ab.

Der Weg führt über eine Freitreppe auf den Eingangsplatz. Dort leiten Treppen in eine Moschee unter das Gebäude. Es ist die Frauenmoschee. Sie bekomme ich nicht zusehen. Auf dem Weg zurück ins Verwaltungs-

12:34 Uhr

gebäude durchschreiten wir durchlässige Sichtwände, die wiederum das Sternenmotiv mit den Verbindungslinien aufnehmen. Ich zähle schnell durch: Es ist der Zehnzack. Wenn die wüssten! Ich könne gerne mit allen meinen deutschen und ägyptischen Freunden wieder kommen, herzlich willkommen. Warum nicht?

12:35 Uhr nfr

Wiehl, Weiherpark, öffentliches Fasten für eine atomwaffenfreie Welt, am Dritten Tag. Eine Frau blieb lange am Banner stehen, wo zu lesen ist, was wir tun. Ich spreche sie an. Sie verstehe nur wenig Deutsch. „Bomben", das verstand sie. Sie komme aus Bosnien: Ihr Vater, Fünfundvierzig Jahre alt, tot. Zwei Söhne ihrer Schwester, Zwanzig Jahre alt, tot. „Ich weiß Bomben. Vier Jahre Krieg!"

12:36 Uhr
KÖRPERWÄRME

Zur Vorbereitung für meine Nierenspende findet eine Untersuchung in der Nuklearmedizin statt. Die Apparatur wird angelegt. Wie auf dem Informationszettel angekündigt, werde ich darüber informiert, dass es beim schnellen Einspritzen von viel Kontrastflüssigkeit sehr warm werden könne. Und das wurde es: Vom Arm über den Oberkörper, Brust, kaum Kopf, dann aber Bauch, bis in den Hoden – kaum zu glauben! Warum im Körper dieses Wärmeempfinden? Weil sich Gefäße weiten auf Grund des Kontrastmittels – soweit ok, aber warum nehme ich die Wärme im Körper wahr? Es muss wärmeempfindliche Nervenzellen auch im Körper und nicht nur an der Haut geben. Als ich dann beim Screening eine Körperreise machte und über meine Sohlen ging, musste ich lächeln: Ob es die aktivierte Erinnerung des Streichelns meiner Frau ist – also die Er-Äußerung eines Gefühls oder Ent-Äußerung?! Und phantasierte mir beim Sreening eine Ganz-Körper-Massage für meine Frau: Sie liegt vor mir – entkleidet oder nicht – und ich fange an, wie in der Körperreise, von den Zehen aufwärts sehr langsam auf verschiedene Weise sie zu streicheln. Es kribbelt. Ob das auch ergebnismanifest wurde?

12:37 Uhr

In Nürnberg gibt es im Untergrund Tauben. An der Haltestelle der U-Eins unterm Hauptbahnhof flogen Zwei Tauben umher. Es war die tiefste Ebene des Verkehrsknotenpunkts. Eben gerade flog eine quer durch die Fressmeile. Wenn sie hier groß geworden sind: Kennen sie überhaupt Licht, Sonne, Wind und Regen? Ist das ein Forschungsgebiet für Ornithologen oder Höhlenforscher? Kam eine Taube aus Versehen in den Untergrund? Und andere nach? Fliegen sie über die Etagen ins Freie? Wie finden sie zurück? Wo haben sie Nester? Und wer ist hier das Höhlenwesen, so oft wie Menschen hinter sich die Tür verschließen?

12:38 Uhr nfr

Neunte Fastenaktion für eine atomwaffenfreie Welt, Fünfter Fastentag, Schwäbisch-Gmünd. Ein älterer Herr sprach mich an. Früher war er Chef einer Kaufhauskette, leitete Achtundsiebzig -Filialen. Schimpfte über die Reichen, die verdienen und nichts tun, es gehe um Millionen. Hat er sie ihnen nicht verschafft?

12:39 Uhr

Einleitung zu diesem Buch: Dieses Buch hat keinen Helden. Der Held bist du als Leser oder Leserin. Du bestimmst was ist und was nicht ist, oder noch nicht ist, denn keine Zeit vergeht. Alles ist wiederholbar. Nichts ist vergangen. Alles steht noch bevor. Selbst wenn du alle Eintausendvierhundertundvierzig Einträge gelesen haben wirst: Fängst du wieder an, wo du jetzt gleich beginnen wirst: Du bist inzwischen ein anderer Mensch. Ich kenne nur Zwei Konstanten. Die Zeit und die Liebe. Die Zeit individualisiert. Die Liebe universalisiert.

12:40 Uhr cfr

Das Böse hat kein eigenes Sein. Es ist ein Mangel an Liebe. Von daher teilt jede böse Handlung das Unteilbare der Liebe, weil jede böse Tat auf den Mangel an Liebe verweist. Da sie unteilbar ist, ist auch jeder Mangel oder jeder Widerstand gegen sie oder Verhinderung unteilbar. Daher ist es einfach, wo nicht von Liebe die Rede ist, nicht über sie aufgeklärt wird, das Böse zu vergöttern. Es ist ein Fake-Gott.

Eine Rede von der Liebe, die ihre Beliebigkeit abstreift, ist also jederzeit möglich, wo klar wird, dass sie im Kampf steht mit Gewalt und dem Bösen und den Scheinwelten, die diese benötigen, den Gewaltglauben.

12:41 Uhr cfr

Jesus ist in den gewaltsamen Tod getrieben worden. Tod und Leben sind unterschiedlich, nicht gleich. Wo die Differenz zwischen Menschen maximal wird – am größten ist sie zwischen Lebenden und Toten – und der Vorrat an Gemeinsamkeiten minimiert wird, das ist Gewalt.

Durch Jesus wurde das Maximum der Differenz – er war ja tot – mit einem Maximum an Gemeinsamkeit verbunden. Das Maximum an Differenz – du kannst ganz anders sein – verbunden mit einem Maximum an Gemeinsamen, das ist Liebe. Dieses Gemeinsame in Jesus ist die Gemeinde. „Verkünden deinen Tod".

12:42 Uhr när

Raumschiff Erde. Einige wenige sind an Bord. Alle anderen irren im Weltraum umher und klammern sich krampfhaft an die Außenhaut des Raumschiffes. Und durch dicke Gläser schauen wir uns an. Mit meiner Frau sitzen wir in einem Studentencafé an der großzügigen Festerfront an einem Zweiertisch. Während wir noch bestellen steht auf der Straße mit Kopf in Höhe unserer Taschen, die wir auf die Fensterablage abgelegt hatten, eine Frau mit schwarzer Galabaya und blauem Kopftuch. „Jetzt nicht 'rausschauen!", wirft mir meine Frau zu. Natürlich habe ich's im Stimmengewirr des Cafés wohl gehört, nur nicht verstanden. Müde sah ich zur Seite und mein Blick fiel auf etwas Kleines, fast Quadratisches? Eine Visitenkarte? Meine Frau meinte, sie verkaufe Papiertaschentücher. Sie hält sie uns fast in Augenhöhe hoch. Sie lässt von uns ab. Die Bedienung hatte zuvor Drei Paar Gesteck auf den Tisch gelegt. Ich meinte: „Wenn noch jemand dazu kommt." Die Bedienung: „Fürs Süße." Er brachte Zwei warme Stückchen Käsekuchen und ein Schokoladen muffin. Die Dame, die für äyptische Verhältnisse noch keine Fünfzig Jahre alt sein mag, was nach europäischen Gewohnheiten im Gesicht wie weit über Siebzig erschien, wendete sich der Studentin zu, die Rücken an Rücken zu uns am nächsen Tisch sich auf eine Prüfung vorzubereiten schien. Als sie neben ihr stand und die Studentin offenbar ncht reagierte, klopfte sie ans Glas. Schließlich nahm sie an der Ecke zwischen Caféein- und ausgang und Zugang zum Gässchen neben einem Herrn, der die ganze Zeit schon da gesessen hatte, Platz. Er muss anscheinden diesen vorzüglichen Platz verteidigen, sonst wird er von anderen besetzt. Im Raumschiff läuft Take Five. „Wenn wir 'rausgehen, sind wir ja noch geeignete Kunden für Papiertaschentücher", meint meine Frau. Ein Mitarbeiter vom Café fegt die Bürgersteige rundum. Beide reichen ihm eine Wasserflasche. Er geht mir ihr um die Ecke und bringt sie mit Wasser gefüllt zu ihnen zurück.

12:43 Uhr
SUBOTICA

Wir kennen uns erst seit etwas mehr als Vierundzwanzig Stunden. Und hören Geschichten wie wir sie besten Freunden erst nach Dreißig Jahren Freundschaft erzählen würden? Sie wohnten in einer der Siedlungen am Stadtrand. Sie hatten alles, alles was sie brauchten. Zimmer, Möbel, Auto, Pflanzen, Arbeit, Geld. Sie kannten das kommunale Gesundheitszentrum – es war nicht gerade in ihrer Nähe, aber wenn man ihre Straße, an der das Haus mit ihrer Wohnung lag, bis zum Ende durchfuhr, endete man dort. Neben ihnen lebte eine ungarische Flüchtlingsfamilie. Es kamen so viele – sie mussten ja irgendwo untergebracht werden. Sie lebte sehr notdürftig. Behelfsunterkünfte. Baracken. Die Flüchtlingsfamilie hatte einen Sohn und einen Hund. Der Sohn war vielleicht Drei Jahre älter als der Hund. Als der Hund lernte zu laufen, lief er auch auf allen Vieren. Er lernte mit ihm tollen, rennen, flitzen, hüpfen, springen – auf allen Vieren. Apportierte der Hund eine Gabel, tat dies auch der Junge. Er bellte und bewegte sich wie ein Hund. Kamen sie auf die Idee, das Gesundheitszentrum über

12:43 Uhr

diese Familie zu informieren? Waren sie selbst einmal dort? Eines Tages hören sie einen Schrei und schrecken auf. Es klingt nach dem Schrei des Jungens. Beim Spielen geriet er in ein gerade von einem anderen Nachbarn ausgehobenen Gartenteich, stak mit seinen Beinchen im feuchten Modder fest, wollte sich freistrampeln und geriet nur immer fester in den Schlick und ertrank. Der ungarische Hundejunge. Auch eine Flüchtlingsgeschichte.

12:44 Uhr cfr

Die Gottesfrage ist keine abstrakte Frage, sondern eine Lebensfrage. Weil Thema die Entmachtung der Götzen und falschen Götter und Machthaber ist. Das Bekenntnis zu Jesus als Gott hat darum keinen anderen Sinn, als diese Lebensfrage: Dass die Liebe Gott ist. Wo sie ist, ist füllt die Güte den Mangel an Gutem – über alles Maß hinaus.

12:45 Uhr när

Anfangszeit unseres Lebens in Kairo. Meine Frau und ich saßen in der Sofaecke in der Wohnung unserer ägyptischen Freundin. Meine Frau neben unserer Freundin auf dem einen, ich um die Ecke auf dem längeren Sofa, nah bei meiner Frau. „So, was ist euer Plan?", fragte unsere Freundin uns. Wie aus einem Mund antworteten wir, „wir haben keinen Plan." „Ihr wisst doch immer, was ihr machen wollt, morgen, übermorgen, jeden Tag." „Nein, wir haben keinen Plan." Unsere Freundin konnte sich fast nicht einholen vor Lachen: „Kaum seid ihr in Ägypten und lebt mit den Ägypten, schon seid ihr wie die Ägypter: ‚Wir haben keinen Plan'!"

12:46 Uhr näd

IM CLUB – SCHEITERN IM ERSTEN ANLAUF

So bequem hatten wir es noch nie. Direkt neben unserem Haus einen – früher hatten wir dazu „Tante-Emma-Laden" gesagt. Tatsächlich wird er von Helena geführt. Sie hat Eltern aus Griechenland. Ihre Mutter spricht bis heute kein Arabisch. Sie selbst ein wenig englisch. Sie konnte ich fragen: Ob sie jemanden kennen würde, der im Sport-Club Heliopolis arbeiten würde. Bitte, worum würde es gehen? Ich wollte jemanden gerne kennen lernen, der dort arbeitet. Ja, warum? Ich hätte Fragen. Nein. Sie sei dort Mitglied ja, aber das? Nein. Was immer

wir brauchen, wir sehen zu, dass wir es dort kaufen. Nur was sie nicht führen, besorgen wir uns woanders. Heimische Wirtschaft stärken. Neben dem Kiosk verkauft ein Herr Tag für Tag Obst. Alle paar Tage etwas anderes. Es ist kein großer Obststand, sondern es sind Zwei oder Drei Kartons mit Mangos vollgepackt, oder ein Sack mit Granatäpfeln. Neulich hatte er Birnen, eine Kiste voll. Immer von hervorragender Güte. Da kann man schlecht daran vorbeigehen.

12:47 Uhr ncr

Leben ist gut. Wenn das nicht stimmt, ist jeder Mord gut. Wenn das stimmt, ist es gut, dass es Leben gibt, sonst kann es nicht gemordet werden. Also ist das Leben gut. Also stimmt es nicht, dass es gut ist, wenn Leben gemordet wird. Das Böse ist parasitär. Wenn aber das Böse die Lücken vor dem Untergrund des Guten sind und die Kapitel Eins und Zwei im Ersten Buch Mose so zu lesen sind, dass sie den Hintergrund der Welt beschreiben, dann ist Jesu Botschaft eine Aufnahme dessen: Das Himmelreich ist nahe: Die gute Welt ist da. Christus, das Heil der Welt: Dann doch nachvollziehbar? Weil es durch die Vernunft zurecht gebracht wird?

12:48 Uhr cft

neugierde wecken
neugier auf das neue mit gott
die neue welt

und selbst nicht zurückschrecken davor
was dadurch bei mir und mit mir neu wird
unvermutet
überraschendes
sich ereignet

12:49 Uhr gst

was sehen wir,
wenn wir nicht die augen aufschlagen

was hören wir,
wenn wir nicht hinhören

was ist das für ein weg,
wenn wir nicht fuß vor fuß setzen

so bedürfen wir
der vorbereitung

um zu sehen:
dass wir angesehen sind

um zu hören:
„du wirst erhört!"

um zu erfahren:
er selbst, gott in Jesus, kommt auf uns zu

12:50 Uhr
festhalten und auflösen

Mein Sohn übt am Klavier „Bilder einer Ausstellung".
Letzter Tag in den Zehn Wochen Fastenzeit für Kleriker.
Daran, dass ich keine Süssigkeiten aß habe ich mich gewöhnt, aber das Stück Kuchen am Nachmittag hätte mir doch dann und wann gefallen.
Den Appetit abends auf ein Stück Brot oder gebackenen Fladen einzutauschen gegen eine Obstschale – nun, das schmeckte auch und tat auch bestimmt gut.
Gandhi und Vinoba sprachen von der Diktatur des Gaumens.
Abgenommen habe ich bestimmt nicht.

12:51 Uhr när
Ich wusste nicht, wie ich dem Herrn begegne, der bei der Müllabfuhr arbeitet. Das große Geld aus dem Portemonaie nehmen? Akzeptieren, dass mein Projekt „Gleich-zu-Gleich-in-Kairo" gescheitert ist?
Auf dem gewohnten Weg zur Kirche. Und ich hatte mein Geld 'rausgetan; auch weil ich kleinere Scheine gar nicht habe. Wir trafen uns. Ich sah ihn erst nicht, als ich in die Straße einbog, die zur Staats-Karossen-Pracht-Straße führte. Dann sah ich einen Arbeiter mit gelber Weste – so? Hat es etwas Neues gegeben? Gelbe Westen? Ist er es? Er erkannte mich und begrüße mich, küsste mich auf beide Wangen und fragte, wenn ich ihn richtig verstand, wo ich gewesen sei. Im Urlaub, in Deutschland.
Ich habe die gesellschaftlichen Kräfte, die Menschen trennen, unterschätzt. ‚Es ist wie beim Würfeln,

du weißt nicht, wo du zum Liegen kommst. Der eine da, der andere da. Und selber kannst du nichts dazu', sagte ich zu meiner Frau, als ich ihr mein Scheitern beichtete. Außer im öffentlichen Raum können wir uns nicht begegnen. Aber dort immerhin.
Ramadan heißt er.

12:52 Uhr
POST-INDUSTRIELLE MATRIARCHAT

Das post-industrielle Matriarchat hat begonnen. Gewaltige gesellschaftliche Veränderungen zeigen sich am ehesten in den unscheinbaren Dingen, dort wo ihnen am wenigsten Widerstand entgegen gesetzt wird. Oder in Büchern und Filmen. Oder in einer Kloschüssel. Nachdem die Technik erfunden worden ist – womöglich von Frauen – damit sie nicht tagelang auf die Rückkehr ihrer vagabundierenden Männer warten müssen, um mal eben Feuer zu machen, hat dieselbe, einmal in Gang gesetzt, dummerweise zunächst die entgegengesetzt Richtung eingeschlagen: Statt die Verrichtung einfacher und händischer zu machen, also mit weniger Kraft und mehr Zeit das gleiche Resultat und vielleicht sogar ein besseres zu erzielen als mit bloßer Kraft, erforderte die wachsende Technik Kraft und starken körperlichen Einsatz – beim Schmieden, im Steinbruch, beim Transport etc. Dies ist das Zeitalter der Pyramiden, die mit einem Aufwand von massenhafter menschlicher Energie und großem Kraftaufwand errichtet worden sind. Dieses Pyramidenzeitalter geht dem Ende zu. Dass es eigentlich schon zu Ende gegangen ist, sieht jeder, der einem Braunkohlebagger – die es ja nun schon seit Jahrzehnten gibt – beim Abbau zugesehen hat: Ein monströses Stahlgerüst auf Stahlketten frisst sich durch die Landschaft und verschluckt mal eben Schaufel für Schaufel Tonnen von fruchtbarer Erde, Gestein, Geschichte, Lehm und Braunkohle. Das alles gesteuert von einer einzigen Person. Ob Mann oder Frau spielt hierbei keine Rolle mehr. Genauso wenig wie am Lenkrad eines LKWs oder im Cockpit eines Düsenjets oder Weltraumrakete. Moderne Technik lässt sich auf die Formel bringen: Sie ist dann am Ziel, wenn sie mit einem minimalen Kraftaufwand ein Maximum an Wirkung erzielt. Also Kindheitsträume realisiert. Mit einem minimalen Kraftauwand einen – in Kinderaugen – riesigen Turm von Bausteinen zum Einsturz zu bringen. Das Kind, das sich daran nicht erfreut ist höchstwahrscheinlich seelisch krank. Mit einer einzigen Atombombe eine ganze Stadt auslöschen: Das ist Technik. Und eröffnet nun schon seit längerem den Weg ins Matriarchat. Haben die Frauen mit der Erfindung der Technik erst den Weg zur Zivilisation geebnet – es war schließlich eine Frau die den Wildling Enkidu im Gilgamesch-Epos zivilisiert – und in der Folge der Errichtung von Städten und Staaten die Herrschaft wieder verloren, so treten wir nun ein ins postindustrielle Zeitalter. Das kann jeder Mann erleben, der auf einer Kloschüssel sitzt, die zu klein ist. Nicht weil sie für Kinder gemacht worden sei, sondern halt ausreichend für Frauen. Und damit gut so. Aber nicht für Männer. Das heißt für Männer schon, wenn ihr Glied klein und pummelig ist. Aber nicht wenn es – aus welchen Gründen auch immer – lang und fest, eben erigiert ist: Da ist in der Kloschüssel kein Platz dafür. Warum auch. Was hat er da zu suchen. Der Macho, der mit seinem Gemächt demonstrativ den Raum einnimmt und möglichst breitbeinig keinen Konkurrenten neben sich duldet hat ausgedient. Doch vielleicht ist dies nur ein Zwischenmatriarchat – wie in den Zeiten als die Technik entdeckt wurde – weil die sich selbst steuernde Technik Mann und Frau die Verfügungsgewalt aus der Hand nimmt und fortan die Technik selbst die Herrschaft an sich reißt. So dass Menschen für die Technik da sind und nicht mehr umgekehrt. Vor vielen Jahren wurde das bereits in Klassenzimmern eingeübt: Da mussten kleine elektrische Geräte gepflegt und versorgte werden wie Babys und schufen schlechte Gewissen, wenn man so ein böser Rabenvater oder schluddrige Rabenmutter war, die sich um die verendenden elektronischen Geschöpfe nicht kümmerten. Das war nur das Vor-Spiel.

12:53 Uhr ndr
Während des Heiligabendgottesdienstes im Pflegeheim: Ein Mitarbeiter des Hauses fotografierte in seiner Arbeitskleidung, Jeans und T-Shirt während des Gottesdienstes. Eine Frau rief „Nein! Nein! Nein!" Er hockte sich auf den Boden neben sie. „Bleiben Sie hier!", sagte sie. Er holte sich einen Stuhl, setzte sich zu ihr und hielt ihren Arm.

12:54 Uhr ndt
Wurde Opfer einer Zollkontrolle, eben im Zug, mit Hund. Woher ich käme. Wohin. „Was führen Sie mit sich?" „Mich", antwortete ich. „Sie haben sonst nichts dabei? Kein Rauschgift, Drogen etwas zu Verzollendes? Leeren Sie bitte alle ihre Taschen." Und griff mich dann ab. So richtig. Das Buch *Al-Sahawardi* musste er sich doch ansehen. Ich hatte vor, als der Beamte durch den Zug ging, ihm meinen Personalausweis hinzuhalten. So aber griff er mich und den Mitfahrer mit dunkler Hautfarbe heraus.

12:55 Uhr gst
„es ging vorbei" –
so klingt erleichterung

„er ging vorbei"
so klingt enttäuschung

„ich ging vorbei"
so klingt reue

„warum ging ich nur vorbei?"
so klingt schmerz

komm, bruder Jesus,
komm vorbei

12:56 Uhr
Das Leben ans Bett gebunden zu einem Leben, das zwischen Bett, Tisch, Stuhl, Waschtisch und WC wechseln kann, ist wie der Unterschied zwischen der Zweiten und der Dritten Dimension: Es sieht alles gleich aus – dazwischen das Unüberbrückbare.

12:57 Uhr näd
VERKEHRSSPRACHE

Meine Frau erzählt von ihren Taxifahrten nach Hause. Täglich wartet ein Taxifahrer zum Ende des Schultages in der Nähe der Schule und bringt sie bis vor die Haustür. Er ist sehr zuverlässig, so genau, dass ich mich bei einem Treffen schon einmal dafür entschuldigte, dass ausgerechnet wir Deutsche nicht pünktlich da waren. Wir haben ihn über ein Ehepaar in Deutschland kennen gelernt.

Sie haben ihn uns empfohlen. Auf den Fahrten erzählt er hin und wieder, was ihm gerade über die Leber gelaufen ist. Er schimpft über alles mögliche und kommentiert Gott und die Welt. Er arbeitet Tag und Nacht und wundert sich über die, die das gleiche nicht tun, Tag und Nacht. Meine Frau hat beobachten können, wie der Verkehr hier funktioniert. Alles ist Kommunikation. Von hinten kam ein Autofahrer heran geschossen, der ihn unbedingt überholen wollte. Er machte ihm bereitwillig Platz und durch die – bei ihm immer geöffneten Fenstern, er hat keine Klimaanlage – rief er dem anderen einen entsprechenden Kommentar zu – „bitte, bitte! wenn du unbedingt willst! Hier ist der Platz, speziell für dich!". Ein schnelles hin und her ergab sich. Und zum Schluss mussten sie beide lachen.

An einer anderen Stelle galt es eine Vier- bis Sechsbahnige Straße – je nach Laune der Autofahrer – zu queren um an einem sogenannten U-turn ganz links auf die andere Straßenseite zu kommen. Am rechten Rand steht ein Polizist der gelegentlich den Verkehr regelt. Der Taxifahrer fuhr ganz rechts an allen vorbei, die ähnliches vorhatten, nah an den Polizisten heran. Und fragte ihn, ob das irgendwie in seinem Sinne zu regeln sei, einmal die komplette Fahrbahn überqueren und dann links ab, wenden und auf die andere Seite. Er nickte. Wartete einen geeigneten Augenblick ab, stellte sich auf die Fahrbahn, gab die nötigen Zeichen, der Verkehr bewegte sich in die gewünschte Richtung und der Taxifahrer schloss sich dem an. Er passierte den Polizisten und bedankte sich. Und so ist auch das Hupen zu verstehen, es sind Signale, wie eine eigene Sprache.

12:58 Uhr ndr
Der Zug fährt aus Mainz heraus. Am Nachbargleis lese ich den Hinweis „Idar-Oberstein" – und schon stellt sich das sentimentale Gefühl ein, ‚war das schön!' Und die bekannte Frage: Konnte ich es im Augenblick – in Idar-Oberstein – genießen? Ja, habe ich; aber das Sentiment – ‚sentimentales Gefühl' ist doch eine Tautologie? – suggeriert etwas anderes: Ein ‚Das-wünsche-ich-mir-wieder': Wie als Kind, als ich nach dem Spielabend am sonst grausam langweiligen Sonntagabend müde ins Elternbett – in deren Bett, denn ich wurde nachts ‚umgebettet' – fiel und dachte: ‚So soll es jeden Abend sein'. Oder

nach einem Gespräch mit einer ägyptischen Freundin abends im Gemeindehaus über Himmel und Hölle.

12:59 Uhr ndt
s t o t t e r n

weil sich mir im augenblick des redens
gedanken querstellen
die einfordern zugleich geäußert zu werden
etwa der art: „du kannst es auch ganz auf anders weise sagen"!

13:00 Uhr cft
ESCHATOLOGIE

Es geht um eine Eschatologie, die
Aa) weder die Weltlichkeit der Welt aufhebt, zum Beispiel durch Weltflucht, Spiritismus, Wunderglaube,
Ab) noch diese verabsolutiert, etwa durch die Anwendung tötender Gewalt und
Ba) weder die Wirklichkeit von Gottes neuer Welt leugnet
Bb) noch die Vorläufigkeit der gegenwärtigen Welt verkennt, also das Ausstehen der Vervollkommung bekennt.

Es geht um die Rationalität der Welt und um die Wirklichkeit von Gottes neuer Welt; dass die Vorläufigkeit der Welt festgehalten wird und darum die Falsifizierbarkeit von Behauptungen aufrecht erhalten wird und offene Fragen offen gehalten werden und zugleich das Vorzeichenhafte von Gottes neuer Welt wahrgenommen und gelebt wird: Zeichen der kommenden Vollkommenheit.

In der Rationalität der Welt werden die Zeichen der Vollkommenheit gerade durch das Bewusstsein des Gebrochenen, Unvollkommenen deutlich und damit ein Stück der Wirklichkeit von Gottes Reich real.

In der Hoffnung auf Gottes neue Welt ist es die Wirklichkeit der Welt, die in der Erfahrung des Unvollkommenen und Zeichenhaften präsent ist. Das Verabsolutieren einer der beiden Seiten, der Weltlichkeit der Welt oder der neuen Welt Gottes, zerstört darum beides.

Nun gehört zur Welt, besser zum menschlichen Leben, nicht nur das Rationale, sondern viel mehr noch

13:00 Uhr

das Irrationale. Eschatologie vermag dabei das Irrationale zu heilen, es zu mäßigen, indem es nicht das Rationale zerstört, sondern Spielräume der Einfallskraft freisetzt, in den Dienst der rationalen Verrücktheit von Gottes neuer Welt tritt und das, was jetzt noch unmöglich ist, bereits als möglich erachtet und Wege dahin er-findet.

13:01 Uhr

Schlummertraum: Erschießungskommando – Befehl – Schuss – der einzige der schießt: Ich. Alle anderen traten zuvor einen Schritt zurück. Deliquent tot. Fühle mich doppelt verraten.

13:02 Uhr ndr

Langeweile scheint das Milieu zu sein, in dem sich Gedanken, Ideen, Vorhaben bilden können, die sonst nie eine Chance dazu hätten, weil sie so anders sind. In Zeiten ohne Langeweilse gibt es laufend mehr oder weniger Bekanntes – vor allen von anderen Leuten ist es immer etwas, das auch vor mir und ohne mich da war und ist – aber was ohne Anknüpfungspunkte an Bekanntem entstehen kann, dazu braucht es wohl die Langeweile. Zugfahren ist vielleicht ganz gut dafür geeignet.

Und die Langeweile, die ich als Kind erlitt, vor allem in Krankenzeiten und wochenlang im Krankenhaus? Für Kinder ist das etwas anderes? Sie benötigen zur Bildung von Eigenem die Anregungen, weil jede Aufnahme einer Anregung mit dieser selbst nie identisch ist. Mir geht es jetzt um das ziemlich Neue, Andere, um das mit wenig Anschluss an Bekanntem. Wie Friedenstheologie aussehen kann.

Dabei ist klar: Völlig Neues wird es kaum geben, weil der Kontext von Zeit notwendig Vorrausetzung dafür ist, dass etwas ist und entstehen kann und dadurch mit allem anderen verbunden ist.

13:03 Uhr

KEINE GOTTESDIENSTE

„Ich dachte, du würdest keine Gottesdienst mehr übernehmen?", fragte die Kollegin erstaunt. Ich verneinte; ich hatte bei meiner Verabschiedung nur gesagt, dass ich keine mehr im Talar leiten würde. Diese Art der Radi-

kaltität passt offenbar in kein Schema, so dass ein Anpassungsdruck entsteht. Leichter ist es, einen ganz radikal zu machen, ‚überhaupt keine Gottesdienste' – dann kann alles so bleiben.

13:04 Uhr nsr

meine Verstümmelungen sind noch nicht ganz verheilt, die Trauer darüber noch nicht vollständg überwunden. Im Gottesdienst in der Joriskerk in Venlo wurde völlig unvermittelt ein Lied mit einer Melodie von OOMEN gesungen, dass mir zum Weinen zumute war. Und weil ich es mir mitten im Gottesdienst nicht erlaubte, schnürte es mir den Hals zu. Weinen, worüber? Über die zerstörten Möglichkeiten? Welche? Beinbruch. Schädel-Basis-Bruch, Armbruch, Handwurzelknochenbruch, Nierenspende. Ich habe soviele Menschen in mein Herz geschlossen... Das Lied hieß: Wie in de schaduw Gods mag wonen; Melodie nach dem Lied „Licht dat ons anstoot in die morgen", nach einem Gedicht von HUUB OOSTERHUIS.

Das ist nicht Weinerlichkeit oder Sentimentalität, dass mir bei dieser Melodie zum Weinen zumute ist: Die Melodie und der Text vermitteln eine Achtsamkeit und Sorgsamkeit mit dem Gebrechlichen, so dass meine Verstümmelungen sich melden können, um beachtet zu werden.

13:05 Uhr cär

Wie ist eine a-religiöse und nicht-kirchliche Rede von Jesus von Nazareth und seiner Botschaft möglich? Warum soll das nötig sein? Weil es um Inhalte geht, die ohne Bezug zu Jesus von Nazareth in der Luft hängen – z. B. die Feindesliebe. Dieser Inhalt ginge verloren.

13:06 Uhr

MEIN ALLERWELTSGESICHT – EINE NARZISTISCHE KRÄNKUNG

Seit einiger Zeit trage ich unter freiem Himmel keine Baskenmütze mehr. Der Mann von der Kripo während meiner letzten Aktionen am Atomwaffenlager Büchel war irritiert, als er mich wiedersah: ‚Sie sind ja gar nicht wiederzuerkennen' – ‚das ist meine neue Tarnung', erwiderte ich. Nun widerfährt es mir tatsächlich, dass mich

Leute, von denen ich – nach meinem Eindruck – zuvor in der Gemeinde gegrüßt worden bin, nun übersehen oder nicht erkennen?

Es scheint tatsächlich eine gehörige Portion Narzissmus dabei mitgespielt haben, diesen Beruf zu erwählen. Vor allem seit die Gebetsrichtung des Pastors nicht mehr (bei den Katholiken seit dem Zweiten Vatikanischen Konzil, bei den Reformierten schon länger) mit der Gemeinde, sondern gegenüber zur Gemeinde ausgerichtet ist.

Als Vikar und in meiner Ersten Pfarrstelle litt ich noch vor jedem Gottesdienst eine Unsicherheit, die alles andere als angenehm war. Eine psychologische Beratung half mir, meine Grund-Unsicherheit nicht zuletzt auch bei allerkleinsten Entscheidungsfragen – auf welchen Stuhl an welchem Tisch nehme ich im Restaurant Platz und ähnliches – zu überwinden. Noch heute reagiert mein Darm am Sonntagmorgen vor dem Ersten meiner beiden regulären Gottesdienste unvergleichlich: Es muss zuvor alles, alles raus. Damit ich mich richtig ausdrücke?

Aber warum habe ich mir überhaupt die Baskenmütze regelmäßig aufgesetzt?

Das hat auch mit Unsicherheit zu tun. Der Mann, dem ich als Jugendlicher in meiner Ablösung von meinen Eltern vertraute, trug eine solche Baskenmütze. Sein Charisma wurde mir zum Vorbild, seine Baskenmütze für mich zum Fetisch, es sollte mein mangelndes Charisma verdecken; mir helfen meine Verzagtheit, ja Feigheit zu überwinden, mir Achtung und Anerkennung verleihen, wie ich sie ihm lieh. – Es dauerte nicht lange, nie mehr trug er m. W. eine Baskenmütze. Ich behielt es bei. Bis heute, zumindest wenn es regnet, weil ich Regenschirme nicht mag. Unterhalten haben wir uns nie darüber. Ein stillschweigendes Geheimnis.

Abgelegt habe ich sie auf der Suche nach einer psychosomatischen Ursache für meine anhaltende Nasenschwellung. Bei Cochem an der Mosel, mitten im Sommer auf einer der Wiesen im Schatten unter einem der wenigen übriggebliebenen Bäume – mitten im Touristentrubel auf den Wegen links und rechts der Rabatte. Die Mütze ist nun zwar weg, die Schwellung aber noch nicht. Lieber eine narzistische Kränkung ertragen als sich über sie hinweglügen.

Wir, meine Frau und ich, wandern nach Ägypten aus. Mit Vier Koffern, Zwei Taschen und Einer Geige. Eine Freundin fährt uns mit ihrem Siebensitzer zum Flughafen. Wir füllen mit unserem Gepäck den ganzen Wagen aus. Die Freundin erzählt vor der Hochzeitsvorbereitung ihrer ältesten Tochter, die zugleich eine neue Wohung in einem neuen Haus bezieht. Die Tochter klagte, dass im Haus, in der Wohnung und zur Hochzeit nichts fertig sei. Die Mutter nahm die schluchzende Tochter in den Arm und sagte zu ich: ‚Ach meine Liebste, wenn's nach mir ginge, ihr müsst überhaupt nicht heiraten. Du ziehst zu mir und er zu seinen Eltern und dann wird es schon werden!' ‚Ach Mama', antwortete sie, so unsere Fahrerin, ‚das wollte ich jetzt aber nicht gerade hören!' Danach sei sie geheilt gewesen und freute sich über jeden kleinen Fortschritt.

13:08 Uhr näd
UND WAS WILL ICH?

Heute ging mir auf, ja, und, ja, ich zählte nach, konnte es gar nicht glauben, dass ich im Dritten Jahr meiner forschungstheologischen Arbeit angekommen bin. Schon seit einiger Zeit liegt am Schreibtisch ein Zettel mit den noch zu bearbeitenden Werken, gelistet nach Erscheinugsdatum. Sie werden jetzt Stück für Stück weniger. Langsam, aber weniger. Einem Freund schrieb ich: Ich komme mir vor wie ein Münzensammler, der vor einer riesigen Kiste Münzgeld sitzt und weiß, dass da Schätze drin sind. Dafür aber muss er jede Münze einzeln ansehen und umdrehen. So auch ich: Seite für Seite und Satz für Satz, immer auf der Suche nach Schätzen oder Anregungen. Und ob es an der Liste liegt oder an dem Buch, das ich gerade bearbeite, allmählich kommt das Gefühl auf, dass dieser Teil der Arbeit seinem Ende zuneigt. Und zum Ersten Mal, heute, stand ich vor der Frage: ‚Und was willst du eigentlich?'

Das hatte ich mich noch nie gefragt. Was ich eigentlich will? Mit der Friedenstheologie? Die Fragestellung kippt. Noch ist die Frage von der Neugier bestimmt: Was gibt es an Friedenstheologie? Und ich entdecke immer mehr!

Die Frage war bislang, was zu meinem Pensum friedenstheologischer Forschung gehört. Und wie ich das bewältige. Und wie ich das anstelle. Das war alles vom Thema her bedingt. Nun stehe ich vor der umgekehrten Frage: Und was will ich?

Und stelle fest – auf dem Weg zur Musikprobe mit der Geige auf dem Rücken – durch die dunklen Straßen des Stadtrandes von Kourba in Kairo-Heliopolis, das ist eine mir nicht bekannte Frage. ‚Was will ich?‘ Ich habe diese Frage auch nie ernst genommen, weil im Vordergrund steht, was anliegt. Was steht an? Das mag so sein und ist auch gut so. Nur jetzt – was will ich mit meiner Forschung zur Friedenstheologie? Ich habe eine Idee, aber noch kein Konzept. Ja, es soll ein Friedenszelt entstehen. Mit anderen Zelten dabei, die die verschiedenen – ja was, schon geht es los: Teile? Dimensionen? Aspekte? Und wie, bitte auf deutsch? der Friedenstheologie und ihres Umfeldes thematisieren. Soweit so gut. Aber, was will ich?

So passierte ich eine Augenklinik; ein Wohngebäude, mit fantasievoll geschwungenen Außenbahnen, Dreizehn- oder Fünfzehnstöckig, keine Ahnung, habe nicht gezählt, mit vielen Appartements und scheint's kleineren und größeren Wohnungen; ging an einer Villa vorbei, die aus dem Musterbuch von Escher entsprungen zu sein scheint, da wo das Wasser rauf und runter läuft, sie beherbergt eine Schule. Ein Kindergarten wirbt mit farbigen Dias von ihrer tollen Arbeit, die Kinder beim Schwimmen und Spielen und Tanzen zeigen und auf einmal stehe ich vor der Kirche, wo die Proben stattfinden. Schon da?! Ich hatte mir die Uhr gestellt, ich wollte wissen, wie lange ich brauche, selbst wenn ich mir Zeit lasse. Zwanzig Minuten. Mit der U-Bahn bin ich nur Fünf Minuten eher da! Viel zu früh. Ich schlendere an einem kleinen Laden vorbei, der exquisite französische Kuchen und Küchlein anbietet. Eine Wechselstube. Ein Restaurant, das nur ein einziges Gericht anbietet, Kosheri, ein Barbier, dort sitzt tatsächlich jemand, der sich seinen Bart richten lässt, ein Café mit vielen Männern und Wasserpfeifen, ein Stand, von dem die gerösteten Maiskolben schon alle verschwunden sind, aber der Rauch aus der Kohlenwanne noch Schwaden auf den Bürgersteig schickt. Eine ältere Dame belehrt einen aufmerksamen Knaben und fühlt sich irritiert, als sie mitbekommt, dass

ich von der Seite einen vorsichtigen Blick auf die beiden werfe, es sah zu schön aus! Und überquere die Straße. Hat geklappt. Klopfe an das Tor und kann dem Wachmann jetzt sogar – ich habe nachgesehen! – auf Arabisch sagen, was ich vorhabe. Nehme mir Zwei Stühle, die im Kirchhof meterhoch gestapelt sind und studiere meine Mails. Aus München erhalte ich einen Artikel aus einer Wochenzeitung, dass die Zeit der transatlantischen Beziehung zwischen Deutschland und den Vereinigten Staaten von Amerika vorbei sei. Man müsse sich anders und völlig neu orientieren. Zauberwort ist: Ambivalenzkompetenz. Vieles stimmt, manches halte ich für übertrieben. Vor allem, die Vereinigten Staaten von Amerika einfach abzuschreiben, das arme Volk. Aber von der Band, mit der ich proben wollte, kommt niemand, obwohl es Zeit dafür ist.

Aber der Priester der Gemeinde kommt. Wir begrüßen uns. Im Dunkeln hält er mich für einen Journalisten, mit dem er verabredet war, aber nicht für heute. Er ist etwas irritiert. Wir klären das im Eingangsflur und gehen dann nach draußen. Er telefoniert mit dem Bandleader. Ja, er war heute mit seinem Enkel im Sinai und ist gerade zurückgekommen. Wir sehen uns morgen bei der Probe. Wir sehen uns. Der Priester setzt sich zu mir.

Ob wir jemanden aus der Gemeinde finden könnten der oder die gegen Geld, versteht sich, uns abends Ein- bis Zweimal in der Woche Arabischunterricht geben könnte, ägyptisches Arabisch, bei uns zu Hause. Oder hier?, fragte ich und zeigte auf den Vorplatz, der jetzt gähnend leer aussah zwischen Gemeinde-Pfarrhaus und Kirche. Was ich denn mache, wollte er wissen. Ich forsche als Mitglied des Internationalen Versöhnungsbundes über Friedenstheologie. Ich sei dabei eine Forschungsstelle Friedenstheologie aufzubauen. Wo dies denn begonnen habe. Ich verweise auf Jesus, die Bergpredigt. Ja, klar, aber diese theologische Richtung, wo habe das angefangen. Ich erzähle von Benedikt XV., von den Gründern des Versöhnungsbundes und der Ökumenischen Bewegung. Von Mennoniten und meiner Literatur. Dann, so meinte er, bereite ich also ein Seminar vor. So könnte man es sagen. Ob das im Priesterseminar vorgetragen werden könnte. Und welche Zeit wäre dafür nötig. Das könnte ich jetzt noch nicht sagen – ich sei ja jetzt zum Ersten Mal mit dieser Frage konfrontiert, ein

Seminar darüber zu halten – aber wenn er mir einen Monat Zeit gäbe, könne ich gewiss darauf antworten. Natürlich könne ich jetzt etliches aus dem Ärmel schütteln, aber es muss ja Hand und Fuß haben. Und ob ich mich mit ihm und anderen treffen könnte um Fragen, die mich beschäftigen, zu bedenken. Gewiss, wenn der Monat um ist. Sie hätten auch wöchentlich einen Abend mit biblisch-theologischen Themen, da könnte ich ja auch einiges einbringen; nach einem Monat. Es klingt interessant. Und er macht noch weitere Fächer auf: Er schaut in das Fach der protestantischen Pfarrerausbildung. Zu seinen Kontakten mit der Al Azar. Dass er Mitglied bei Justice and Peace ist. Mal sehen. Schritt für Schritt. Wir verabschieden uns. Und Schritt für Schritt gehe ich den gleichen Weg zurück. Es ist gut ihn auch aus der umgekehrten Perspektive gesehen zu haben. Dort wo der Müll sich auf dem Hinweg gestaut hatte, steht ein Transporter und Drei junge Männer in der Nähe. Die Motorklappe ist geöffnet. Einer hockt am Straßenrand und lehnt gegen die Mauer. Ein anderer geht zu einem Mülleimer und ein Dritter ist an den Müllcontainern dran, die irgendwie zu leeren sind. Und ich in der Hand eine kleine Schachtel mit einem besonderen französischen Kuchen, schließlich ist morgen für meine Frau Feiertag, Freitag.

13:09 Uhr ngr
Zurück von dem Besuch bei einem Pfarrerkollegen im Ruhestand. Er erzählte mir von einem Zweifach erlebten befristeten aber kompletten Ausfall der Erinnerung, „es fehlen jeweils circa Zwei bis Drei Stunden". Das geschah im Dienst als Pfarrer und danach. Es erinnerte mich an meine Angst?, Befürchtung in der Gemeindearbeit zuletzt, nicht immer alles präsent zu haben, schlimmer: Dinge einfach zu vergessen; das nährte den Dauerzweifel an mir selbst. Und machte mich womöglich einfach dadurch in den Augen anderer demütig?

13:10 Uhr npr
Ich glaube, dass es einen kaum zu vermittelnden Unterschied ausmacht, ob in einer Kultur, einem Denken, einer Philosophie, einer Kirche, Religion, Theologie, politischen Wissenschaft etc. der Raum das Maßgebende ist, sozusagen der Rahmen der Rahmen – oder die Zeit.

Der Raum erscheint zeitinvariant. ob er nach vorne, nach hinten, gestern, heute oder morgen durchquert wird, das scheint für den Raum unerheblich zu sein.

Dann ist es auch möglich, dass das, was in diesem Raum ist, statt in diese (nach Vorne) Richtung zu gehen auch in diese (nach Hinten) gehen kann – oder gar nicht: Die Sonne stand still über dem Tal Gibeon (Josua Kapitel Zehn Vers Zwölf) – oder ging Drei Stunden zurück (Jesaja Kapitel Achtunddreißig Vers Acht). Oder kommt gar nicht hervor nachdem sie die Unter- (welt)-Räume durchquert hat! Welt-Raum!

Mindestens die katholische Volksfrömmigkeit, wenn nicht große Teile der Theologie, scheinen von der Priorität des Raumes auszugehen und der Realität virtueller imaginierter Räume! In Ihnen bewegen sich die Heiligen, die – und darum müssen sie bilokal sein – sich dahin bewegen, wo sie angerufen werden. Feste Zeiten rund um den Globus verhindern, dass sie sich zu sehr verteilen müssen. Sie würden sich ganz und gar zerreißen oder einfach komplett zurückziehen. Jesus und Gott sind allgegenwärtig, denen kann das nicht passieren.

13:11 Uhr cfr
Eine formalisierte, ritualisierte Religion scheint gerade den Ausschluss von offenen Fragen zum Prinzip zu haben, vielleicht sogar zum Grund und Zweck.

Offene Fragen können verunsichern. Warum eigentlich?

Sie sind das Pendant zur Zeit: Dass sich alles ändert.

Parmenides und seine Schule wollten für die Welt des Geistes gerade das ausschließen. In der Welt des Geistes ist alles eins und immer gegenwärtig. Dass gerade dort Probleme auftauchen, die zu offenen Fragen führen – wer konnte das wissen? Zum Beispiel was Platon bereits entdeckte: Das Prinzip der geistigen Welt ist, dass das Sein eins ist. Dass aber sind schon Zwei Prinzipien: Das das Sein ist und dass es eins ist. Sind es im Ursprung also Zwei Prinzipien – ein Oxymoron – oder ist ein Prinzip? Wie aber verhalten sich dann beide Teile zueinander?

13:11 Uhr

Kant veränderte das Problem, indem er erkannte, dass „sein" kein Prädikat ist. Dafür reflektierte er über die Grenzen der Vernunft und schuf neue Fragen: Außer für Moral und Ethik schien für Gott kein Platz zu sein.

13:12 Uhr när
MEINE HAUSMOSCHEE

Zum Zeitpunkt des Mittaggebetes war ich in meiner Hausmoschee. Ich kam einige Minuten eher an. Auf der Tafel, die die ortsgenaue Uhrzeit angab, stand „12:09". Um Zwölf Uhr Sieben Uhr stand ein mittelalterlicher sehr schlanker Herr, der zuvor auf einem Stuhl links neben einer Säule vor der Gebetsnische, Mirhab, gesessen hatte, auf, und stellte sich mit seinen O-Beinen in Jeans barfuß neben den Predigerstuhl auf, zupfte an der Stromleitung neben der Gebetsnische – so beendete er die Rundfunkverbreitung eines frommen Senders – schaltete das Mikrofon an und begann mit dem Mittagsgesang. Als er aufhörte, vollzog er in aller Stille sein Mittagsgebet. Mit ihm Vier weitere Männer. Erst als er das beendet hatte, ging ich wieder heraus, zog meine Schuhe an und setzte meinen Vokabel-Lern-Besorgungs-Weg fort. Der Gesang des Imams war wie üblich klar, selbst in den Dreivierteltonschritten sauber und mit der Begabung ausgestattet, sich zurücknehmen zu können.

13:13 Uhr cfr
„Der Weg zu Gott geht nur über den Feind" – Walter Wink. Ich drehe den Satz um: „Der Weg zum Feind geht nur über Gott" und entdecke, dass Jessu mir feind ist – und was ist es, nach der Projektionslehre, was ich in ihm erkenne und in mir ablehne: Die Feindesliebe und seine freiwillige Armut.

13:14 Uhr när
In einer Ecke des eingemauerten Schulbezirkes steht eine etwas windschiefe kräftige Akazie, dessen Stamm sich wie ein stämmiger weiblicher Leib leicht macht, sich ewas zurücklehnt und seine nackten Brüste präsentiert – so muten die Zwei Schwellungen am Stamm von Weitem aus gesehen an.

13:15 Uhr ndr
mein Füller ist für mich fast zu einem Fetisch geworden. Geht's ans Schreiben fühle ich mich nicht wohl, wenn ich ihn nicht finde!

13:16 Uhr näd
VIER

Der meiner Frau und mir gut bekannte Taxifahrer fährt mich zur Europaschule quer durch die halbe Stadt nach draußen in die Satellitenstadt Tagamoa Chamis – was so viel heißt wie „Fünfte Ansammlung". Entfernung – ca. Zwanzig Kilometer Luftlinie. Die große Verbindungsstraße, die Suez-Straße ist so voll, dass der Taxifahrer eine Nebenstrecke nutzt. Natürlich ist auch hier viel Verkehr. Ein anderes Taxi fährt mal vor uns, mal neben uns. Immer wieder stockt der Verkehr und wir müssen warten. Über dem Nummernschild hat das andere Taxi etwas Handgepinseltes auf Arabisch stehen. Ich fange an es zu entziffern. Es klappt. Der Taxifahrer hilft mir es zu verstehen. Das Erste Wort bedeutet „Fisch". Ok. Das Zweite Wort ist „vier". Ok. Das Dritte Wort ist mir völlig unbekannt, es bedeutet „Menge". So und jetzt? Bin ich schlauer? Wieder bekomme ich guten Nachhilfeunterricht. „Vier Fische sind eine Menge". Ich frage ihn was das bedeute. Er zuckt mit den Schultern, keine Ahnung.

Die Strecke von oder zur Schule, wenn wir diesen anderen Weg nehmen, führt regelmäßig über den Platz Rabaia, im Volksmund einfach „Arbaa", „Vier", genannt wird.

Hier fand Zweitausenddreizehn ein Massaker statt. Aus Protest gegen die Absetzung des Präsidenten Mursi hatten Anhänger der Muslimbruderschaft auf diesem Platz eine Zeltstadt errichtet. Der Stadtteil war ihre Hochburg. Tage- und nächtelang versammelten sich dort die Anhänger Mursis und klagten die Einhaltung der Verfassung ein. So wurden viele von ihnen auf einmal zu Wahrern des Rechtsstaates. Sie kritisierten den Machtmissbrauch, dass ein vom Volk gewählter Präsident vom Militär abgesetzt worden war.

Bis heute sind die Umstände ungeklärt, warum der Vertreter der Muslimbrüder Präsident geworden ist, das Ergebnis der Auszählung der Stimmen bei der Wahl Zweitausendundzwölf soll denkbar knapp gewesen sein. Es hatte damals Tage gedauert, bis es bekannt gegeben wurde. Einige vermuteten damals, dass hinter den Kulissen miteinander gerungen wurde, wer nun Präsident werde. Meine Vermutung: Das Militär hat Mursi machen lassen um einem Aufstand im Land aus dem Weg zu gehen; dies aber unter der Vorgabe, dass die Muslimbrüder die Vorherrschaft des Militärs nicht anrührten. Aber das sind Spekulationen, wir werden es in Fünfundzwanzig oder Dreißig Jahren, wenn die Archive zugänglich sind, vielleicht wissen.

Der hochrangige Militär as-Sisi wurde nach der Absetzung Mursis Präsident, aber die Zeltstadt der Muslimbrüder war ihm ein Dorn im Auge. Nachdem es mehrere Wochen lang immer wieder zu Ausschreitungen kam, Streitereien bis hin zu bewaffneten Auseinandersetzungen, ließ as-Sisi am 14. August 2013 das Militär auffahren. Wer nicht das Gelände verließ, wurde zusammen geschossen – die „chinesische Lösung" vom Platz des Himmlischen Friedens. Ein Augenzeuge, ein Reporter der Washington Post, berichtete, es habe über Eintausend Tote gegeben.

Den Platz habe ich zum Ersten Mal ein Jahr nach dem Massaker bewusst wahrgenommen. Wir kurvten mit einer jungen Studentin, die wir schon als Kind kannten, durch die Stadt und auf einmal meinte sie, „hier ist der Platz Rabaa". Man sah nichts, was darauf hinwies, was hier stattgefunden hatte. Angehörige der Opfer, die sich mit Mahnplakaten dort hinstellen würden, würden sofort verhaftet werden. Wer in der Öffentlichkeit das arabische Zeichen für „Vier" macht, Vier Finger einer Hand ohne den Daumen, macht sich verdächtig, ein Muslimbruder zu sein und kann damit rechnen umgehend festgenommen zu werden. Die Zahl „vier" ist öffentlich tabu. „Vier Fische machen eine Menge".

13:17 Uhr nfd

Um das Maß der Gemeinsamkeiten zwischen Zwei Menschen festzustellen, dürfte ein einfacher Fragebogen genügen.

1- Kennst du seinen Namen? (Fragetyp 1)
2- Weißt du, welche Sprachen er/sie spricht? (1)
3- Weiß er/sie wie alt du bist? (Fragetyp 2)
4- Kennst du Worte aus seiner/ihrer Sprache? (1)

5- Habt ihr euch schon mal gesehen? (1)
    Die Judenaustreibung geschah in Dörfern und Kleinstädten, wo man sich kannte!
6- Magst du das erzählen?
7- Was glaubst du, was er/sie glaubt? (1)
8- Und weißt du, ob er/sie weiß, was du glaubst, dass er/sie glaubt? (Fragetyp 3)
9- Hast du das, was du glaubst ihm/ihr schon einmal erzählt? (1)
10- Und glaubst du, dass er/sie weiß, was du glaubst? (2)
11- Weißt du, was er/sie werden will? (1)
12- Weißt du, was er/sie für einen Beruf hat? – wo er/sie zur Schule / zur Ausbildung geht? (1)
13- Wo machen sie in diesem Jahr Urlaub? (1)
14- Im letzten Jahr? (1)
15- Glaubst du, dass sie wissen, wo du in diesem/letzten Jahr Urlaub machst/gemacht hast? (2)
16- Wieviel verdient er/sie? (1)
17- Glaubst du, dass er/sie weiß, wieviel du glaubst, dass er/sie verdient? (3)
18- Weiß er/sie, wieviel du verdienst? (2)
19- Weiß er/sie, ob du verheiratet/ledig o.ä. bist? (2)
20- Hat er/sie Kinder? (1)
21- Weiß er/sie ob du Kinder hast? (2)
22- Gibt es etwas, worüber du mit ihr/ihm nicht reden würdest – auch wenn er/sie dich danach fragt? (1)
23- Glaubst du, dass er/sie etwas hat, worüber er/sie nicht sprechen? (2)
24- Auch nicht, wenn du danach fragst? (2)
25- Liegt das, worüber du nicht sprechen würdest bei dir im Bereich (1)
25-- Verdienst und Arbeit?
26-- Sexualität und Familie?
27-- Erholung und Freizeit?
28--- Kollegium, Kollege, Kollegin und Chefs?
29-- oder eigenhändige Angaben: _____
    Dabei gibt es folgende TYPEN:
TYP 1: *Direkter Bezug* – A -> B
TYP 2: *Re-Direkter Bezug* – A -> B -> A
TYP 3: *Reflexiver Bezug* – A -> B -> A -> B
    AUSWERTUNG:
Wenn bei der Befragung von A und B die Anzahl der Antworten mit „ja" zwischen A und B annähernd gleich sind, kennen sie sich.

13:17 Uhr

Wenn die Fragen vom Typ 3 ohne Antworten sind, dann sind sie sich nur oberflächlich bekannt.

13:18 Uhr

Im Krankenhaus vor dem Raum Zweitausendundvierhundertundachtundfünfzig, Zweite unabhängige Untersuchung zur Vorbereitung meiner Nierenspende. Der Hinzug blieb schon am Zweiten Bahnhof stehen. Dort wurde uns empfohlen mit dem nächst möglichen Zug zum nächsten Streckenknotenpunkt zu fahren. Dort angekommen, war der Intercity-Express schon weg. Bekam den Zug, der einfach eine Stunde später folgte – auf ihn hätte ich auch an dem Bahnhof warten können, wo ich gestrandet war. Im Zug fand ich einen Platz. Meine Nachbarin wurde aufgefordert, den Platz frei zu machen, „ggf. freimachen", leuchtete eine Anzeige. Ich hatte an meinem Computer noch eine Mail an meine Frau mit der Hoffnung, dass ich nicht weichen müsste, nicht fertig geschrieben, da stand schon jemand vor mir – jetzt sitze ich vor dem Raum Zweitausendvierhundertundvier – und verlangte den Platz zu räumen. „Ich gehöre zu denen vom gestrandeten ICE." „Ich auch", bekam ich zu hören, „wir haben sofort am Schalter neu reserviert". „Na fein", sagte ich, stand auf und wünschte eine gute Weiterfahrt. Im nächsten Waggon gab es tatsächlich einen Platz, am Ende, ohne Anzeige, eine Dame hatte darauf ihre Tasche platziert. Ob der Platz frei sei oder ob sie den Platz bräuchte. Nein, sie nahm die Tasche und ich den Platz. Vor dem nächsten Bahnhof – hatte gerade alles aufgebaut, Computer, Stromanschluss verkabelt, Brot ausgepackt, Kaffeethermoskanne und Becher, Zeitung und der „Zugbegleiter", das Faltblatt mit den Fahrtzeiten und Anschlüssen – da begehrt sie durch gelassen zu werden, „kein Problem", gab ich vor, mehr um mich zu ermutigen, als den Tatsachen gerecht zu werden. Und tatsächlich, die gleiche Hand mit dem Kabel zur Steckdose mit der ich die halbgefüllte Kaffeetasse hielt, hätte fast meinen Platz Kaffeebraun gefärbt. Die Nebendame entschwand ohne ein Wort und Zeichen und ohne Tasche oder Gepäck, so dass ich annahm, es sei ein Weg zur Toilette oder zum Zugrestaurant. Eine Dame, die am nächsten Halt zugestiegen war, stellte einen großen Koffer ab und fragte ob der Platz frei sei. Ich verneinte. Nach einer Weile – sie war immer noch im Vorraum mit ihrem Zeug – meinte

ich, genauer gesagt wüsste ich es nicht, ob der Platz frei sei, da hätte eine Dame gesessen, die sich entfernt habe ohne au revoir zu sagen, vielleicht sei sie ausgestiegen, sicher könne ich es nicht sagen. Sie nahm Platz. Meinte, dass man den Ferienanfang merken würde, der Zug wäre voll. Ja, stimmte ich ihr zu, ergänzte aber, „der vorangefahrene ICE blieb liegen, der Zug hat alle Gäste zusätzlich aufgenommen." Sie fragte, ob die Verspätung für mich ein Problem darstelle – nein, nicht wirklich. Da, wo ich hin will, müsse eben gewartet werden. Sie ließ nicht locker und wolte wissen, wohin ich denn wollte, dass eine Verspätung so wenig ins Gewicht fiele und fragte sie, das sei eine lange Geschichte, ob sie es wirklich hören wolle – und vertraute darauf, dass sich Fahrgäste ohne ihren Namen zu nennen voneinander verabschieden – und erzählte von dem Vorhaben der Nieren-Lebendspende. Natürlich kamen wir näher ins Gespräch. Wir fanden Drei gemeinsame Bekannte. Zum Schluss gab sie mir ihre Visitenkarte.

13:19 Uhr
DIE ENTLICHE UNTERBRÜCKUNG

Dass ich täglich anfing Elf arabische Vokabel zu lernen hatte nicht so sehr seinen Grund darin, dass ich vorhatte in wenigen Wochen meine Frau auf dem Weg nach Kairo zu begleiten. Es war die Einsicht, dass es nicht so weitergehen konnte, besser: dass ich nicht so weitersitzen konnte. Mich hatte ein Thema so gefesselt, dass ich wochenlang am Schreibtisch saß und studierte und zusammenfasste, was ich damit im Zusammenhang nur zu fassen bekam und am Ende dachte ich: Wenn ich so weitermache, bin ich körperlich in wenigen Monaten ein Wrack. Keine Bewegung. Von Sport halte ich eh nichts, viel zu gefährlich. Aber so geht es auch nicht. Aber ohne Hund und ohne Gehstöcke einach so nach draußen gehen und an der Maas entlang gehen, noch nicht einmal laufen? Wenigstens eines davon gehört sich doch für einen normalen Mitteleuropäer. Da kam mir die Idee mit den Vokabeln. Anstehen tat es sowieso. Nachdem wir – meine Frau und ich – schon über Zwanzig Lektionen Arabisch gelesen hatten aber sogut wie noch keine Vokabel – abgesehen von einigen unernsthaften Anläufen zur Selbstberuhigung – wirklich gelernt, war es nun wirklich an der Zeit. Elf Vokabel, weil ich Zehn langweilig fand,

Neun zu wenig und Zwölf schon wieder zuviel. Und natürlich lernte ich mit Karteikarten – wegen des Schreibens als zusätzlichen Lerneffekts und mit den bekannten Fünf Fächern. Immer die vom Vortag wiederholen und die gekonnten Vokabel rücken ein Fach weiter. Nach Fünf Mal weiß man's in der Regel. Ich nicht. Deswegen erfand ich das zusätzliche rückläufige System, auch mit Fünf Fächern, nun in der umgekehrten Sprachreihenfolge, deutsch-arabisch. Denn anfangs lernte ich „nur" arabisch-deutsch. Und wenn ich anfangs meinen Wecker auf Elf Minuten stellte, wer meint denn, dass ich dafür soviel Zeit bräuchte, wurden es sehr bald Zweimal Elf Minuten, Dreimal Elf Minuten, die letzten Woche blieb ich nie unter einer Stunde draußen. In der Regel immer an der Maas bis zur nächsten Schleuse und dann zurück. Nicht ganz auf der halben Strecke bis dahin, überbrückt ein Steg den Ortsbach, der sich schon seit Monaten wieder freundlich in die Maas ergießt. Zuvor konnte er eine Straßenbrücke vollständig mit sich reißen und den Stadtvätern und Stadtmüttern einiges Kopfzerbrechen bereiten. Es waren Unwetter, soviel Niederschläge, dass die Wassermassen sich ihre Bahn brachen. Der Steg war gerade so breit, dass an einem Fußgänger, der über die Brüstung den Bach betrachtete ein Fahrradfahrer langsam vorbei fahren konnte, aber Zwei auch schon wieder nicht. So lehnte ich also an der Brüstung und haderte mit einer Vokabel zu der mir partout keine sinnvolle Eselsbrücke einfallen wollte, obwohl ich auf einer, die dafür gewiss geeignet wäre, bereits schon stand. Ich war stehen geblieben, weil die Sonne um diese Zeit noch nahe am Zenit so hoch stand, dass ihre Strahlen unten im Bächleintal sich mit den Wuselwellen brachen, wie sie über die Steine hinwegsprangen. Es glitzerte so angenehm verbunden mit dem frischen Grün der Kräuter, Gräser und Büsche, die aus jedem Knopfloch der Winter- und Frühlingsjacke sprossen, dass ich daran nicht einfach vorbei gehen konnte. Das allein zu beschreiben wäre schon eine Aufgabe. Nur hier an diesem Ort jetzt zu dieser Zeit fügt sich das Geplätscher vom Bach so mit dem Grün der Böschung, dem Schatten der Bäume, dem heute klaren Wasser der Maas an der Bachmündung, leider war die Brücke zu hoch, als dass ich eines der Kräuter riechen konnte und die warme Sonne spürte ich auf der Haut. Was für ein Wunder dieser Ort. Wenn ich davon jetzt eine Aufnahme mache,

kann ich vielleicht die Schönheit damit wieder geben, aber die Anmut, die ich hier verspüre, wo bleibt sie? Muss sie nicht ersetzt werden durch die künstlerische Form? So dass der Betrachter merklich-unmerklich wahrnimmt, hier ist nicht einfach ein Foto, sondern ein Bild. Das Foto verwandelt das Wahrgenommene in ein Medium und verschiebt die Lebens-Gegenwart des Zeit-Raumerlebnisses in die Mittel-Zweck-Zwinge, die alles festhält, ist sie nur weit genug aufgedreht und dann wieder fest genug angezogen. Doch mit dieser Verzweckung geht verloren, was den Wahrnehmenden mit dem Wahrgenommenen leibhaftig räumlich-zeitlich verbindet. Die Kunst tritt an die Stelle und macht es erneut durch das Schöpferische nachvollziehbar, erlebbar, dass hier Leben ist, das anrührt. Wie hätte Eichendorff diese paar Quadratmeter Fleckchen Erde beschrieben! Ich kann noch nicht einmal die Namen der einfachsten Blüten, wie sie links und rechts gerundet, gefiedert, gezack, weiß, gelb, blau sich der Sonne entgegenstrecken. Unten an der Mündung stehen Zwei Pappeln, würdig die Stelle markiernd, wo das Wasser des Baches mit dem des Flusses ineinander fließt. Soll ich vielleicht doch ein Foto machen, wenn ich später mal diese Stelle beschreiben will, sozusagen als Erinnerungshilfe?

Eine Ente watschelte den Bach hinauf. Seltsam. Scheint interessant zu sein. Die glitzernden blauen Streifen am Ende seiner Flügel verrieten den Enterich. Sehr seltsam. Er gackerte. Hatte mich wahrscheinlich schon längst gesehen, machte aber keine Anstalten, weder stehen zu bleiben noch zurück zu gehen, langsam suchte er von Stein zu Stein den nächsten und übernächsten Halt. Es war mir rätselhaft, was eine Ente hier zu suchen hatte? Eigentlich gehören sie ja zu den Alleskönnern: Laufen auf Zwei Beinen, können fliegen, schwimmen, tauchen – einfach perfekt. Da sah ich, dass sich am Bach noch etwas bewegte. Viel, viel kleiner als die Ente aber im selben Farbton nur plüschiger kämpfte ein Junges mit den Fluten. Es paddelte schnell und intensiv, fand mal kurz Halt auf einem Stein, der mit einer Spitze knapp unter der Wasseroberfläche des Baches ragte und wurde auch schon wieder von der nächsten Welle weggespült – ohne allerdings mehr als nur ein paar Zentimeter an Strecke zu verlieren, so mächtig kämpfte das Junge gegen die Fluten an. Der Enterich war auf der einen Seite des Baches, sein Junges auf der anderen.

33

Nun schwamm es zu ihm hinüber. Nun ja, wenn so ein kleines Wesen so etwas interessantes wie eine Bachmündung entdeckt und dort hineinpaddelt, was bleibt dem Elternteil anderes übrig, als mit zu paddeln. Außer es droht große Gefahr. Noch vor Wochen hatte ich eine Entenfamilie gesehen mit Vier, Fünf, Sechs Jungen – hier war nur eines? Der Fuchs im Park, nur wenige Fußgängerminuten entfernt hat auch seine Jungen. Und ziemlich am Ende der Nahrungskette hat er keine große Auswahl. So ein paar Junge schmecken ihm bestimmt nicht schlecht. Aber satt machen? Nun verschwanden beide Generationen unter einem Busch und sofort regte es sich am anderen Ende desselben. Hatte das Kleine so schnell diese Distanz überwunden? Kann das sein? Noch mehr beugte ich mich über die Brüstung um genauer zu erkennen und tatsächlich: Da sah ich ein Junges! Ist das möglich? Und noch eines! Ja wieviele sind es denn jetzt? Und wirklich es tauchte der Enterich unterm grünen Dschungeldach hervor und neben ihm sein Sprößling – Drei Junge. Nun waren sie alle nah am Vater und fingen an sich meinen Blicken zu entziehen, so sehr waren sie schon unter der Brücke verschwunden, dass ich ohne einen Felgenschwung abwärts nichts mehr sah. Inzwischen hatten mehrere Fahrradgruppen den Steg passiert. Nichts haben sie von diesem Schaupiel mitbekommen. Und auf der anderen Seite habe ich auch nichts mehr von ihnen gesehen. Oder noch nicht. Jetzt wollte ich aber auch nicht auf die Familie warten, es waren ja noch einige Vokabeln zu lernen und zu wiederholen, ich zog also weiter zur Schleuse und darüber hinaus. Es hatten sich eine Menge Vokabeln zur Wiederholung angesammelt.

Auf dem Rückweg machte ich auf der Brücke erneut Halt. Von den Enten war nichts mehr zu sehen. Ich habe im Übrigen ein Foto gemacht. Es mir aber nie mehr angesehen.

*

Was aber ist das Anmutende in solchen Momenten und warum kann Kunst die Zweck-Mittel-Verschiebung unterlaufen? Die andere Frage ist leichter zu beantworten: Woher kommt diese Lust, durchs Fotografieren – durchs Beschreiben? – das Anmutende ins Mittel zu rü-

cken? M. E. rührt dieses von der Lust daran, sich der Welt zu bemächtigen um sich selbst dadurch über sie zu erheben.

Ich scheue mich in solchen Momenten von „Gott" zu sprechen, weil es alle Vorurteile bedient, die in der Theologie- und Philosophiegeschichte unter den Stichworten Pantheismus, Panentheismus, Schöpfungstheologie etc. verhandelt werden und samt und sonders ohne Christus auskommen. Ihn hier an der Brücke irgendwie hinein zu zaubern, dazu bin ich auch nicht in der Lage. Ja, ich dachte daran, wie Jesus den Lilien und den Vögeln zugesehen haben muss, um solche Vergleiche in seiner Predigt am Berg fassen zu können. Und ob er auch so wie ich an einer Brüstung gelehnt, dem zusah, was wir heute „Natur" nennen.

Diese theologische, diese christliche Impotenz ist tatsächlich im Begriff, mir meine Freude an dem, was ich da sehe und wahrnehme zu vergällen. Wenn das der Effekt von Philosophie und Theologie ist, dann kann man doch gewiss darauf verzichten.

Aber womöglich hat ja Folgendes mehr mit der Antwort zu tun, was das Anmutende ist, wenn wir solches erleben, wie hier die entliche Unterbrückung: Es hat damit zu tun, dass das Leben eins ist. Das Leben in allen Lebewesen wurde als Leben immer neu und immer als Eines weiter gegeben. Vermutlich ist das Anmutende, dass wir wahrnehmen, dass wir so wie wir sind mit dem, was wir da sehen, hören und fühlen so verbunden sind, dass wir wie Geschwister zueinander sind. Dass wir verbunden sind, weil das Leben in uns Eins ist; weil wir bedürftig sind wie die Lebewesen, die wir da sehen; weil wir der Liebe fähig sind, indem wir solches, dankbar wahrnehmen und in diesem Dank es dem Mechanismus der Unterwerfung durch Zwecke und Ziele entziehen. Verbunden, weil wir wahrnehmen, dass wir so vereinzelt wir auch sein mögen und so wenige Quadratmeter groß dieser Flecken auch sein mag, sich darin das Ganze widerspiegelt. Da es nicht möglich ist, dieses Ganze zu berechnen wir aber trotzdem die Bezüglichkeit dazu in dem Moment mitdenken, wo wir uns als Teil oder als Einzelne begreifen – gerade wenn wir uns Details schenken – ist es eine Frage, wie dieses Ganze benannt wird. Es ist ein erheblicher Unterschied, wenn es „Staat" genannt wird, oder „Profit" oder der eine oder die andere Gottheit – oder ob mit Christus bekannt wird: Das er das All birgt. Christus, der als Zimmermann predigte, als Bruder heilte, als Verbrecher starb und als Freund zwischen seinen Freundinnen und Freunden gegenwärtig ist.

Ist es möglich zu beschreiben, was geschieht, wenn z. B. eine Aufnahme gemacht wird oder wenn die Büsche, Bäumen, Tiere, Steine mit Namen benannt weren? Diese Bemächtigung, wie vollzieht sie sich?

Mit der Namensnennung wird das, was wir sehen, dies einzelne Lebewesen oder einzelne Gegenstand zu einem Exemplar seiner Gattung. Das Besondere seiner Einmaligkeit wird abgesaugt und zurück bleibt ein Belegexemplar für das Allgemeine. Das Allgemeine, das aber nicht pars pro toto für das All steht, die Gesamtheit allen Lebens, sondern eine portionierte Gesamtheit, eingeteilt nach Kriterien, die es möglich machen, über das Einzelding Herr werden zu können. Das ist die umgekehrte Richtung des Denkens, anders als bei der Erfahrung der Anmut. Hier nehmen wir die Verbundenheit mit dem Wahrgenommenen wahr, ja vielleicht sogar Geschwisterlichkeit. Wenn ein Bild gemacht wird, verwandelt sich das Abzubildende in ein Mittel zum Zweck für das Bild, das Bild selbst wird zum Mittel zum Zweck für ein Zeigen. Und das Zeigen ein Mittel zum Zweck für den Zeigenden, z. B: um Aufmerksamkeit für sich zu erzeugen. Die Kette der Vezweckung ist unendlich.

13:20 Uhr ner

Tallinn, der letzte Imbiss vor Beginn der Neunten Fastenaktion für eine atomwaffenfreie Welt. Als wir im Café saßen, gute alte Popmusik hörten und draußen auf der Straße eine Geigerin mit ihrer kleinen Band anfing Mozarts Nachtmusik gefolgt von einem der ungarischen Tänze von Brahms zu spielen, hatte ich das polymetrische Gefühl, das ich lang schon suche und bislang nur bei Mozarts Don Giovanni fand, wenn die Kapellen auf dem Fest gleichzeitig spielen! und erlebe, wenn ich im Zug sitze und links und rechts von mir fahren Züge mit unterschiedlichen Tempi oder mindestens einer – das Dritte ist dann die Landschaft bzw. sind die Gebäude: Es ist ein Gefühl wie Schweben.

13:21 Uhr när

Wir lieben es in helle Räume zu gehen und genießen den Ausblick aus großen Fenstern – aber warum bleiben wir nicht gleich draußen?

13:22 Uhr cfr

Zurück vom Besuch eines ägyptischen Freundes. Ob die Idee, dass Abfallsammler Steuern zahlen sollten – denn „no taxation without representation" – richtig sei. Er stimmte zu. Nur in Ägypten entrichten viele keine Steuern, z. B. bezahlte er noch am Vormittag eine Augenuntersuchung. Er bekam keine Rechnung geschweige denn Quittung. Wenn die Abfallsammler Steuern zahlen sollen, die Wohlhabenden aber nicht, werden das jene nicht gut finden. Sollten diese wegen jenen auf einmal Steuern abliefern müssen, werden es die Wohlhabenden noch weniger mögen.

Ob eine Gemeinschaft von Abfallsammlern bereit ist damit schon anzufangen? Es gebe schon ein Zusammenschluss der Abfallsammler, ein Syndikat, sie seien auch regelmäßig im Fernsehen, wenn es um das Thema Abfallbeseitigung gehe.

Wichtiger aber sei es, das Thema im Rahmen der Inklusion zu behandeln. Die Verfassung soll geändert werden, dass eine Quote von Parlamentariern besetzt wird von Frauen, Christen und Menschen mit Behinderungen. Von Abfallsammlern war bislang nicht die Rede. Und wenn, dann sollte der Gedanke auf keinen Fall von einem Ausländer eingebracht werden.

Noch während des Gesprächs und als ich die Sieben Stockwerke durchs Treppenhaus hinunterstieg stieß ich auf das Problem: Keine Inklusion ohne Exklusion. Wer einschließt muss ausschließen. Das eine gibt es nicht ohne das andere. Wenn kein Mensch ausgeschlossen werden soll und es nicht auf Kosten der Mitwelt gehen soll, dass ein Ausschluss nötig ist, bleibt nur Gott übrig. Gott muss ausgeschlossen werden. Gott ist der Ausschluss schlechthin. Denn Gott ist Gott und Gott ist kein Mensch. Mit Jesu Hinrichtung ist genau das – quasi aus Versehen – geschehen: Der Ausschluss ist ausgeschlossen.

Im Mittelalter sprach man von der Falle, in die der Teufel, der Verwirrer, der Seperator, der Ankläger, der Satan, der Tod hineintapste, – und ihn konnte man verstehen als stellvertretend für alles was verwirrte, trennte, anklagte und dem Tod verfallen war – indem er Jesus in die Totenwelt warf. Er konnte darin ja unmöglich länger als nötig bleiben und erstand. Aber damit wurde der Tod getötet.

13:23 Uhr cfr

Ist das Maß an Public Relation äquivalent zum Maß an Unwahrheit? Je mehr dieses umso mehr ist jenes nötig? Wer hat Publik Relations? Regierungen, Kirchen, Kommunen, Schulen, Firmen.

Und, was bitte, ist „Unwahrheit"? Vielleicht hilft dies: wenn man merkt, dass es einen Unterschied gibt, zwischen dem, was man tut und lässt sowie ihre Gründe auf der einen Seite und dem wie es aufgefasst wird auf der anderen Seite – oder wenn man will, dass das, was man tut oder lässt mit samt seinen Gründen anders aufgefasst werden soll, als es ist, dann greift Publik Relation.

Das eine ist die (passive) Differenz des Unverständnisses oder der Unwissenheit, das andere ist die (aktive) Differenz des bewusst geschaffenen Missverständnisses und beabsichtigt Unwissenheit.

Beabsichtigte Unwissenheit liegt dann vor, wenn Betroffene als Grund für eine Entscheidung oder Maßnahme anderes annehmen, als das, was die Gründe, die vorlagen waren, warum eine Entscheidung oder Maßnahme so und nicht anders und zu keinem anderen Zeitpunkt getroffen wurde. Das heißt: Je dichter die Kommunikation zwischen denen, die Entscheidungen treffen und denen ist, die davon mehrheitlich und/oder maßgeblich betroffen sind, umso weniger wird Propaganda vermutlich als notwendig wahrgenommen. Vermutlich kann das Maß an Differenz (aktiv oder passiv) erhoben werden durch entsprechende Befragungen, zum Beispiel beim Einsatz der Bundeswehr im Jugoslawien-Kosovo-Krieg. Oder die Loslösung des Goldstandards für die Währung der Vereinigten Staaten von Amerika. Oder die Hetze der Christlich-Sozialen-Union gegen die Christlich-Demokratische-Union angesichts der aufgenommen Flüchtlinge. Hier sind Differenzen – aktiv wie passiv – offenbar.

13:24 Uhr när

Tagebuchschreiben – nichts anderes als der Versuch seinem bedeutungslosem Leben Bedeutung zu geben? Und das Verrückte: es funktioniert. Jedenfalls mindestens halbwegs. Was im Leben gegen einen arbeitet in diesem Fall für einen – die Zeit. Wenn auch nicht wirklich „für einen", sondern nur für die Aufzeichnungen. Und das bin ich nicht. Es ändert also an meiner Bedeutungslosigkeit nichts, so sie da oder mehr oder weniger abwesend ist. Daher auch der anhaltende Trieb, wenn einmal damit angefangen?

13:25 Uhr cft

Micha Kapitel Fünf Vers Vier: Er wird der Friede sein.

Wie Jesaja Kapitel Neun Vers Fünf: Und er heißt Friede-Fürst.

Wie Gideon bekennt: Der Herr ist Friede. Richter Kapitel Sechs Vers Vierundzwanzig.

Epheserbrief Kapitel Zwei Vers Vierzehn: Christus, er ist unser Friede.

Der Friede ein Mensch.

13:26 Uhr cft

Wenn Gewalt das Ziel hat, Dissens zu verringern und/oder Gemeinschaft aufzulösen, dann hat tötende Gewalt – das ist die völlige Auslöschung von Gemeinschaft und die absolute Verringerung eines Dissenses auf Null – die paradoxe Folge, dass ein anderer Dissens eintritt: Der zwischen lebendig und tot. Der Dissens löst sich also gerade nicht auf. Das ist nur aushaltbar, wenn neue Gemeinsamkeit gefunden wird – wie soll das gehen, bei einem Toten? oder indem der Täter selber in den Tod geht: Die Auslöschung der Differenz, ich denke an die vielen Soldaten, die nach ihrem Einsatz Selbstmord begehen.

Eine Art Gemeinschaft ist jedoch da: Das Bild des Getöteten ist Teil des Lebens des Täters.

Die Liebe, die die Eigenschaft hat, Dissens zu ermöglichen und dabei Gemeinschaft hält, ist unauslöschbar.

Der Dissens zwischen Lebenden ist konträr.

Der Dissens zwischen einem Lebenden und einem Toten ist kontradiktorisch.

13:27 Uhr -pd

Bei HELMUTH PLESSNER finde ich vieles von dem, was mir bei der Phänomenologie des Zwischen aufgefallen ist, siehe seine Hauptwerk *Stufen des Organischen und der Mensch*, Neunzehnhundertundachtundzwanzig, nur erheblich früher und viel schöner formuliert. Bin ich nun ein Plessnianer? Der Fluch des Wissens. Alles hat schon einmal irgendeiner oder irgendeine gesagt und – was viel schlimmer ist – viel besser und viel schöner. Auch das jetzt, bestimmt.

Der Segen des Schöpferischen: Es ist trotzdem einmalig, immer, gerade Dank der Zeit.

13:28 Uhr näd
ANAPHORA

Weiträumig um Kairo herum wurde ein Autobahnring gebaut, der im Westen einmal in der Wüste lag. Jetzt sieht man links und rechts Häuser heranwachsen. Heute fuhren meine Frau und ich zum „Wochenende für Einsteiger" in den Nordwesten nach Anaphora. Das ist ein Zentrum der Koptisch-Orthodoxen Kirche nicht ganz auf dem halben Weg zwischen Kairo und Alexandria und nur noch ca. Fünfzehn Kilometer entfernt vom Wadi-Natrun, wo die alten koptischen Klöster stehen.

Hier, in Anaphora, hat Bischof Thomas von Assiut, Neunzehnhundertundneunundneunzig eine Farm gegründet aus dem dieses kleine Begegnungszentrum entstand. Zuerst gedacht für seine Gemeindegruppen und nun offen für Gäste aus aller Welt. Es verbindet die Lehmbauweise mit der koptischen dörflichen Eleganz: Palmgärten, Häuschen mit Kuppeldächern für Familien, eine großzügige Halle, sorgfältig durch dezente Rundbögen gegliedert zum Treffen für den Begrüßungskaffee, fürs Abendessen. Ein Schwimmbassin angeordnet wie ein T mit einem Kreis an der Spitze – also wie das ägyptische Lebenskreuz – und in der Mitte vom Wasserbeckenkreis eine Kapelle, begehbar über ein paar Palmbretter. Als wir am Abend dort eine Andacht hielten fiel das Licht der Abendsonne genau auf die Maria-Ikone dem Eingang gegenüber. Als wenn die altägyptische Architekturkunst, die die Sonnenbewegungen klug inkorporierten, hier ungebrochene Tradition feiert. Wer weiß.

Das Abendessen war ein Buffet mit ägyptischen Speisen, wie man sich nur wünschen kann: Tameia, Molocheia, Machschi, gebratener Blumenkohl, mehrere Soßen fürs Gemüse, Brot, Käse und alles in Hülle und Fülle. Als wir den Saal zum Abendessen betraten, fragte ich mich, wo wir denn sitzen würden – nirgends Tische zu sehen. Es war dort, wo auch das Kaffeetrinken stattfand: In Sitzecken, am Boden auf auf einem breitausgelegten Teppich – natürlich zieht man sich davor die Schuhe aus – an Couchtischen mit tiefen Rohrflechtsesseln, wo halt Platz ist. Kein Esssaal, keine Tischreihen, kein ambitioniertes Auf- und Abdecken – einfach so. Warum geht das nicht in Deutschland?

Am Abend gehen wir zur Kirche. Auch hier werden die Schuhe ausgezogen, die Kirche ist mit Teppichen ausgelegt: Wie Taizé in der Wüste: Alles auf einer Ebene. Meditationsbänkchen , am Rand einige Stühle, am Ende des Raumes ein Halbrund mit einer Maria-Christus-Ikone. Zweimal Zwölf Kerzenständer erleuchten die Apsis. Der Gesang erhebt sich. Leise stimmen Gläubige ein. Lange Gebete werden gehalten verbunden mit gleichklingenden Gesangsteilen. Dazwischen verstehe ich plötzlich was gesungen wird: Das ist griechisch: Jesus Christos, athanatos, anastasios, kyrie eleison! Jesus Christus, unsterblich, auferstanden, Herr erbarme dich!

Während der Gottesdienste im Konvent der Steyler Missionare in Steyl kam mir die Frage, ob es sich mit der Verteilung von Text und Tönen so verhält: Je wichtiger ein Wort umso mehr Töne erhält es (Melismen). Das scheint der Sinn der Vierteltöne im liturgischen Gesang zu sein: Sie erhöhen die Anzahl der Töne exponential. Wo es eigentlich nur Zwei Halbtöne sind wird ihre Anzahl mehr als verdoppelt durch kunstvolle Vierteltonschleifen, die alle ihre eigene Reihenfolgen und Figuren haben – jedenfalls singt die Gemeinde sie mit. Ich stelle mir den Gesang am Kaiserhof in Byzanz oder noch älter in Alexandria zur Zeit der Spätantike vor und frage mich in welche Zeit hinab reicht diese Kunst? Oder ist sie auch „erfundene Geschichte", angefangen im Neunzehnten Jahrhundert, wo man sich für die eigene Geschichte interessierte?

Am nächsten Morgen gehen meine Frau und ich zum Frühgottesdienst, Beginn Sechs Uhr. Ich habe mir das angewöhnt: Wenn ich in einem Kloster zu Gast sind, nehme ich auch morgens an den Gottesdiensten teil. In Anaphora gibt es eine Männer- und eine Frauengemeinschaft, die wie ein Orden zusammen leben. Eine dieser Damen gibt uns ein Buch mit der Liturgie und schlägt es auf der Seite auf, an der wir gerade sind. Es ist die Basilius-Liturgie. In Deutschland habe ich zwar eine gedruckte Fassung mit allen Noten – aber mir noch nicht ernsthaft angesehen. Jetzt bin ich mitten drin. Es erinnert mich an meinen Ersten koptisch-orthodoxen Gottesdienst in einem Dorf bei Minia, der gegen Vier Uhr Dreißig begann und pünktlich zum Sonnenaufgang gegen Sieben Uhr endete. Hier war es ähnlich. Als die Liturgie zu dem Teil kam, wo es heißt, dass das Wort Fleisch wurde, gegen Sieben Uhr, ergriff ein kräftiger Sonnenstrahl durch eine Öffnung über dem Altar den ganzen Raum bis zum Eingangsportal. Die Öffnung hatte die Form eines Auges.

Am anderen Morgen war die Gemeinde um die gleiche Zeit schon lange zu Gange. Der Bischof war da und feierte ein Hochamt. An diesem Morgen brannten alle Kerzen und es wirkten noch mehr Männer bei der Liturgie mit. Abgesehen davon, dass Frauen in der Liturgie nicht mitwirken, muss man es den katholischen und orthodoxen Liturgien neidlos zugestehen: Sie haben alle interessante Wege gefunden, dass immer mehrere an einer Liturgie beteiligt sind. Dass einer allein – wie im protestantischen Gottesdienst – die gesamte Liturgie leitet – hier undenkbar.

13:29 Uhr ndr

Ein Zug fiel aus. Der Folgezug war schon proppevoll. Alle Türen geöffnet. Reservierungen werden nicht angezeigt. Ich fand noch Platz mit meinem Riesengepäck im Zwischenraum zwischen den Waggons Dreiundzwanzig und Zweiundzwanzig. Bewege mich während der Fastenaktion – heute Sechster Tag – wie eine Schnecke, die ihr Haus – mein Zelt – mit sich herumträgt. Zum Ersten Mal nach langer Zeit wieder Sprudel getrunken, kalt eine Wohltat! Mit meinem vorletzten Geld gekauft, jetzt habe ich nur noch ägyptische Pfund und Zwei Euros und paar Cents. Als ich einstieg kam eine Durchsage. Einige stiegen mit unverständlichen Kommentaren aus. Eine weitere Durchsage, deren Ende ich noch hören konnte,

verstand ich nicht. Ein Herr kam aus dem vollbesetzten Abteil und sprach in der Zwischentür alle, die zwischen den Waggons standen, an: „Alle raus! Sonst fährt der Zug nicht!" „Warum sollen wir raus?" „Weil Sie keinen Sitzplatz haben." „Ich habe einen Sitzplatz", und zeigte meine Reservierung. „Dann nehmen Sie ihn doch in Anspruch!" „Sie sehen doch wie alles voll ist. Recht soll den Menschen helfen, aber nicht eine Zwei-Klassen-Gesellschaft schaffen." Er ging zur Tür und fragte eine Schaffnerin. Sie sah sich – so deutete ich ihren Gesichtsausdruck – unter Druck. Er fuhr eine Frau im Gang an. Sie wehrte sich: „Sprechen Sie bitte nicht so mit mir!" „Oh, das war jetzt tapfer", kommentierte er. Alle schwiegen. Er verschwand auf seinem Platz. Er kam wieder. „Wenn Sie nicht aussteigen, kommt *keiner* weiter." „Steigen Sie doch aus!" „Hier tut sich doch nichts bei solchen Holzköpfen." „Können Sie diese Beleidigung nicht lassen?" „Ich kann sagen, was ich will, ich bin Deutscher." „Merkwürdig, dass Deutscher sein heißt, Schimpfworte zu benutzen, ich bin auch Deutscher", meinte ich. „Wir könnten doch losen!", schlug ich vor, „das wäre gerecht." Zum Ersten Mal flog ein Lächeln über die Gesichter. Einige nahmen ihr Gepäck und stiegen ein. Es standen noch welche mit mir im Gang. Der Herr sprach erneut mit einer Mitarbeiterin der Bahn, die vor dem Eingang stand. „Sie müssen durch die Züge gehen", bedrängte er sie. „Sie haben doch die Durchsagen gehört!" „Nein, Sie müssen von Wagen zu Wagen gehen!" „Sie machen mir überhaupt keine Vorschriften." „Die persönliche Ansprache, die bringt's", bekräftigte ich, als ich mich auch in die Tür stellte. Er war überrascht, dass ich seinen Vorschlag unterstützte. Die Bahn holte die Polizei. Drei oder Vier Polizisten und Polizstinnen kämmten den Zug durch, von der Spitze an und kamen auch bei uns an. „Ich habe einen Platz reserviert, warum soll ich aussteigen?", fragte ich. „Die Bahn hat das Hausrecht und kann alle, die stehen, aus dem Zug verweisen. Wenn Sie nicht gehen, haben Sie die Möglichkeit, eine Anzeige wegen Hausfriedensbruch zu erhalten." „Das wäre nicht das Erste Mal", meinte ich, und dachte an die Go-In-Aktion am Atomwaffenstandort Büchel/Brauheck. Der Ton des Polizisten, hinter ihm eine Polizistin, war nicht unfreundlich, nicht herrisch – wie die Durchsagen – der Situation angemessen. Ich stieg aus.

13:30 Uhr nsr
Wer sich selbst zum Maßstab nimmt, muss sich nicht wundern, wenn sich an ihm keiner mehr misst.

13:31 Uhr nsr
Wer sich selbst zum Maßstab nimmt, muss sich nicht wundern, wenn ihn/sie keiner/keine vermisst.

13:32 Uhr nst
Es war um die Mittagszeit. Im Kaffeeeck des Missionshauses in Steyl. Einer der Brüder verabschiedet sich, in den Mittagsschlaf, „gute Nacht!" „Pass auf die Dunkelheit auf, die du siehst, wenn du die Augen zumachst!", antwortete ich. „Wir quatschen ein Zeug zurecht?!" „Das ist Paradoxie im Alltag, entdeckt nicht jeder!"

13:33 Uhr fsr
Zwei weitbekannte Moderatoren, ein Mann und eine Frau, sind zu einem Treffen verabredet, das für beide nicht zuletzt beruflich nicht unwichtig zu werden verspricht. Sie hatten sich vor dem Sender miteinander verabredet. Er hält ein gutes Wort der Anerkennung für sie bereit. Sie kontert. Er lässt sich nicht lumpen. So geht es hin und her. Der Termin naht. Als sie es merken, ist er schon vorbei.

13:34 Uhr
GLEIS SIEBEN

Stand vorhin am Gleis Sieben, Nürnberg Hauptbahnhof, und versetzte mich in den Status eines Hörers vom Höratlas: Was ich jetzt hier so höre, höre ich nur hier: der quietschend einfahrende Intercity-Express nach München – Zwei Gleise weiter, etwas später, die Bremsen des Intercity-Express nach Stralsund; ein Wartender, dunkler Anzug, Krawatte, Zwei Koffer, Trendybrille, pfiff, Zwei Männer tauchen aus dem Untergeschoss den Treppenaufgang nehmend auf, der angesagte ICE, den ich nehmen will, schleicht sich hinterrücks heran, nur weil ich auf ihn achte vernehme ich das Geräusch der summenden Räder, des vor sich her geschobenen Lufthauchs und alsbald ein sanftes Bremsen. Eine völlig willkürlich genommene erhabene Erfahrung. Erinnere mich an das Erste Experiment dieser Art im Stadtparkhaus

von Ulm. Das Erleben des Erhabenen, Besonderem ist, sich der Einmaligkeit bewusst zu sein. Ist dies Bewusstsein der Einmaligkeit einmalig? Also nur einmal im Leben – oder am Tag…? ‚Einmalig' hat keinen einmaligen Sinn. Das einzelne Geschehen ist für sich je einmalig und trotzdem universal.

13:35 Uhr ndt
Selbst ein Maler, gerade dann, wenn er detailgetreu nach der Natur – eine Landschaft oder ein Stillleben – malt, macht sichtbar, was wir sonst sicht sehen: Unser Bild zwischen uns und dem, was wir sehen. Aus verständlichen Gründen – die systemische Soziologie spricht von Komplexitätsreduktion – über-sehen wir das geflissentlich. Hin und wieder kann es wichtig werden, das zu unterscheiden:
-   antrainiert beim Fernsehen oder Filmschauen oder beim Theaterbesuch,
-   oder wo wir wissen, dass wir getäuscht werden, etwa bei Attrappen, Fototapeten etc.
Es gibt Fälle, da wissen wir es nicht, ob der Marmor an der Prachtkirche tatsächlich steinern ist oder marmoriertes Holz oder angemalte Tapeten.

13:36 Uhr gft
gott
hilf mir

es so klar und scharf zu sagen
wie es ist

so deutlich und wahr zu bekennen,
wie es ist

vergebung und versöhnung zu leben
wie es ist

dich zu erkennen und mich verwandeln zu lassen so
wie du bist

13:37 Uhr

13:37 Uhr npd

Wenn der Körper die Zeit räumt
und nicht die Zeit durch den Raum eilt

Hobbes verglich Schnelligkeit mit Macht (Historisches Wörterbuch der Philosophie Band Fünf, Spalte Fünfhundertundsechsundneunzig). Zeit ist Geld. Und wer über Schnelligkeit und Geld verfügt, der herrscht. So wurde der Raum zum Feind der Zeit. Er leistet Widerstand. Je schneller ich werde, umso intensiver. Je länger die Strecke ist, die ich in der gleichen Zeit zurücklege, umso größer ist der Kraftaufwand. Ein unendlicher Kraftaufwand müsste demnach die augenblickliche Versetzung an einem anderen Ort bewirken. Religiöse Phantasien, abgewandert in Zukunftsromane wurden wieder wach, als mit der Atomenergie unermessliche Energiequellen vorhanden schienen. Die Euphorie der Raumschifffilme aus dieser Zeit gibt davon Zeugnis.

Der Zeitgewinn durch eine größere Schnelligkeit wird mit einer um sich greifenden Umweltvernichtung bezahlt. Es wird also zugleich Zeit vernichtet. Die Zeit der flüssig oder gasförmig gewordenen Urzeitwälder und vorzeitlichen Kulturen. Auch mit anderen Energiequellen wird sich das Verhältnis an sich nicht ändern, denn die Maschinen dafür müssen hergestellt werden und verbrauchen Rohstoffe, Wasser und Energie. Womöglich geht der Zeitgewinn am Ende mit dem Verbrauch verrechnet gegen Null, wenn es nicht sogar ein Minusgeschäft ist. Zumindest jetzt schon für die, denen die Segnungen der modernen Technik nicht zu Gute kommen und zu spät einen Doktor erreichen oder schon auf dem Weg dahin versterben. Die Zahl der nach wie vor täglich sterbenden Kinder mitsamt der Zahl der in den Meeren in der Nähe Europas versinkenden Menschen zeigt gleichfalls zerstörte Lebenszeit. Eine Lebensweise, die vielen Menschen das Glück bringt, immer älter zu werden, zerstört auf der anderen Seite vielen Menschen ihr Glück, ihr Leben.

In einem am Rand des Nildeltas gelegenen Erholungsort der koptisch-orthodoxen Kirche, Anaphora, wurden wir Neuankömmlinge von der deutschsprachigen Gemeinde begrüßt. Hier hat ein Bischof aus Assiut einen Ort erstehen lassen, der zum Verweilen einlädt.

Dass ihm das geglückt ist, hat sicherlich mit seinem Sendungsbewusstsein zu tun, einen Ort zu schaffen, wo bedrückte und gebrochene Menschen aus seinen Gemeinden sich wieder aufrichten – „anaphora" im Griechischen – können. Ohne eine nicht familiär gebundene dennoch verpflichtende Lebensgemeinschaft von Männern und Frauen, die dort in Zwei Orden miteinander leben, wäre es sicherlich auch nicht möglich gewesen. Das Verpflichtende der Lebensgemeinschaft gewährleistet Kontinuität, die nicht familienbedingte Verpflichtung signalisiert Offenheit: Hier sind nicht etwa Familienmitglieder willkommen, sondern alle, die kommen. Und das Dritte Element, das den Landanbau, die Arbeit an den Bauten, in der Küche, der Wäscherei, den Werkstätten etc. – mit Leben erfüllt, sind die täglichen Gebetsfeiern. Diese Drei Elemente haben hier glücklich zusammen gefunden und ein Anwesen entstehen lassen, das von besonderem Reiz ist. Die an Lehmbauweise angelehnten Gebäude mit den zahlreichen kleinen und größeren Kuppeln mit Lichtdurchlässen vermitteln einen wohltuenden Geist.

In der Gruppe erhalten wir ein Referat zum Thema Kulturverständnis. Es werden unterschiedliche Kulturen und ihre Prägungen einander gegenübergestellt. Alltägliche Gewohnheiten unseres europäisch-deutschen Alltags und solche in Ägypten. Klassisches Beispiel: Die Zeit. Wirst du bei einer ägyptischen Familie zu einem Treffen um Zwölf Uhr eingeladen – wie meine Frau und ich es erlebt haben – dann tauche um Gottes Willen nicht – wie wir es dann jedoch tatsächlich nach deutscher Art getan haben – um Zwölf Uhr dort auf. Natürlich wurden wir sehr nett willkommen geheißen, aber es war noch keiner fertig. „Treffen um Zwölf Uhr" meint: ‚Dann könnt ihr anfangen euch fertig zu machen, wir machen uns dann auch fertig.' Oder geschäftliche Vereinbarungen: ‚Morgens um Zehn Uhr'. Der Geschäftspartner kommt abends gegen Achtzehn Uhr. Er müsste sich entschuldigen, für das späte Kommen? I wo! Der Referent erklärt dies mit einer Theorie, die von der Heißklimakultur und Kaltklimakultur spricht. Ich rieche braunen Geist und widerspreche. Die Nachforschungen bestätigen meinen Anfangsverdacht. Karl Haushofer taucht in der Ahnenliste dieses Klimadeterminismus auf. Er war mit Rudolf Heß befreundet, besuchte Hitler in seiner Haft in Landsberg und das Programm seiner „Geopolitik" unter der Überschrift „Lebensraum" war an den nationalsozialistischen Rassismus nahtlos anschlussfähig. Diese Theorie wird gerne aufgegriffen. Sie ist durch Studien hinreichend widerlegt, u.a. von JÜRI ALLIK.

Dieser gehört zu den wenigen Forschern, die sich die Mühe gemacht haben, Persönlichkeitseigenschaften in verschiedenen Ländern systematisch zu erfassen und mit Klimadaten abzugleichen. Gemeinsam mit ROBERT MCCRAE, einem Experten für solche Messungen, untersuchte er, ob die durchschnittlichen Persönlichkeitswerte der Länder in Beziehung zu Temperaturen und Äquatornähe standen. Sie werteten Sechsunddreißig Kulturen aus – und fanden kaum Belege dafür. Und die einzig signifikante Korrelation verlief anders, als man nach gängigem Vorurteil erwarten könnte: Menschen in warmen Ländern sind eher gewissenhafter als jene in kühlen Gebieten. „Interkulturelle Unterschiede in Persönlichkeitseigenschaften sind sehr gering", sagt Allik. Und die Einflüsse des Klimas seien wahrscheinlich „so gering, dass sie keine Bedeutung für das tägliche Leben haben".

Wie sähe denn eine Theorie aus, die die Bedeutung von Zeit und Raum umgekehrt?

Ich erlebe in Deutschland und bei meinen Besuchen in europäischen Ländern die Zeit als dominant. Wer so schnell wie möglich einen Raum durchquert, spart Zeit. Der Raum selbst ist dabei gleichgültig. Allenfalls Kulisse für die Fensterscheiben der Autos, Schnellzüge oder Flugzeuge. Es könnte dort auch ein Film auf die Scheiben projiziert werden mit sich wechselnden Ansichten. Die Ausblicke haben für Vielreiser ihre Bedeutung verloren. In nur 90 Minuten von Hamburg nach Berlin – das lässt sich die Bahn Millionen kosten. Der durchquerte Raum stört nur, er wird durch Tunnel und Zäune abgehalten. Die Regel heißt:

Je schneller ich einen Raum durchquere umso mehr Zeit habe ich gespart.

Lässt sich das auch umgekehrt vom Raum sagen? Wenn also nicht die Zeit durch den Raum geht, sondern der Raum durch die Zeit?

Und ich fange an zu stottern.

„Je schneller ich die Zeit durchquere"? Mir wird bewusst, dass Schnelligkeit bereits ein von der Zeit bestimmtes Maß ist: Schnelligkeit ist ein Minimum an Zeit bei einem Maximum an Strecke. Für die Schnelligkeit ist die Strecke selbst gleichgültig. Es spielt keine Rolle, wo die Schnelligkeit eine Strecke in einem Raum durchquert. Der Raum ist neutral zur Schnelligkeit, also zur Zeit. Entsprechend kann die mathematisch ausgedrückte Formel für Schnelligkeit auch nicht angeben, ob die Zeit dabei vorrückt oder – theoretisch gleichfalls möglich – zurück in die Vergangenheit geht. Die Zeit ist in dieser Formel verblüffenderweise selbst invariant. Kant zählte Raum und Zeit zu den vorfindlichen Gegebenheiten, die jedem Erkennen schon vorausgehen, wobei sich herausstellt, dass wir Raum von der Zeit her verstehen: Wir bemessen einen Raum nach Länge, Höhe, Breite – also der Zeit, die nötig ist, um ihn zu durchqueren. Denn jede Länge ist eine in der Zeit zurückgelegte Bewegung. Die absolute Messung in Gleichzeitigkeit aller Raumpunkte ist nach Einsteins Relativitätstheorie nicht möglich. Es müsste dafür möglich sein, schneller als die Lichtgeschwindigkeit messen zu können. Das ist nach dem gegenwärtigen Wissensstand nicht möglich.

Wie aber lautet die Zeit-Raum-Regel „Je schneller ich einen Raum durchquere umso mehr Zeit habe ich gespart?" umgekehrt?

Auf dem Weg zum Einkaufen zergrübel ich mir den Kopf und wundere mich: Warum fällt das so schwer? Wem gelingt es auf Anhieb es so zu formulieren, dass deutlich wird, dass der Raum bestimmt ist und nicht die Zeit?

„Sparen" ist ein anderer Ausdruck für „wenig aufbringen müssen", „viel behalten". Ich verliere wenig Zeit je schneller ich von A nach B komme. Das führt mich jetzt auch nicht weiter.

Wie wäre es, wenn ich statt der Schnelligkeit – ein zeitdominanter Ausdruck – einen Begriff finde, der raumdominant ist?

„Je mehr Raum ich aufbringe, umso mehr Zeit habe ich gespart." – Wirklich?

Noch einmal einen Schritt zurück: Zeit ist Geld, hat BENJAMIN FRANKLIN in einem Handbuch *Ratschläge für junge Kaufleute* Eintausendsiebenhundertundachtundvierzig geschrieben und damit das kapitalistische Zeitalter mit eingeläutet. Und: „Und wer das Geld hat, hat die Macht" habe ich den griechisch-katholischen Priester einer Kirchengemeinde in Kairo vor Jahren reden hören. Es geht also um Macht und Einfluss.

Aber mir gefällt die Umformung noch nicht: An der Stelle der Schnelligkeit muss ein Begriff stehen, der noch räumlicher ist als „mehr".

„Je größer der Raum ist, den ich aufbringe, umso mehr Zeit habe ich gespart." – Also Geld. Und Macht.

Macht das Sinn?

Was ist, wenn auch Raum anders verstanden wird? Unser europäischer Raumbegriff ist von Descartes her geprägt. Jeder Körper im Raum lässt sich durch die Drei Koordinaten der x-, y-, und z-Achse beschreiben, der Länge, Breite, Höhe nach, sonst würde kein globales Navigationssystem funktionieren. Der Raum wird im europäisch-nordamerikanischen Denken als etwas aufgefasst, das durch meine körperliche Anwesenheit nicht verändert wird. Der Raum existiert vor mir, ich kann ihn zu Lebzeiten gestalten und formen und er wird auch nach mir bleiben. Mein Körper hat mit dem Raum selbst nur soviel zu tun, wie ich „in ihm" bin und solange ich lebe gibt es keinen Körper der nicht in einem Raum ist. Darum muss der Raum, wenn Menschen die Erde hinter sich lassen, auch „Weltraum" heißen, sonst wären sie in keinem Raum mehr.

Dass der Mensch für den Raum gleichgültig ist, ist völlig verrückt, weil der Körper selbst Raum ist und im Körper jede Menge Raum. Die Länge des nebeneinander gelegten menschlichen Darms würde ca. 8 Meter betragen – der hat im Körper eines erwachsenen Menschen Platz. Also muss Raum dafür sein. Ich bin mit meinem eigenen Körper also bereits Raum und nicht erst in einem. Was ist, wenn dieser Körper es ist, der Raum konstituiert? Ich versuche es: Raum entsteht in der Gegenwart durch Anwesende.

Und versuche die Umformung der Relation von Raum und Zeit noch einmal von vorne:

Mit je mehr Menschen ich zusammen bin umso mehr Zeit habe ich gespart.

Das leuchtet ein.

In Anaphora erzählte eine Teilnehmerin: Ein Ägypter versprach ihr beim Umzug zu helfen. Sie musste mit ihren Möbeln und Kartons in eine andere Wohnung. Er

kam ziemlich pünktlich und zeigt auf sein Auto. Sie war einigermaßen fassungslos, ließ es aber ihn nicht spüren, so meinte sie jedenfalls. So würde das nicht gehen, das reiche nicht, habe sie zu ihm gesagt. Er zeigte auf den Kofferraum und öffnete ihn. Nein, nein, sie müsse ihm erst einmal zeigen, worum es sich handele und führte ihn durch die Wohnung. Der Ägypter wusste Bescheid. Sie fuhren in seinem Auto zu einem Bekannten, der wiederum kannte jemanden, der einen Pick-up hatte, ein PKW mit Ladefläche. Es dauerte nicht lange, dann stand der Wagen vorm Haus und die Ladefläche voll und fertig war der Umzug. Hätte der Ägypter nicht die anderen Menschen gekannt, der Umzug wäre mühsam geworden und hätte womöglich Tage gedauert wenn mit der Familie alles zu Fuß von hier nach dort zu tragen gewesen wäre.

Um diese Menschen aber zu kennen, ist es nötig mit ihnen zusammen zu sein. Wir sagen – zeitdominiert – „man muss mit ihnen Zeit verbringen". Raumbestimmt klingt es anders: Mit ihnen Raum entstehen lassen. Denn in der Gegenwart anderer entsteht erst dieser durch den Körper bestimmte Raum. Von Termin zu Termin zu hetzen ist darum Zerstörung von Raum. Der Raum, der nach Descartes körperlos ist, wird körperlos, indem sich Menschen selbst darin aufreiben und sich zum Verschwinden bringen. Je schneller umso sicherer. Die Schnelligkeit zerstört also nicht nur Raum, sie zerstört auch Körper, menschliche Körper.

Mit afrikanischen Priestern lebte ich im Konvent der Steyler Missionare in Steyl zusammen. Von ihnen lernte ich, dass zu den Anwesenden, in deren Gegenwart Raum entsteht, auch die Ahnen gehören. So bekommt auch Musik eine andere Bedeutung. In der europäischen Musik muss Musik eine Entwicklung haben. Beim Lied lassen wir es zu, dass es sich Strophe für Strophe wiederholt, gleich ob beim Volkslied oder in der Popkultur. In der sogenannten Ernsten-Musik wäre es für Konzertbesucher unerträglich, wenn immer das Gleiche ertönen würde. Vielleicht nicht so sehr, wenn es als Kunstform gilt, wie im Minimalismus. Wenn bei afrikanischen Versammlungen mit der Baß-Trommel die Anwesenheit eines Ahnen vergegenwärtigt wird und die Trommel nur dann geschlagen wird, wenn mehrere Menschen anwesend sind und dieser Ahn auch noch jemand ist, den man sehr gern gemocht hat – warum soll man aufhören? Es ist ja tote Haut, die auf einmal klingt, aufgespannt auf totem Holz, das vibriert. Hier entsteht Raum, der die Zeit bestimmt, ohne etwas zu entwickeln. Und je größer der Raum ist – je mehr Menschen man kennt und je mehr Ahnen man aufbringt – umso mehr Zeit spart man, hat Geld und Macht.

Pünktlich zu einem Treffen zu kommen, indem ein bestehendes Treffen unterbrochen wird und nicht zu einem natürlichen Schluss kommt, ist nicht sinnvoll.

13:38 Uhr cft
Gott ist die Projektionsfläche für die Vorstellungen von Menschen über Macht und Herrschaft.

Jesus Christus ist die Verkehrung und Umwandlung von Macht und Herrschaft in den Dienst, die Erniedrigung, die Überwindung der Gewalt, des Bösen.

Heiliger Geist ist die Kraft zum Durchhalten, bis sich die Liebe vollständig durchgesetzt hat.

13:39 Uhr ndr
Im Intercity-Express Einhundertundacht auf der Fahrt nach Köln. Mir gegenüber ein älteres Ehepaar, die mit Zwei Koffern, ihren Rücksäcken und Reisetaschen Vier Plätze belegen. Er schaut griesgrämig drein, als sei die Welt ihm sehr viel schuldig geblieben.

Am Bahnhof Karlsruhe. Das Oktoberfest hat begonnen. Jungen Frauen in Dirndeln stellen außer ihrem Po ihre gesamten Schönheiten aus: hochgeschürzte Busen mit freiliegender Oberseite, rasierte, glatte Beine in glitzernden Nylonstrumpfhosen und Röckchen bis kurz unterm Po oder nur grad übers Knie. Junge Männer rausgeputzt mit Lederhose und rotweißkarierten Hemden. Launige Stimmung.

Der Zug füllt sich. Das Ehepaar räumt Plätze ohne was zu sagen.

13:40 Uhr ght
Jesus

ein feind
wird zum vorbild

der abschaum
zur crème de la crème

feindschaft und tod
verwandelt in respekt und leben

13:41 Uhr
TRI-LINGUA

Eine Geschichte Dreimal erzählt:
- (medizinisch) wissenschaftlich,
- imaginär,
- als Mythos oder als Märchen.

13:42 Uhr
DIE NACHLAUFE
Heissan/Hassein, der Straßenjunge

Heissan kennt mich seit mindestens Drei Jahren.

Damals war er Siebzehn? Einer unter den vielen Straßenjungen im Zentrum weit außerhalb Alexandrias, im Vorort „Vater Nummer Drei". Er bemalte in einem Workshop zusammen mit einer älteren Dame ein T-Shirt. Ich bastelte mit anderen an bunten Mosaiken auf Spiegelkacheln.

Jetzt sah er uns erneut. Diese Frau, meine Frau, mich und Acht weitere Freunde aus Deutschland. Zu Besuch bei der Arbeit für Straßenkinder in Alexandria. Bei der „Mobile Unit" am Ende der Corniche, mitten im Vergnügungspark zwischen Hochzeitsfeiern und Mittelmeer, nach Sonnenuntergang, gegen halb Zehn.

Ja, er würde mich kennen. Der Leiter der Arbeit bestätigte. Ja, er war dabei. Jetzt sei er bei der Armee. Der ägyptischen Armee. „O Gott, was für eine Alternative!" denke ich, „wohin soll das gehen?"

Körperbau, Muskelpakete – wie so manch andere junge Männer in der deutschen Armee, die ich Vier Jahre lang als Militärpfarrer begleitete. Auf einmal stand er in Uniform vor mir – wusste nicht mehr, wie die ägyptischen für die einfachen Soldaten aussahen, ich erkenne sein blaues T-Shirt wieder.

Was wünschte ich ihm nicht alles Gute! Dass ich ihn nicht segnete, war alles, was fehlte. Wir verabschiedeten uns. Schon fast eine Stunde dabeigewesen. Eine Stunde Lebensteilung. Ein Junge lehrte mich in dieser Zeit, wie ich das Leder für Armbänder zuzuschneiden habe. Mit Zweien spielte ich auf den Lederresten ein

Spiel, das vielleicht schon die Römer aus Langeweile unterm Kreuz ihrer Delinquenten spielten, „Drei gewinnt!". Einmal gewann der Straßenjunge, einmal ich. Wir erweiterten zu „Vier gewinnt!" mit einem Muster aus Sechzehn Feldern, quadratisch angeordnet. Auch dies Spiel ging vorbei. „Fünf gewinnt!" mit einem Feld aus Fünfundzwanzig Feldern, fing ich nicht mehr an. Alles ohne, fast ohne arabische Sprachkenntnisse, alles ging so.

Und also ging's los. Wir Zehn Männer und Frauen und Schülerinnen und Schüler, die sich in ihrer freien Zeit ehrenamtlich für die Straßenkinder hier vor Ort einsetzten, kletterten in den Mikrobus.

Jetzt setzten wir dazu an, diesen Ort einzutauschen in einen anderen Ort: Ein Restaurant mit berüchtigt großen Pizzen – fast ganz am anderen Ende der Corniche.

Der Fahrer des Busses hatte freundlich gewartet. Kannte er bereits diese Arbeit? Interessierte sie ihn? Wir waren komplett. Die Schiebetür, die unsere Businnenwelt und die Busaußenwelt voneinander trennte wie die Druckschleusen einer Weltraumstation, diese Klappe von dem Rest des Alls fiel ins Schloss, auf ging's.

Wir winkten. Es winkte nicht Heissan. Er löste sich von der Gruppe der Straßenkinder und Sozialarbeiter – war er Neunzehn? – und lief uns nach. „Da läuft Heissan!" – In der Tat, einer hatte es bemerkt, hinter uns, unverkennbar, dieser junge Mann.

Er war hinter uns – er war neben uns. Der Bus blieb – nicht ungewöhnlich – im Stau stecken. Heissan lief vor uns. Kannte er den Weg? Und ob er ihn kannte. Der Verkehr fing wieder an zu fließen. Heissan war ein gutes Stück vorausgeeilt. Es war in Ägypten warm geworden. Mein Gott, wie wäre ich schon nach nur ein paar Metern aus der Puste gekommen. Aber was kann nicht alles solch ein Soldat? Das gehört zu ihrem normalen Fitnessprogramm. Nicht selten mit ihrem Ausrüstungsrucksack. Hier war Hassein unbeschwert. Nur der stinkige Geruch der Autoabgase konnte ihn stören. Es schien aber nicht so. Er wirkte frisch, uneinholbar frisch. Auch als wir ihn überholten. Winkten wir? Alle sahen ihn. Oder blickten wir ihn leugnend voraus oder sonstwohin? Ich grüßte nicht. Überschlug die Distanz. Es ist ein langes Stück – ein ziemliches sogar. Dieses „Hörnchen", diese Hafen

straße, schnürte wie zu einer alexandrinisch-ptolomäischen Halskette vor der Brust der Pharaonin von Ober- und Unterägypten Alexandria zum Meer hin zusammen. Aber gelaufen, Schritt für Schritt, was für eine Entfernung? Für solch einen durchtrainierten Körper – kein Problem. Das wusste ich, wenn der Wille da ist. Der Wille und ein Ziel – unser unübersehbar weißer Kleinbus, langsam schob er sich vor. War er noch zu sehen? Ich drehte mich nicht um. er hat uns mit Sicherheit noch sehen können. Sollen wir am Hotel anhalten für eine Zwischenstation? Bloß nicht – dann kommt er angelaufen, und er wüsste wo wir lebten. Wollen wir das?

Keiner fragt. Denkt es jede und jeder? Ja, Gott sei Dank, für den Fahrer ist das kein Thema. Im Gegenteil, er nimmt Fahrt auf, das Hotel lassen wir hinter uns. Wie zügig es auf einmal geht. Ja, er überholt sogar – Ein, Zwei, Drei – insgesamt vielleicht Fünf andere solcher Mikrobusse.

Da wusste ich – lange bevor wir ankamen, das ist das Ende. Das Ziel aus den Augen. Aus solcher Entfernung unmöglich die weißen Straßen-Raumschiffe auseinander zu halten. Wir halten an. Das Restaurant direkt vor der Tür. Schnell. Alle rein. „Jetzt kommt er gleich angerannt!" Kommt er?

Für Zehn Leute ist kein Platz vorgesehen. Wir schieben freie Plätze zusammen. Platz für Elf. Das Schaufenster gibt einen weiten Blick auf den Fußgängerweg frei, frei genug für den verschämt angstvollen Blick: Kommt er? Die Tür geht auf – Nein, das ist er nicht. Wir sollen bestellen. Der Kellner reicht die Karten. Eine Pizza, die Kleinste ist ein-Hundertstel vom Monatslohn eines Sozialarbeiters. Und der Preis ein-Zehntel von dem zu Hause. Lohnt es sich da nicht?

Die Tür geht auf – und frage mich, was ist das für ein Leben, das nicht miteinander geteilt werden kann? Oder doch? Hätte ich nicht doch dem „Flurjungen" – wie nennt man die Hilfsarbeiter im Hotel? – mein Bett zum Ausruhen anbieten können, als er völlig erschöpft von der Nacht in seinem winzigen Raum auf seinem Stuhl, ein Fuß kopfüber unterm Fenstergriff eingeklemmt, schlief? Warum tat ich es nicht? Ihn nicht zu wecken, war doch nur Ausrede.

– er ist es nicht. Einige Augen bestreichen die Fensterbreite – läuft er vorbei? Wird er überhaupt laufen, wenn er soweit kommt? Alle, alle würden ihm mit einem Blick unter den Hunderten, oder besser Tausenden? von Ägyptern an diesem Abend in Alexandria erkennen.

Würde ich hingehen und ihn zu Tisch bitten? Warum nicht? Ja, wenn, warum eigentlich nicht! Und dann? Mit ihm zum Hotel? Und dort eine Szene aufführen?

Oder jetzt schon, sobald er auftaucht, die Sozialarbeiter als Ersatzpolizei in Anspruch nehmen? Per Handy kein Problem.

Oder ihm erklären – ja erklären mit Händen und Füßen? – dass da für ihn in der besseren Welt kein Platz vorgesehen ist?

Oder ihn segnen und ihn dann – wie dem, der „Legion" genannt wurde – nach Hause schicken, als Botschafter des Friedens? Was für ein Frieden, der die Teilhabe scheut? Eine religiöse Zeremonie – reine Machterhaltung.

Also, was würde ich tun? Oder abwarten, was zu tun? Abwarten, was die anderen täten. Und wenn deren Blicke sich auf mich richteten, wie ich mich verhielte?!

Da folgt dir einmal einer nach – da ist kein Platz für ihn vorgesehen. Oder sitze ich am falschen Tisch? Wenn Gerechtigkeit das Maß dafür ist, wieviel Gemeinschaft möglich ist – wie ungerecht ist dies?

Wer muss zu wem umkehren?

Da, die Tür geht auf – nein, sie ging noch ein paar Mal auf und zu. Doch die Rechnung wurde für Zehn Speisen bezahlt.

13:43 Uhr

Subotica – eines der schönsten Restaurants; wer es nicht kennt, findet es nicht; man muss wie durch einen Riß in einer Mauer durch einen Türrahmen, der von einer Wand übrig geblieben ist. Die Tochter eines hochrangigen Funktionäres aus der kommunistischen Tito-Zeit Jugoslawiens erzählt. Sie erzählt weniger, berichtet einfach. Ihr Vater war in höchsten Ämtern, überzeugter Kommunist. Niemand von hier kam auf die jugoslawische Gefängnisinsel vor der Küste von Kroatien ohne seine Zustimmung. Er war Chef einer Bank, vermögend. einflussreich. Die Mutter hatte Angst um ihre Tochter, wenn sie trotz allen Verboten sich Ostereier anmalte oder zu Weihnachten den Tannenbaum schmücken

wollte. Kurz bevor er starb, eröffnete er seiner Tochter und seiner Ehefrau: Er hatte eigentlich sein Leben lang Priester werden wollen, katholischer Priester. Das war sein innigster, verborgenster Wunsch. Nur seinen Tagebüchern, in denen er genau festhielt, was war, vertraute er dies an. Er nahm seiner Tochter das Versprechen ab, diese nach seinem Tode abzuschreiben und später zu veröffentlichen. Die Mutter las sie auch. Sie ertrug es nicht. Sie verbrannte alle Aufzeichnungen.

13:44 Uhr gst
ökonomie im reich gottes

der mehrwert
  macht reich
  und andere arm
die mehrliebe
  macht reich
  und andere reich

was macht reicher?

13:45 Uhr näd
ÄGYPTISCHE CHRISTENHEIT

Mit der deutschsprachigen protestantischen Gemeinde waren wir in Anaphora – zum Ersten Mal. Zusammen mit anderen „Newcomern", wie es dort hieß. Und trafen dort – wo wir doch erst paar Monate in Ägypten sind – Bekannte. Was für ein Glück! Eine Amerikanerin, die schon lange in Ägypten lebt und die wir durch die Gottesdienste in der griechisch-katholischen Gemeinde kennen. Wir sitzen bei dem angenehmen Licht der dezenten Beleuchtung unter den Palmen noch lange zusammen. Mein Frau erzählt von dem Weltgebetstag, der ja regelmäßig in unseren Gemeinden gefeiert wird und von einer koptisch-protestantischen Pfarrerin, die aus den Vereinigten Staaten von Amerika zusammen mit ihrer Familie während der Revolution nach Ägypten zurück ging. Wir würden sie gerne kennenlernen, meint meine Frau. Kein Problem, sagt die Amerikanerin, sie käme am Mittwoch zu Besuch in die ägyptische Bibelgesellschaft. Wir könnten dazu kommen, sie selbst arbeite dort. Kann meine Frau natürlich nicht, einer aus der Familie muss ja arbeiten, aber ich kann. Und kam auch. Zu Fuß. Von Tür zu Tür keine Stunde, bequem gegangen, alles andere wäre leichtsinnig, bei dem unberechenbaren Untergrund. Entlang einer stillgelegten Straßenbahnstrecke. Hier sah ich wie eine Frau mit einem angespitzten Stab Papier aufstach. In der Nähe qualmte ein kleines Feuer, wo sie alles, was sie sammelte verbrannte. Und in der Tat, in einem Abschnitt von ca. Zwanzig Metern auf dem Terrain zwischen den verbogenen Gleisen und den beiden Bürgersteigen daneben, war kein Fetzen mehr zu sehen. Wohnt sie hier? Und nah bei ihr, unter dem Gerüst, das einmal ein Wartehäuschen war, hocken Zwei Herren.

Aber zuerst besuchte ich die Morgenmesse. Auch dazu hatte mich die Dame aus Amerika ermutigt. So habe sie in einem Jahr Arabisch gelernt. Nicht schlecht. Es erinnerte mich an Lenin. Er hat seinen Revolutionären geraten, wenn sie im fremden Land möglichst schnell die dortige Sprache lernen wollten, die Gottesdienste zu besuchen. Was offenbar nur für die Erste Generation galt. So hatte ich es aber auch in Kopenhagen angestellt und in meinem Ersten dänischen Gottesdienst zum Ersten Mal Genaueres über Oscar Romero erfahren. Am Montag war ich mit der Kopie der Liturgie pünktlich in St. Cyrill, der griechisch-katholischen Kirche, erschienen. Die Amerikanerin lud mich ein in den vorderen Bänken Platz zu nehmen – wir waren vielleicht Fünfzehn oder Zwnazig in diesem Gottesdienst – und wie eine Mentorin zeigte sie mir im arabischen Skript, an welcher Stelle die Liturgie gerade ist. Schon am Zweiten Tag konnte ich es selber auffinden. Heute wollte ich mitlesen, was in der englischen Übersetzung steht. Das ging natürlich schief. Aber das holte ich im Café nach. Dorthin zog ich mich nach dem Gottesdienst zurück, weil ich keine Lust hatte, den Weg nach Hause zu nehmen und nur wenig später wieder teilweise den gleichen Weg zur Bibelgesellschaft zu laufen.

Natürlich hatte ich an dem Morgen guten Appetit und bestellte mir einen Joghurt, aufwändig zusammen gestellt, ein dunkles Brötchen, kaum zu glauben, dass es das hier gibt und einen Milchkaffee. Als es ans Zahlen ging, verlor ich die gute Laune, kein Geld dabei. Nur Dreißig Pfund. Das ist nicht mal eine Anzahlung. Tscha, guter Rat ist teuer. Ich möchte einen Bankautomaten ansteu-

ern – und das erwärmte Brötchen, den warmen Café einfach so zurück lassen? ‚Kein Problem', meint ein anderer Kunde, der schon einige Zeit da war. Er bezahlte für mich und wenn ich das Geld im Laden abgegeben habe, holt er es in den nächsten Tagen dort ab, er hat regelmäßig in der Nähe zu tun. So einfach kann das Leben sein.

Doppelt gut gelaunt studiere ich die Liturgie der griechisch-katholischen Gemeinde. Es ist eine Liturgie, die sich auf Chrysostomos beruft – so sein Ehrentitel, weil er so schön predigte, dass man ihn „Goldmund" nannte. Er lebte von Dreihundertundneunundvierzig bis Vierhundertundsieben und war zuletzt Bischof von Konstantinopel. Er predigte so ‚schön', dass er auch dafür bekannt wurde, der Erste richtige Judenhasser in der Kirchengeschichte zu sein. Ich war also vorgewarnt. In der Tat – in der Liturgie kommt das jüdische Volk, das Volk Israel überhaupt nicht vor. Aber tut es das – außer in den alttestamentlichen Lesungen – bei uns? Und – was mir besonders auffiel: Es wird um Gottes Liebe zu den Sündern gebetet, zu den Nächsten, zur Obrigkeit mitsamt ihrer Soldaten, für alle die unterwegs sind, ob zu Lande, zu Wasser oder zur Luft – hat das Chrystomos auch geschrieben oder wann wurde das ergänzt? – für Menschen, die krank sind oder im Gefängnis sitzen: Das ist schön, und tut gut und es hat etwas für sich, dass das in jedem Gottesdienst gebetet wird, so wird es nicht vergessen. Aber für den Feind wird nicht gebetet. Und in meiner Kirche? Und auf einmal ist ein neues Thema da: In welcher Liturgie wird die Liebe auch zum Feind berücksichtigt? Und zugleich: Wie kommt Israel und das jüdische Volk in einer Liturgie vor? Hat das eine mit dem anderen zu tun?

Kaum durchgelesen, ist Zeit zum Aufbruch. Vielleicht finde ich ja einen Geldautomaten um so bald wie möglich das Geld zurück zu zahlen. Der erstbeste hat keine internationale Bankverbindung. Schade. Also später. Auf dem Rückweg war's dann woanders möglich und hinterließ den Obolus pflichtschuldig im Café.

Aber bei der Bibelgesellschaft war ich – wie so oft – viel zu früh. Bei ägyptischen Familien ein klassisches no-go. Hier ist es ein Betrieb, also kein Problem. Ich warte in einem Konferenzraum, bekomme sogar einen Kaffee und kann Vokabeln wiederholen. Das Treffen beginnt gegen Zwölf Uhr und werde von der amerikanischen Mitarbeiterin der Bibelgesellschaft in einen anderen Raum geführt. Dort empfängt der Leiter der Bibelgesellschaft eine amerikanische Gruppe der Vereinigten Staaten von Studentinnen und Studenten die für Drei Monate auf einer Tour durch den Nahen Osten sind. Bisherige Stationen: Jordanien, Israel/Palästina, Marokko und zum Schluss Drei Wochen Ägypten. Gestern sind sie erst angekommen. Die meisten mit kirchlichem Hintergrund, Studienfächer Politikwissenschaft, Sozialwissenschaft, Ingenieure, Betriebswirte. Ganz normale Mischung.

Die amerikanisch-ägyptische Pfarrerin ist mit ihrem Mann gekommen. Er schildert die Veränderungen in Ägypten unter der Zeit des Präsidenten as-Sisi. Dann entfaltet die Pfarrerin ihr Panorama für den gegenwärtigen Zustand des Landes.

Veränderung und Stabilität

Es gibt Zeiten für Veränderungen und Zeiten der Stabilität. Es werden viele Ressourcen vergeudet, wenn Stabilität geschaffen werden soll, wenn sich die Dinge verändern oder wenn sich etwas ändern soll, wenn Stabilität angesagt ist. Das erleben einzelne Menschen genauso wie Nationen. Zur Zeit der Revolution war Veränderung angesagt. Danach war man froh, als Stabilität einsetzte.

Identität und Ansehen

Ein Mensch hat ein Selbstbild – Identität – und wird von anderen gesehen. Wie passt das Fremdbild zum Selbstbild und umgekehrt? Sie fragt dies für die ägyptischen Kirchen. Als Christen verstehen sie sich als arabisch sprechende Ägypter. Sie sehen keinen Unterschied zwischen sich als Christen und als Bürger in ihrem Land. Vor der Revolution hatten die Kirchen ein klar umrissenes Selbstbild und waren sich sicher darin, wie sie von anderen gesehen werden. Die Revolution hat beides durcheinander gebracht. Beides ist gegenwärtig noch völlig im Fluss.

Die Gruppe bittet den Leiter der Bibelgesellschaft um seine Eindrücke.

Er erzählt von dem enormen Aufbruch, den die Kirchen, vor allem die koptisch-orthodoxe Kirche zur Zeit in Ägypten erlebt. Erst heute kam die Mitarbeiterin, meine Bekannte, von einem Event aus Luxor zurück. Dort fand ein kirchliches Großereignis statt mit über Fünftausend Teilnehmenden. Innerhalb von wenigen Tagen versammelten sich dort Menschen aus der gesamten Region. „Es gab dort alles", erzählte sie, „Drogenhandel, Prostitution, jede Menge Kleinhändler und riesige Zelte mit Großveranstaltungen für Dreitausend Menschen." Die Bibelgesellschaft leitete dort eine Casting-Show für junge Leute, wo sie ihr Können in Zwei-Minuten-Auftritten präsentierten. Eine Jury bewertete dies und gab Tipps. Der Preis war eine Waschmaschine. In den Dörfern ein Privileg. Solche „regionale Kirchentage", wie wir sagen würden bezogen auf den Ort aber kaum auf den Umfang, finden landauf landab statt, berichtet ihr Chef. Die Bibelgesellschaft hat dort regelmäßig Bücherstände. In jeder ägyptischen Stadt haben sie Verkaufsmöglichkeiten für Bibeln und Informationsmaterial. Speziell für Muslime haben sie kleine Schriften erstellt – z. B. mit der Bergpredigt – die für Zwei ägyptische Pfund verkauft werden, so viel kostet eine Metrofahrt. Wenn Christen sie kaufen wollen, werden sie abgewiesen. Andere Schriften werden an Taxifahrer, den Mann in der Wäscherei, die Familie am Obstverkauf verschenkt. Und noch nie habe er erlebt, so versicherte der Leiter der Bibelgesellschaft, dass er abgewiesen wurde. Die Polizei habe ein Auge auf die Büchertische. Wenn sie als Vertreter der Bibelgesellschaft hinter dem Tisch stehen und dort sichtbar sind, wer dort ist und was sie machen, gibt es keine Probleme. Sobald sie vor dem Tisch stehen und aktiv werden, wird es nicht geduldet. Hinter dem Tisch aber haben sie ihre Ruhe.

Er selbst hat vor vielen Jahren ein Schulungsprogramm erarbeitet, das in die Lektüre der Bibel hineinführt. Er nennt es „inductive Bible study". Es ist so angelegt, dass es zugleich befähigt, andere dazu anzuleiten. So haben sie in den letzten Jahrzehnten Tausenden von jungen Menschen Mut gemacht, sich mit der Bibel zu befassen. Regelmäßig gibt die Bibelgesellschaft Begleitmaterial heraus, in diesem Jahr zu Habakuk und Markus. Ein Bibelquiz rundet das ab.

Als Bibelgesellschaft arbeiten sie mit allen Denominationen zusammen. Laut Satzung beziehen sie zu dogmatischen Fragen keine Stellung. Sie veranstalten selber keine Dialogreihen aber laden zu gemeinsamen Projekten ein – wie die genannten etwa.

Es gibt Gegenden, dort werden Jahr für Jahr Hunderte von Menschen getauft. Eine Christin etwa ließ sich von einem koptischen Priester taufen, obwohl sie in einer anderen Kirche zu Hause war. Sie meinte: ‚Die Kopten bringen Zweitausend Jahre Erfahrung mit, das ist mir sicherer als eine Kirche mit nur Einhundertundfünfzig Jahren Geschichte.‘ Generell meinte er, auf Zahlen und Statistiken zu diesem Thema solle man nichts geben.

Er berichtet von einer interessanten Entwicklung in den Vereinigte Staaten von Amerika: Dort gebe es, so erzählt er, eine Kirche, die dabei ist eine vom gegenwärtigen nahöstlich-islamischen Kontext (im Unterschied zu Indonesien etwa) her geprägte Liturgie zu entwickeln, nicht als eigene Kirche, aber als Gottesdienstform.

Angefangen hat diese Entwicklung vor über Einhundert Jahren. Ein koptischer Christ, HABIB GIRGIS, er lebte von Achtzehnhundertundsechsundsiebzig bis Neunzehnhundertundeinundfünfzig, hatte erfahren, wie die ursprünglich englischsprachigen Missionskirchen im Lande Sonntagsschulen errichteten. Dort haben die Kinder Lesen und Schreiben gelernt und es wurden ihnen Geschichten aus der Bibel erzählt. Das Modell übernahm er und gründete Koptisch-orthodoxe Sonntagsschulen. Er war so erfolgreich, dass er Neunzehnhundertundachtzehn dafür eine eigene Einrichtung gründete. Gegenwärtig bereitet sich die Bibelgesellschaft auf das Jubiläum im nächsten Jahr vor. Aus dem Kreis dieser Kinder erwuchsen Gläubige, die es als Erwachsene nicht hinnehmen wollten, dass die Geistlichen in ihren Kirchen und Gemeinden weiter ihre alten Stiefel ritten und sich dort nichts änderte. Also wurden sie selber Priester, Mönche, Nonnen, Bischöfe. Zudem erläuterte er: Zur Nasserzeit war es wichtig in staatliche Jobs zu kommen, sie versprachen lebenslange Versorgung. Als Lehrer, als Beamte in der Verwaltung, als Professoren an der Universität. Alle Drei Wege waren für Christen versperrt. Also gründeten viele Christen kleine Betriebe. Drogerien bzw. Apotheken – beides geht hier ineinander über – Schuhwerkstätten, Getränkefirmen etc. Nach der Westöffnung unter Sadat hatten viele von ihnen – durch die Kontakte im Westen – die Möglichkeit enorm sich auszuweiten und einige wurden sehr reich. Aus dieser Gruppe kleiner Unternehmer kamen die Menschen, die

in die geistlichen Berufe drängten und nun als kirchliche Unternehmer in der koptischen Kirche Programme entwickelten, über die man nur Staunen kann. Was ich in Anaphora gesehen habe, eine Gründung von Bischof Thomas, scheint also nur ein kleiner Ausschnitt von dem zu sein, was in den letzten Jahrzehnten entstanden ist. „Christen werden diskriminiert, aber wir sind keine verfolgte Kirche“, kann er festhalten. Wenn er Besuch aus dem Ausland erhält und gefragt wird, wie sie denn etwa als verfolgte Kirche in Ägypten leben könnten, dann weist er immer wieder auf diese Geschichten hin.

Von den Studenten wird auf die Attentate gegen Christen in diesem Jahr hingewiesen. Der Leiter der Bibelgesellschaft weist auf die Balance hin, die der Staat im Land finden muss. Es war wohl das Erste Mal, dass ein Präsident des Landes an einem Ostergottesdienst teilgenommen habe. Andererseits, wenn er mehr auf Christen zugeht, melden sich Gruppen im Lande, die auch eine Minderheit bilden, und wollen auch mehr Beachtung und mehr Rechte.

Die richtige Balance zu finden – das ist auch das Thema zur Frage nach der Frauenordination. Als diese Frage gestellt wurde, war die Pfarrerin leider schon fort. Sie könne dazu eine Vorlesung halten, meinte der Leiter der Bibelgesellschaft. Schließlich war sie in den Vereinigten Staaten als Pfarrerin der evangelisch-koptischen Kirche ordiniert worden aber die Ordination wurde in Ägypten nicht anerkannt. Es gebe ausführliche Studien, die belegten, dass neutestamentlich nichts gegen eine Frauenordination spräche und er selbst zweifle auch an der Männerordination. Die Kirchen, die mit diesem Thema ringen, wollen aber zur Zeit die Balance nicht verlieren, so sagen sie, im Kontakt mit der koptisch-orthodoxen Kirche. Die Ordination von Frauen würde die letzten Fäden zwischen ihnen zerreißen.

13:46 Uhr f-d
KLAUS N.

„Es war einmal Klaus N. Weit und breit gab es neben ihm niemanden, der ein solches Gerät hatte wie er. Als er gefragt wurde, wie es hieße, nannte er es Phonoxenon.

Nicht weil es nicht andere gegeben hätte, die solch ein Ding hatten, sondern einfach darum, weil er dort lebte, wo es in nächster und weiterer Nähe sonst niemanden gab. Auf mehrere Quadratkilometer hinweg, war er der einzige mit diesem Empfänger. Man konnte damit alles, was zum Beginn des Computerzeitalters ein Gerät benötigte von der Größe eines Zehnstöckigen Hochhauses, rechnen, vorlesen, Briefe versenden, Telefonieren, Texte erfassen, Fotografieren, Bilder bearbeiten und und und.

Klaus N. war Physiker im Ruhestand und hatte an der Erforschung elektromagnetischer Felder mitgearbeitet. Also die Technik mit entwickelt, die das ermöglichte, was sein Gerät könnte.

Eines Tages nahm er das Gerät auseinander. Er holte den Akku heraus und legte ihn in eine abgeschlossene Kiste in den Kühlschrank. Das Gerät tat er in eine andere Kiste aus Metall und verschloss diese gleichfalls in seinem Kühlschrank. Alle Daten auf dem Gerät hatte er zuvor gründlich gelöscht. Da er wusste, was das heißt, hatte das einige Zeit in Anspruch genommen. Dazu ließ er sich zuvor starke Magnete kommen bzw. erbaute sie in seiner Werkstatt selbst. Erst als er sicher war, dass sich auf seinem Gerät nur noch das rekonstruieren ließe, was ohne Aussagekraft war, weil nur noch eine wirre Datenfolge sichtbar gemacht werden könnte, gab er sich zufrieden.

Dann fing er an und holte seinen Füller wieder hervor, ein Erbstück von seinem Großvater. Er betrachtete lange die goldene Feder. Wie lange er schon damit nicht mehr geschrieben hatte. Seine linke Hand – er hatte sich nach einem Unfall mit seiner rechten Hand als junger Mann eher zufällig das Schreiben mit links angewöhnt – tat anfangs noch etwas weh, bevor sie sich an diese ungewohnte Bewegung wieder gewöhnt hatte.

Den Netzbehörden blieb dieses schwarze Datenloch nicht unbemerkt. Auf einmal wurden auf dieser durchaus beachtlichen Fläche keine Daten mehr erzeugt, weder empfangen noch ins Netz eingespeist. D. h. von einem Netz konnte auf einmal nicht mehr die Rede sein, weil es sowieso ringsum keine Knoten gab und der Knoten, der einst dort für Verbindung gesorgt hatte, war ersatzlos und sang- und klanglos verschwunden. Es war wie ein schwarzes Loch. Alle Versuche der

Netzagenturen mit gezielten Datensendungen das Feld wieder zu aktivieren liefen ins Leere, sondern verschlangen nur Energie.

Da Klaus N. in diesen Fachkreisen durchaus bekannt war, weckte das deren Interesse. War er dabei etwas Neues, Revolutionäres zu entdecken? Wie könnten sie das heraus bekommen? Ihn abzuhorchen war unmöglich, die nächsten Gebäude waren weit entfernt. Und in der Wildnis in der Nähe seines Gebäudes entsprechende Geräte aufzustellen trauten sich die Fachleute nicht, sie befürchteten zu leicht von Klaus N. auf frischer Tat ertappt zu werden. Auch die Satellitenüberwachung schied aus, sie konnte ja noch nicht einmal das einfachste Schindeldach durchdringen. Was also blieb übrig?

Nach einer eingehenden Beratung in den Fachetagen blieb nur eine Möglichkeit übrig: Spionage nach alter Art: Mit Detektiven und Boten.

Klaus N. erhielt in der nächsten Zeit postalische Sendungen. Ihm kam es je öfter je mehr sie bei ihm eintrudelten umso rätselhafter vor. Anfangs glaubte er noch an einen Irrtum, weil es seine Adresse tatsächlich Zweimal gab, aber nicht in seinem Regierungsbezirk, sondern doch ziemlich weit entfernt. Auch wohnte dort kein Klaus N., wie er herausgefunden hatte sondern eine Frau. Als aber innerhalb eines Monats die Dritte Sendung von Schuhen, bzw. elektronischen Ersatzteilen und von einem an sich sehr schönen Wintermantel eintraf, die er nie bestellt hatte, kam es ihm wirklich spanisch vor.

Klaus N. erwog die Wahrscheinlichkeit, verfolgt und ausgehorcht zu werden im Vergleich mit der Wahrscheinlichkeit, an einer Verschwörungsphantasie zu leiden. Beide Möglichkeiten sprachen für sich. Für das letztere seine schon seit längerer Zeit anhaltende Einsamkeit. Er studierte Fachliteratur, wie lange es im Durchschnitt dauert, bis sich solche Phantasien zu scheinbar realen Gestalten für die eigene Wahrnehmung aufbauen. Dafür lag er im mittleren Bereich. Es war also durchaus möglich obwohl seine Einsamkeit ja keine erzwungene, sondern eine freiwillige oder sagen wir mal in Kauf genommene, wenn auch vorübergehend in Betracht gezogene war. Schließlich war seine Frau erst vor Zwei Jahren verstorben, niemand weiß wie lange man lebt und andere Aufgaben standen sozusagen vor der Tür.

Auf der anderen Seite kannte er seine ehemaligen Kollegen und wusste wie sie ticken und konnte es sich sehr gut vorstellen, was in ihren Köpfen sich abspielte und dass sie glauben möchten, wie durchtrieben und geschickt sie ihn halten mochten um Grund genug zu finden, ihn zu beschatten.

Fortan führte er also Tagebuch darüber wann und wer genau bei ihm aufzutauchen schien um ein Muster erkennen und gegebenenfalls darauf reagieren zu können. Ganz kurzfristig erwog er die Möglichkeit sich zu bewaffnen, doch wusste er welche Gereiztheit das bei solchen Leuten auslöst und verfolgte diesen Gedanken nicht weiter, wiewohl er auch einen Waffenschein besaß aber schon seit Jahren aus der Übung war. Auch die Möglichkeit das Schießeisen seines Großvaters zu reinigen, zu ölen und mit Munition zu beladen, schloss er aus. Er hätte es auf dem Speicher suchen müssen, wohin er es vor vielen Jahren vor den neugierigen Augen seines Sohnes verborgen hatte und nun nicht mehr genau wusste, wo er es versteckt hatte. Der Aufwand erschien ihm im Vergleich zum vermuteten Ertrag zu übertreiben. Dennoch, der Zweifel daran, ob er an einem Verfolgungswahn litte oder nicht, ob doch alles nicht nur eingebildet sei, nagte derartig an ihm, dass es ihm zu manchen Stunden arg schwer fiel, beides in Balance zu halten, solange er nicht eindeutige Belege fand.

Eines Tages reiste er ab. Die Fahrzeit der Buslinie, zu deren Haltestelle er ein schönes Stück hat laufen müssen, wusste er noch aus früheren Tagen auswendig. Nachdem er sich das Phonoxenon vor vielen Jahren mal angeschafft hatte, hatte er zugleich alle Telefonleitungen gekappt, sie schienen ihm damals unnötiger Ballast zumal sie überirdisch liefen. So hat er nach einer Auskunft sowieso nicht mehr fragen können.

Kaum aber war er im Bus verschwunden und eine gehörige Zeit verstrichen, die auszuschließen schien, dass er sich mit den Anschlüssen vertan habe oder die Strecke aus wer weiß was für Gründen nicht befahrbar gewesen sein sollte und er also unverrichteter Dinge zurückgekehrt wäre, kaum war diese Zeit der Vorsichtsmaßnahmen verstrichen, drang eine schwerbewaffnete Fünfermannschaft des Spezielkräfteeinheit der Polizei mit Unterstützung der Armee im Hintergrund ins Haus ein und durchforstete es. Sie fanden im Kühlschrank Akku und dasd Phonoxenon und versuchten sogleich die verbliebenen Daten zu retten. Schließlich fanden sie auf seinem Schreibtisch ein unscheinbares Heft und daneben einen Füller, fast noch warm. Der EInsatzleiter setzte sich auf den bequemen Sessel, blätterte voller Spannung das Heft auf und begann zu lesen:"

„Es war einmal Klaus N. Weit und breit gab es neben ihm niemanden, der ein solches Gerät hatte wie er…"

13:47 Uhr cfr

Ich fragte einen der Steyler-Missionare, der mir und meiner Frau den Weg ins Gründerhaus, St. Michael in Venlo-Steyl ermöglichte: „Mit wem soll ich die Friedenstheologie leben?" Er antwortete: „Gründe einen Orden." Ein Zeichen habe ich schon: Die Schürze.

13:48 Uhr nfr

Neunte Fastenaktion für eine atomwaffenfreie Welt, Sechster Fastentag. Der Duft aus der Bordküche im Intercity-Express kommt gut. Eben waren es warme Brötchen, die vorbei getragen wurden, jetzt der Duft von Eintopf. Ob die Götter auch fasteten, weil sie sich vom Geruch der aufsteigenden Dämpfe ernährten?

13:49 Uhr fdr

Grabkreuze, Soldatengräber. Du drückst dort, wo sich die Balken kreuzen, in die Vierrung und es öffnet sich ebendaselbst ein Türchen und du kannst die Geschichte von dem Menschen hören, sehen, lesen, an den an dieser Stelle gedacht wird, wie er zermalmt wurde. Wofür und warum er dem Glauben geschenkt hatte.

13:50 Uhr
DER MANN, DER SICH AUF DER TOILETTE VOLLSTÄNDIG AUSURINIERTE

Er fing an und konnte nicht mehr aufhören: Sein gesamtes Wasserreservoir im Inneren seines Körpers verwandelte sich vollständig in Urin und er trocknete je länger und je mehr aus – stundenlang auf der Toilette und von niemandem bemerkt – bis nur wenige Kilo seines verbliebenen Körpers, bei ca. Fünfundsechzig Prozent Wassergehalt, dürften es bei seinem ehemaligen Körpergewicht von durchschnittlich Achtzig Kilo ganze Achtundzwanzig gewesen sein, so nach und nach im Klo versanken und vom Nachfolger – die Toilette musste allerdings erbrochen werden – weggespült wurden. Nur der Bademantel über der Kloschüssel hätte verräterisch wirken können, er wurde in die Wäsche gesteckt. Der Patient als vermisst gemeldet.

13:51 Uhr när

Angst? Mir träumte schlecht. Der Ehemann, der nicht Geld verdient und die Ehefrau im Geschäftsleben. Das war ein verbreitetes jüdische Familienmodell vor allem in Osteuropa: Der Mann studiert Tora und die Frau ist in der Geschäftswelt aktiv. Ich im unbezahlten Urlaub für friedenstheologische Studien und meine Frau als Konrektorin bzw. Schulleiterin unterwegs – so realisieren wir ein jüdisches Familienmodell. Dennoch, es kratzt an meinem Selbstbild. Und es ist unangenehm mit Menschen zu tun zu haben, die es einen spüren lassen, dass sie es verachten, wenn der Mann seine Frau arbeiten lässt. Das Familienmodell der Adligen und später Großbürger: Wir können es uns leisten, dass die Frau nicht arbeiten muss. Ich werde gefragt: Was machst du eigentlich in Kairo? Wäre ich berufstätig und meine Frau bliebe zu Hause, würde sie gefragt werden: Was machst du eigentlich in Kairo?

13:52 Uhr gsr

Gij,
Gij peilt mijn hart, Gij doorgrondt mij.
Gij weet mijn gaan an mijn staan.

Gij kennt mijn gedachten van verre,
mijn reizen en trekken, mijn rusten.

Mijn wegen, alle, zijn U bekend –
ieder woord dat komt op mijn lippen,
onuitgesproken nog, Gij hoort het al.

Achter mij zijt Gij een voor mij uit.
Gij legt uw handen op mij.

Dit is wat ik niet kan begrijpen,
niet denken, dit gaat mij te boven.

Hou sou ik uw adem ontkomen,
waarheen vluchten voor uw aangezicht.

Beklim ik de hemel, daar zijt Gij
daal ik af in die aarde, daar vind ik U ook.

Had ik vleugels van morgenrood,
vloog ik over de verste zeeën,
ook daar Gij, uw hand,
uw rechterhand die mij vasthoudt.

Zou ik roepen: ,Duisternis bedek mij,
licht, verander in nacht' –
voor U bestaat de duisternis niet.

Voor U is de nacht even licht als de dag,
de diusternis even stralend als het licht.

Uw schepping ben ik in hart en nieren,
Gij hebt mij geweven in de schoot
van mij moeder.

Ik wil U bedanken daarvoor
dat Gij mij ontzagwekkend gemaakt hebt.

Mijn ziel en gebeente door U gekend.
In mij was niets voor uw ogen verborgen
toen ik werd gevormd in het diepste geheim,
prachtig gevlochten in de schoot van de aarde.

Ik was nog ongeboren, Gij hadt mij al gezien
en al mijn levendagen stonden in uw boek
nog vóór Gij er één hadt gemaakt.

Gij, Eeuwige, peil nu mijn hart, doorgrond mij,
toets mijn verborgen gedachten.

Ik ben toch niet op een doodlopende weg?
Leid mij voort op de weg van uw dagen.
Jeden Mittwoch gestaltet einer der Brüder der Steyler Missionare in Steyl das Mittagsgebet mit niederländi-

schen und flandrischen Texten und Liedern. Dieses Lied nach Psalm Einhundertundneunundreißig, Text von HUUB OSTERHUIS und Melodie von ANTOINE OOMEN habe ich schon oft gehört. Heute durchdrang mich dieses Lied mit Staunen, wie so ewas in einer zeitlichen Erstreckung von gewiss Zweitausendundfünfhundert Jahren möglich ist:

- wie mir mit Hilfe von Gedanken dieses Psalmes die Verbindung gelang zwischen Persönlichem und Liturgischem bei den christlichen Trauerfeiern,
- wie wichtig mir gute Worte für mein Leben geworden sind, zum Beispiel von einem Freund in Kairo, dem ich offenbarte, dass es mir so leid tat, wie wenig ich ihm geschrieben hatte, obwohl ich wusste, dass es seiner Frau so schlecht ging,
- wie ich es genossen habe, wenn mein Vater, so selten es war, seine Hand auf meine Schulter legte. Und er mich damit dann nicht schlug. Das schien dann alles weit weg. So habe ich dann auch beim Spaziergang mit meinem Neffen und den Kindern ihnen meine Hand auf die Schulter gelegt. Nur geschlagen hat keines meiner Hände jemals eines unserer Kinder.
- Wie ich nach dem Elften September Zweitausendundeins nicht begreifen konnte – und bis heute nicht kann – welche Macht es ist, die die Großmächte wie die Vereinigten Staaten von Amerika zwingt, sich selbst zu verzwergen. Damals sprach ich es in einer Evangelischen Akademie bei Frankfurt an. Aber ich wurde völlig falsch verstanden. „Macht" bezogen sie vielleicht auf Al-Quaida und Taliban. Aber dass es die Vereinigten Staaten von Amerika selber hinkriegen auf Normalmaß zurück zu schrumpfen habe ich anscheinend nicht deutlich genug gesagt oder es wurde assimiliert.
- Wie ich Kafka las und meine Angst vor diesen Untiefen mit Berufung auf die Worte dieses Psalmes Gott in den Schoß legte. Im Zimmer von Drei jungen Frauen auf einer Studienfahrt für junge Erwachsene, wo ich tagsüber an meinem Kafka-Referat arbeitete. Wahrscheinlich sehr zur Verwunderung der Damen, dass ich für sie kein Auge übrig hatte. Und zu scheu und zu ängstlich auf irgendeinen anderen Gedanken zu kommen, als mich in die

Bücher zu vertiefen. Dabei war ich doch in eine der Drei Grazien verliebt, die mir nachts im Dunkeln über die Haare strich, wenn wir von der Gastwirtschaft kommend den großen Eingangsbereich der Herberge durchquerten, bis ich im Dunkeln den Lichtschalter fand und ich Dummkopf auch noch stolz darauf war, wie schnell ich ihn fand. Und sie sich im Zugabteil mit Vier anderen auf den ausgestreckten Sitzkissen zu mir legte, auf der Heimfahrt durch die Nacht aus Tirol in die damalige Bundeshauptstadt und sie von dem Tag der Ankunft an für mich nicht mehr zu sprechen war, kein Treffen, kein Gespräch – außer ein einziges Mal in ihrem Dachzimmer. Und wie oft fuhr ich zu ihr mit meinem Rad in fantastischer Aufregung und Freude, dass sie da sei!

- Wie ich die Totenwelt grüßte:
Bei der fehlerhaften Anästhesie bei den möchtegern Doktoren und Kollegen meines Vaters im Bundeswehrlazarett Hamburg in der Operation am Glied, meine Beschneidung, mein Traum von Strommast zu Strommast zu hangeln, zu gleiten, immer gefährdet herunter zu fallen; wie alt ich war? Keine Sechs Jahre alt.
Meine Operation in Bad Godesberg, erneut am Glied, im Krankenhaus unter der Leitung von Hans Graf von Lehndorff in dem meine Mutter als Krankenschwester arbeitete und dort von einem erwachsenen Bettnachbar im gleichen Zimmer – obwohl ein Kind unter erwachsenen Männern einquartiert – missbraucht wurde: Er verführte mich dazu seinen Hoden zu streicheln.
Mein Autounfall im August Neunzehnhundertundneunundsechzig mit Schädelbasisbruch als Folge.
Meine Nabelbruch-Operation am Niederrhein.
Meine ambulante Nasen-Polypen-Operation im Krankenhaus.
Meine Nierenspende am Zehnten Juni Zweitausendunddreizehn und das Gefühl von Dankbarkeit, dass ich sagen kann: Das ist Vergangenheit!
Wie ich meine Mutter geliebt habe! Obwohl ich mich in ‚ihrem' Krankenhaus völlig schutzlos fühlte. Und wie ich manchmal im Eifer des Gefechts statt „meine Frau" „meine Mutter" sagen

möchte. Wie und wann ist es möglich, sie einfach wieder lieb zu haben. Matthias: Sie ist tot! Sie hat für alles gebüßt! Auch dafür, dass sie nicht um Vergebung bitten konnte, so wie es mir gut getan hätte. Zeit zu vergeben?!

- Wie wohltuend es ist von Gott gewebt worden zu sein, von ihm geborgen und nicht von meiner Mutter, die mich schlug und meinem Scharfrichter auslieferte.
- Wie unsicher ich über mich selbst bin und zweifle und zweifle,
- das Erschrecken darüber, erkennen zu müssen, wo ich vielleicht falsch lag: Diese Bitte am Ende!

13:53 Uhr cfr

Vernunft ohne Liebe produziert Ungeheuer. Also kann die Vernunft nicht unverändert bleiben. Sie kann aber nur akzeptieren, was vernünftig ist. Ist das ein Widerspruch? Sie akzeptiert Grenzen. Aber nichts, was von Jenseits dieser Grenzen Geltung beansprucht. Ist das das Problem?

Oder liegt es darin, dass in Vergessenheit geraten ist, dass die Vernunft Eine ist.

13:54 Uhr cfr

Der Folgewirksamkeit der Liebe entspricht eine solche der Lieblosigkeit: Unrecht und Unterdrückung produziert ein Arsenal an Gewalt, siehe der Bürgerkrieg in Syrien. Friedenstheologie kann darum mit Befreiungstheologie Hand in Hand gehen.

13:55 Uhr ndt

wenn ich mir ständig
alles vor augen halten würde
was ich falsch gemacht habe
käme ich gar nicht dazu
neue fehler zu machen

13:56 Uhr näd

MOHAMMEDS CHRISTMAS CARNIVAL

Schon irgendwie seltsam. Zusammen mit meiner Frau leben wir in einem Land, deren Mehrheit muslimisch ist

und ich habe in den letzten Wochen so viele Weihnachtsbazare erlebt, wie noch nie in meinem Leben.

Den Reigen eröffnete die Deutsche Evangelische Oberschule, Kairo. Der Träger ist die deutsche evangelische Gemeinde, Kairo. Es ist eine der ältesten ausländischen Sprachschulen in Ägypten. Und dieser Weihnachtsmarkt hat Tradition. Es kamen auch darum sehr viele Besucher, weil sich Klassenkameraden und -kameradinnen dort zum Wiedersehen trafen. Etliche sagten mir, „wir sehen uns das ganze Jahr nicht – nur einmal hier!" Angeblich sollen ca. Dreitausend Personen an solch einem Event teilgenommen haben.

Wir steuerten unseren Teil zum Geschehen bei. Meine Frau hat beim Kinderprogramm der Kirchengemeinde am „Kirchenzelt" mitgeholfen. Unser Sohn, der uns mit einem Freund gerade in dieser Woche besuchte, gab einen fantastischen Josef ab, einen Esel durchs Gelände führend, mit einer wunderschönen Maria auf dem Sattel. Er musste ja auch nicht weit, er war ja schon in Ägypten. Der Papst hat vor kurzem die Gläubigen dazu aufgerufen, den Spuren der Eltern Jesu in Ägypten zu folgen. Da es kaum einen Ort gibt, in dem die junge Familie nicht Halt gemacht haben soll, erhoffen viele endlich einmal wieder mehr Touristen. Dass es sich um eine Flüchtlingsgeschichte handelt wird vom Trubel überflutet. In umgekehrter Richtung ist für viele Flüchtlinge der Weg von Ägypten nach Europa seit ca. einem Jahr fast vollständig versperrt.

Meine Wenigkeit machte Werbung für einen Kunstkalender der evangelischen Kirchengemeinde und passte darauf auf, dass sich nicht jemand ein Exemplar aneignet ohne dafür zu bezahlen. Auf Zwölf Monatsblättern hat ein Künstler markante Sprüche der bekanntesten Reformatoren in orientalische Kalligrafie umgesetzt. Ist das nicht Inkulturation im besten Sinne? Dabei stand ich am Zelt, in dem der österreichische Botschafter bzw. ein Lehrer der Deutschen Evangelischen Oberschule Märchen vorlas. Vor mir die Sicht auf das Kairo von Doqqi und hinter mir die Worte des Märchens vom Aschenputtel, schon seltsam.

Bereits auf den ersten Metern des Schulgeländes gerieten meine Gefühle ins Trudeln, weil ich im warmen Nachmittagswetter aus den Lautsprechern Weihnachtslieder dudeln hörte und mir zugleich klar wurde, Jesu Geburt ist ja nun mal irgendwie hier in der Gegend passiert und nicht im Schwarzwald im tiefsten Winter, oder?

Jetzt kommen wir gerade vom Schulfest der Europaschule Kairo, wo meine Frau unterrichtet. Noch nie hatte meine Frau erlebt, dass Lehrer für solch ein Fest gar nichts hatten tun müssen. Alles gestaltete ein Elternverein. Zahlreiche Firmen stellten ihre allerbesten Produkte aus. Von einer kleinen Firma, die zu Hause Kekse, Kuchen, Buffets und alles, was man sich zu einem Fest nur wünscht, anliefert bis zu hin zu Vodafone – es war fast alles dabei. Wer Langeweile und Geld hat, brauchte sich nicht zu beklagen. Ein Projektchor der Schule, Lehrer und Schüler zusammen, sang deutsche Weihnachtslieder. Kinder im Nikolauskostüm tobten über den Schulplatz zwischen den Stühlen und Tischen an Müttern vorbei, die über ihrem Schleier einen Haarreif trugen, den Zwei Tannenbäume schmückten. Und welche Kulturation ist das? Auch der Kindergarten hatte an alles gedacht: Eine Auswahl der besten Spiele für die Kinder und für die Erwachsenen eine Auswahl der besten Kuchen- und Tortensorten nebst Kaffee. Ägypterinnen in unscheinbaren graublauen Kitteln sammeln den Müll zwischen den Stühlen und Tischen in großen schwarzen Säcken ein. Sie sind hier die Wichtigsten. Ohne ihre Arbeit würde man in kurzer Zeit kaum noch den Boden sehen.

Am Vortag war „Christmas Carnival" im katholischen College de la Salle, eine französische Sprachschule im alten Kairoer Stadtteil Daher. Diese Schule hat für uns eine besondere Bedeutung, weil wir seit über Dreißig Jahren bei unseren Ägyptenreisen dort regelmäßig in deren Gästehaus übernachteten. So auch als wir mitten in der Revolution mit einer europäischen und nordamerikanischen Delegation des Internationalen Versöhnungsbundes dort waren. Ein ohrenbetäubender Lärm empfing uns als wir auf den Schulhof zusteuerten. Bässe ließen meine Innereien erbeben, obwohl ich bestimmt Einhundert Meter vom Geschehen entfernt stand. Von einer Bühne erklang ägyptische Popmusik. Einige Schüler produzierten sich im Rampenlicht und spielten Karaoke. Seit Wochen hatte ich mit einer Rentnerband geübt, einen Kinderchor mit vielen Jugendlichen bei einem Mix von modernen Weihnachtslieder zu begleiten, ich mit meiner Geige. Vor der Ersten Probe hatte ich nach Noten gefragt. Ja, so hieß es, die würde er

halten. Es war an einem superheißen Tag Anfang Oktober. Was ich bekam waren Textblätter der Lieder mit den Akkordgriffen für Gitarre. Niemand spielte nach Noten. Weder der Chorleiter am Keybord, noch der Bandleader an der E-Gitarre und der Schlagzeuger erst recht nicht. Und von mir wurde nicht erwartet die Melodie zu bedienen, das tat ja der Chor schon völlig ausreichend, sondern in den Pausen zwischen den Gesängen kleine musikalische Einwürfe zu improvisieren. Ohne Noten und improvisieren? Das kannten meine Synapsen ja nun überhaupt nicht. Also bestand meine Übung zu Hause darin, Melodien, die mir tagsüber einfielen immer mal wieder auf der Geige zu suchen und zu finden…

Da spielte ich also gestern auf der wackelnden Bühne zwischen mächtig aufgepepptem Schlagzeug, Bassgitarre und Leadgitarre hinterm Keyborder neben dem Kirchenchor *The Angels* zum Ersten Mal in einer Band. Ein Programm von über einer Stunde. Nach dem Konzert warf ein Nikolaus von einem Fenster im Ersten Stock Leuchtstäbe auf den Schulhof, was Trauben von Kindern schuf, die danach haschten. Und unter lautem Beifall – durch ein Seil abgesichert – sprang Nikolaus, hier der Weihnachtsmann genannt, in die Tiefe, rannte nach geglückter Landung quer über den Schulhof und entzündete ein Feuerwerk in der Spitze eines silbrig geschmückten Weihnachtsbaumes – der Titel auf dem Plakat für den Abend war schon treffend „Christmas Carnival". Was das mit Christmas zu tun hatte und mit Karneval weiß ich nicht, außer dass viele Kinder mit ihren Eltern viel Spaß hatten. Auch was. Und Inter-Kulturation vom Feinsten.

Wenn ich die Eindrücke so Revue passieren lassen, erscheint es mir, als hätten sich Lukas und Matthäus in ihren Weihnachtsgeschichten mächtig geirrt. Das war in Bethlehem kein Unterstand für Tiere, sondern eine Mall. Es kamen bestimmt auch keine Hirten oder Magiere, sondern Vertreter der Drei großen Firmen Facebook, Google und Amazon um so früh wie möglich lebenslange Verträge mit dem neuen Erdenbürger zu schließen. Und die Engel werden sich verflogen haben. Oder hatten irgendwie aus Versehen das falsche Textbuch gezogen. Denn eigentlich hatten sie ihre Lautsprecher mitbringen wollen, um unter großen Beifall „I wonna wish you a merry christmas" zu singen.

Gestern war für alle Schulen und staatliche Behörden frei – es wurde Mohammeds Geburtstag gefeiert. Und hier können sich die Fundamentalisten aller Länder die Hände reichen: In Saudi-Arabien ist dieser Feiertag verboten. Unter dem Regime der wahabitischen Auslegung gilt dieses Fest als unzulässige Neuerung in Nachahmung des christlichen Weihnachtsfestes. Dann schon lieber Christmas Carnival an Mohammeds Geburtstag in Daher. Und es bleibt ja jedem unbenommen wo auch immer aus freien Stücken das Leben von Flüchtlingen zu teilen und das Weihnachten im Kleinen zu feiern. Der Geschichte nach waren es damals auch nicht viele.

13:57 Uhr cfr
Ist jemand so geprägt, dass für ihn die Unterordnung anderer ihm gegenüber für ihn normal ist, dann ist womöglich damit gleichbedeutend eine versteckte bis offene Gewaltbereitschaft oder Gewaltwilligkeit, um diese Unterordnung anderer zu bewerkstelligen. Opfern, Leittragende solcher Gewalt ist also dringend angeraten auf keinen Fall diese Unter- und Überordnung zu akzeptieren oder sie gar selber – in beide Richtungen – zu reduplizieren.

13:58 Uhr gdt
jetzt sitze ich zum x. mal beim zahnarzt
und lese weder Dantes höllenfahrt,
noch läuterungsberg,
noch das paradies,
keinen Homer, Vergil oder Goethe –
sitze hier mit nichts

auch ein untergang am abendland
es ist noch am morgen
und arabisch fällt so schwer

13:59 Uhr cft
es gibt keinen grund für das böse
darum bedarf es immer einer begründung

da es keinen grund für das böse gibt
ist keine begründung letztenendes stichhaltig
lügen gehören zum geschäftsmodell

liebe bedarf keiner begründung
sie ist selbst grund und ursache

sie ist was sie ist
und soll sein was sie ist

der spalt zwischen soll und sein
trifft sie nicht

das böse hingegen will,
dass etwas nicht sein soll
es schließt aus einem sein auf ein sollen,
ein nicht-sein-sollen
und auch darum nicht begründbar,
weil aus einem sein kein sollen ableitbar

doch schafft das böse leiden
und leiden ist ein sein,
das nicht sein soll
von der logischen gestalt
mit dem bösen konform, homoform

ist darum das leid
die spur des bösen?
weil es zeigt, was durch böses entstand:
etwas, was nicht sein soll?

kann man so das böse definieren:
die art einer tätigkeit
die schafft, das etwas da ist, was nicht sein soll, leiden?

liebe erschafft sich immer neu
das böse bedarf des bösen um nicht zu krepieren

das unterlassen des bösen bringt das böse
im augenblick zum stillstand

die tatsache, dass man zur rache einer begründung bedarf, „du aber hast",
zeigt, dass es nicht selbstverständlich ist, sondern hier ernährt sich das böse von der reflexion

obwohl diese doch ein kind
der liebe ist

13:59 Uhr

ist das ein weiteres geheimnis?
wieso treibt das böse solchen spuk
gerade mit dem denken?

14:00 Uhr ndr

Niederkrüchten. Vor der katholischen Grundschule

Meine Frau hat ein regionales Schulleitertreffen. Ich warte vor einem Gasthaus – es soll noch nach Bonn zur Tropenärtzin weitergehen – an der Dr. Seligmann-Straße. Sie verbindet Kindergarten, Grundschule, Pfarrhaus, Kneipe und Kirche. Und ist ungefähr so interessant wie ein ausgetrockneter, ausgeklopfter vergessener Läufer über einer Wäscheleine. Was hier auf der Straße liegt lässt sich durchnummerieren: Ein Lutscherstiel. Zwei Kippen. NB vor der Kneipe. Nein, da liegt noch eine – wie konnte ich sie nur übersehen?! – ein Stück einer violetten vermutlichen Schokoladenverpackung. Ein halbes Dutzend? Noch nicht einmal. Die größten Dreckspender fallen überhaupt nicht auf: Die Autos. Aber hier stehen auch nur Drei an der Straße. Schwarz glänzend. Wahlplakate. Zwei Veranstaltungshinweise. Die Läuferfigur eines Viersener Aktionskünstlers. Mehr nicht. Andere sagen – vermutlich Kairo-Entfliehende: Wie idyllisch! Und im Übrigen: Sitze zum Ersten Mal in diesem Jahr draußen, ohne Mütze und ohne Regenschutz und ohne Mantel und ohne Jackett! Nur Pollunder, Hemd – hochgekrempelt – und Unterhemd und Haut. Hier, vor der Gastwirtschaft, die auf Grund von Personalmangel, wie zu lesen steht, erst von Achtzehn Uhr an bis Dreiundzwanzig Uhr öffnet, stehen Drei Bänke und Zwei kleine Klapptische. An einem schreibe ich. Bläulich-türkis mal angestrichen gewesen. Die Schüler und Schülerinnen, die hier vorbeigehen, eine Mutter mit Kinderwagen und Kind und eine Kollegin meiner Frau, die eben aus dem Auto nach dem Weg zur Schule fragte, habe ich noch vergessen. Aber die sind nicht mehr hier. Aber gehören doch jetzt hier dazu. Schließlich waren sie hier. So wie ich jetzt hier bin.

14:01 Uhr npr

HORIZONTVERSCHMELZUNG

Das scheint etwas sehr Eigentümliches für die Romantik gewesen zu sein. Mir fiel es zum Ersten Mal auf, als ich mich auf Grund einer Facharbeit meines Sohnes in MUSSORSKYS *Bilder einer Ausstellung* vertiefte. Das Wandermotiv – das Schreiten von Bild zu Bild verschwimmt mit dem Bildmotiv der Katakomben: Musikalisch gesehen, besser gehört, wird der musikalische Berichterstatter eins mit seinem Beobachtungsgegenstand: Vordergrund und Hintergrund verschmelzen, so dass umgekehrt, das vorherige Schreiten von Bild zu Bild auch im Nachhinein erfahrbar wird als eine Bewegung innerhalb der Katakomben. Der Hintergrund überwältigt den Vordergrund. Der Abschluss von Mussorskys Werk mit dem Kiewer Tor ist ja weit mehr: Es ist ein Gottesdienst, eine Liturgie, die die Auferstehung feiert. Aber hat sie die Katakomben hinter sich? Das Wandermotiv ist fortan doppeldeutig.

Von der Sehnsucht nach solcher Verschmelzung berichtet ein Literaturwissenschaflter über Aufklärung im Islam, wo der romantische Anti-Intelektualismus und Anti-Rationalismus Resonanz gefunden hat – auch bewusst gegen das, was man für typisch „westlich" hielt.

Die Sehnsucht nach dem Eingehen (!) ins „große Ganze" – ‚Du bist nichts, dein Volk ist alles' – und das Fragment zu feiern als Sybmol für das noch fehlende Ganze im Geist, hat politische Auswirkungen. Das sichtbar Vollendete wird zum Anti-Geistigen. Die Allversöhnung soll jetzt schon geschehen im länderübergreifenden katholischen Christusleib.

Aber hätte das nicht Anhalt an der Wirklichkeit, könnte es nicht wirken. Was da wirkt muss aber nicht identisch mit dem sein, was die Romantik suchte, formulierte und vertrat. Ironischerweise war ihr „Ganzes" ja ein Ausschließendes, eines des reinen Volkskörpers, der eigenen Nationalität – Universalität wurde beschimpft als ‚Gleichmacherei'.

Nach meinem Dafürhalten scheint es folgenden Vorgang zu geben:

Das, was du liebst, damit wirst du über kurz oder lang eins.

Wer Musik liebt, musiziert.

Wer Geld liebt, zählt.

Wer seine Frau liebt, vereint sich mit ihr.

Wer den Staat liebt, wird Staatsmann oder Staatsfrau.

Wer Ägypten liebt, wird Ägypter.

Wer Christus liebt, wird ein Christus.

Gelegentlich sagte ich in meiner Gemeindearbeit: ‚Woran dein Herz hängt, damit lebst du, damit gehst du zu Grunde. Nur mit Jesus stehst du wieder auf.'

14:02 Uhr npr
WILLENSVEREINIGUNG

Auf das Phänomen der Willensvereinigung stieß ich auf Grund einer Studie zum Thema Suizid und Suizidattacken. Eine frühere Mitarbeiterin eines Kindergartens hatte sich, nachdem ich bereits ein Jahr nicht mehr in der Gemeinde war, das Leben genommen. Kämpfer für den Assasinischen Fürsten verbanden ihren Willen mit seinem ähnlich wie Jugendliche der Hitlerjugend mit dem Hitlers und in Japan die jugendlichen Kamikazepiloten mit dem ihres Kaisers. Der assasinische Fürst behauptete, seine Kämpfer würden ihm aufs Wort folgen, auch wenn das ihren Tod zur Folge hätte. Der Gast konnte es nicht glauben. Der Fürst befahl einem Kämpfer sich von der Stadtmauer zu stürzen – sein sicherer Tod. Er tat es augenblicklich.

Was ist dafür die reale Basis? Liegt sie in der Kindheit oder pränatalen Phase?

Das Wesen, das später zu sich „ich" wird sagen können, ist mit seiner Mutter eins ohne identisch zu sein und von ihr unterschieden ohne getrennt zu sein: Das Chalcedonische Bekenntnis beschreibt genau den fetalen Zustand des Menschen im Mutterbauch, „unvermischt, ungeteilt und ungetrennt" – nur „unverwandelt" passt nicht.

Vermutlich ist die Sehnsucht nach solder Unio vermittels des Willens eine der Grundlagen für die Verführbarkeit von Menschen durch andere. Diese müssen sich als Repräsentanten eines größeren Ganzen ausgeben, für das Menschen ansprechbar sind in der Weise, wie sie es ergreift – und sogleich ist es um sie geschehen.

Nüchternheit hält an der Partikularität und Vollendung im Detail und Vorläufigkeit alles Gegenwärtigen fest.

14:03 Uhr
HAUSWELTALL

Ich erhielt einen Anruf. Ein Herr, der Stimme nach schon nicht mehr ganz jung, fragte mich ohne Vorwarnung ob ich ADAM ELSHEIMER kennen würde. Zum Glück war erst wenige Tage zuvor in der Zeitung ein Artikel über ihn erschienen, mit einem Abbild seines Ölgemäldes *Die Flucht nach Ägypten* (Eintausendundsechshundertundneun). Wenn ein kleines Stück Malerei großartig ist, dann diese Miniatur: Über der heiligen Familie Familie wölbt sich die Milchstraße aus unzähligen einzelnen Sternen und weitere sind im tiefdunklen Untergrund deutlich zu erkennen – die Erste Darstellung der Milchstraße in der Malerei. Der Herr betrieb Ahnenforschung und war der Meinung, als Nachfahr des Künstlers müsste es Unterlagen dazu in den hiesigen Gemeinden geben, die darüber Aufschluss geben. Ich musste leider passen, die Gemeinde, in der ich arbeitete war erst wenig älter als Einhundert Jahre, aber benachbarte könnten vielleicht weiterhelfen.

In Ard el Golf, Kairo, Heliopolis, Stadt der Sonne, bezogen wir eine möblierte Wohnung. Meine Frau und ich, wir sitzen am arbeitsfreien Tag am Wohnzimmertisch und frühstücken. Da wir beide keine Tischdecken mögen, sitzen wir an der schwarzen Tischplatte – möglicherweise eine polierte Granitplatte oder, was ich für wahrscheinlicher halte, eine gefärbte Glasscheibe. Wir essen das ägyptische Fladenbrot. Wenn es aufgebacken und dann gebrochen wird, fliegen unzählige kleinster Krümel links und rechs vom Teller. Am Ende des Frühstücks wird das Geschirr abgeräumt und ich sehe auf der schwarzen spiegelglatten Tischplatte einen Sternenhaufen, kreisrund um die Aussparung, die der Teller gebildet hatte. Die Krümel lagen so geordnet-ungeordnet wie die Sterne am Himmel, wie die Milchstraße, von der wir ein Teil sind. Jedes noch so kleine Krümelchen, ein Stern, Aber-Millionen von Lichtjahren von uns entfernt und unter dem Sternenbild sehe ich, wie sich dahinter die Wohnzimmerdecke spiegelt, darüber ist der Dachgarten, überwölbt vom Himmel, im Sonnensystem, in der Milchstraße im Kosmos. Und in Wirklichkeit schaue ich nach unten, unterm Tisch der Teppich, das Parkett, Sechs weitere Geschosse mit ihren Wohnzimmern, das Fundament des Hauses, Heliopolis, Erde und unsere Erde überhaupt.

14:04 Uhr
DER TREPPENSTEIGER

Nur immer eine Stufe mehr, mehr nicht.

Es war nur ein Einfall. Nach dem letzten Umzug in die Wohnung in den Zweiten Stock. Irgend etwas muss man für seine Gesundheit ja tun und der Jüngste war er auch nicht mehr. Jedesmal, wenn er nach Hause kommt, eine Stufe mehr. Mehr nicht.

Anfangs war dies ein Kinderspiel. Er freute sich, dass sein Körper dass so mitmachte. Er konnte sich daran erinnern, wie schlapp er war, als er das Erste Mal die Wohnung bezog – nach nur Zwei Etagen! Da er mehrmals täglich die Wohnung verließ – er scheute es sich Vorräte anzulegen – beschloss er zusätzlich täglich sich nicht mehr als Zweimal dieser Prozedur zu unterziehen. Trotzdem gelang er recht bald an die Grenzen des Treppenhauses, es hatte schließlich nur Fünf Stockwerke. Er musste sich etwas einfallen lassen. Also ging er die letzte Etage rückwärs und dann erneut hinauf. DIeses Rückwärtsgehen war etwas ungewohnt und er hoffte, dass keiner der Mitbewohner aus der Tür komm und erschrocken dem Treiben zusehe. Aber er dachte, das kann dem Gleichgewichtssinn ja nur nützen, solch eine ungewohnte Beanspruchung. Nachdem er dazu übergegangen war mehr als Zwei Etagen rückwärts wieder hinabzusteigen, ließ er davon ab, schließlich habe der liebe Gott dem Menschen den Vorwärtsgang beigebracht und sich bestimmt irgendetwas Sinnvolles dabei gedacht, ob das auf die Dauer so gesund ist? Der Zweifel überwog und bewog ihn schließlich gewöhnlich die Treppen wieder hinunter zu steigen. Was zudem den Vorteil hatte, den Blutkreislauf wieder etwas abzusenken und die Atmung zu beruhigen. NIcht dass er die Stufen hinaufhechtete, nur selten nahm er Zwei auf einmal, aber er wollte ja auch sein Pensum schaffen. Damit es ihm nicht zu langweilig würde dachte er bei den einzelnen Stufen an seine Lebensjahre. Den ersten beiden schenkte er lange keine Beachtung, später aber – jedes mal – wenn er sie überstieg, musste er sich fragen, wie es komme, dass man von diesen ersten beiden so entscheidenden Lebensjahren sich an nichts erinnere; vom Drtiten Lebensjahr hatte er so lebendige und prägende Erinnerungen, vielleicht, so sinnierte er, während er in sein Lebensalter fortschritt, könne ein Mensch, wenn er von seinene ersten beiden Jahren viel erinnerte, gar nicht lange leben? und war schon längst an seinem eigenen Lebensalter angekommen. Nun wechselte er in die Jahreszahlen über, da es aber ken Spaß machte in die Zukunft hinein aufzusteigen, da wusste er zuwenig drüber um dazu irgendentwas sicheres sagen zu können, also stieg er mit jeder Stufe die er aufstieg, ein Jahr in die Vergangenheit zurück und führte sich vor Augen, was in diesem und jenem Jahr passiert sei; in dem Jahr, an dem er beim letzten Mal Schluss gemacht hatte, setzte er seine Stufensteigerei beim nächsten Mal fort.. Natürlich waren Jahreszahlen wie Neunzehnhundertneununddreißig oder Neunzehnhundertundvierzehn von besonderem Interesse. Oder Achtzehnhundertundsiebzig und Achtzehnhundertundsechs. Auch Siebzehnhundertundneunundachtzig konnte noch mithalten oder Sechzehnhundertundachtundvierzig wie auch Sechzehnhundertachtzehn, Fünfzehnhundertundfünfundfünzig und Fünfzehnhundertundzwanzig, doch dann wurde es von Mal zu Mal dünner und so unergeibig, dass er sich vor jedem weiteren Trepppengang mit Informationen versah, was in den jeweiligen Zeitaltern passiert sei, bis er in die Zeit vor der Zeitenwende kam und zuletzt nur noch Jahrtausende gelten ließ; es war interessant vor dem inneren Auge die Pyramiden entstehen zu sehen und weiter in die Vergangenheit gehend wieder verschwinden, weil noch nicht erstanden. Als er aber das Fünfte Jahrtausend vor Christus schon überschritten hatte, musste er sich etwas Neues einfallen lassen, Treppensteigen ist ja gut und schön, aber Langeweile ist nicht das, was er dabei gesucht hat. Inzwischen war er schon in einem mehr als Zehnstöckigen virtuellen Hochhaus angekommen. Da hörte er von einem Wettbewerb „Treppensteigen-Meisterschaft". Für seine Altersklasse war überhaupt kein Wettkampf vorgesehen, trotzdem meldete er sich an und konnte in einer speziell für ihn eingerichteten Altergruppe antreten und wurde mit Leichtigkeit Meister. Der Ehrgeiz hatte ihn gepackt. Er meldete sich bei internationalen Wettkämpfen an, sein Ziel war es, beim Treppensteigen im Empire-State-Building mit dabei sein zu können. Die Einhundertundzwei Stockwerke waren für ihn gerade gut genug. Doch die Veranstalter haben nicht damit gerechnet, dass jemand sich fortwährend weiter darin bildet, Stockwerke zu erklimmen und mussten erleben, wie jemand, zwar nicht als Erster oben ankam, aber voller Elan alle Treppen wieder hinunterstieg und von unten wieder von vorne anfing. Bei der Ersten Aussichtsplattform, der Sechsundachtzigsten Etage erneut angekommen, brachen die Veranstalter das Unternehmen ab und verliehen ihm eine Ehren-Sonder-Meaille, die Aufmerksamkeit in der Presse und im Fernsehen war ihm gewiss. Obwohl er angenommen hatte, dass er doch gewiss nicht der einzige Mensch auf der weiten Welt gewesen sein könne, der solch eine Idee gehabt habe, war er wenigstens bei diesem Wettkampf außer Konkurrenz. Inzwischen verlässt er die Wohnung nicht mehr. Nicht weil er es nicht könnte oder auf Grund seines fortgesschrittenen Alters zu gebrechlich sei. Nein, er hatte inzwischen den Grad erreicht, dass, wenn er einmal die Wohnung verließe und jedes Mal, wenn er zurückkäme nur eine Stufe mehr ginge, er – je nach Geschwindigkeit und Pausen – um die Zwei bis Drei Stunden zugange wäre. Das war ihm jetzt doch etwas zu viel.

14:05 Uhr
du gehst baden?

du gehst baden?
lässt dich vom see küssen?
deine zehen und schenkel?

deine scham und haare?
deinen nabel dein bauch
deine brüste und achselhöhlen?
ja sogar auf den mund
lässt du dich vom meer küssen?!
die haare die haut alles vom wasser umgeben
vom meer getragen?

zum eifersüchtig werden!

14:06 Uhr cft
freiheit
gibt es nur und ausschließlich
umsonst

14:07 Uhr näd
EINGEBLICKT

„Sich einhören" – gibt es als deutsches Wort. Das Äuqivalent „sich einblicken" ist eher ungewöhnlich. Der Duden führt „einblicken" nicht. Der Grimm hat es – als Übersetzung von „intueri" und im deutschen Textarchiv wird ein einziger Beleg ausgeworfen, von Goethe natürlich . Aber „sich einblicken"? Fehlanzeige. Und doch entspricht dies dem, was mir heute begegnete.

Die Muezzinrufe wecken uns – mich und meine Frau – nicht mehr aus dem Schlaf. Wir haben uns vielleicht schon daran gewöhnt, uns eingehört, aber auch deswegen, weil sie inzwischen – es ist ja Winter – so spät sind, dass sie uns eher zum Aufstehen rufen. Der Winter ist für die Imame – so nehme ich an – die angenehmste Zeit.

Vor wenigen Wochen besuchten wir koptische Gottesdienste. Der Gesang der Liturgen ist sehr gewöhnungsbedürftig. Vor vielen Jahren bekam ich eine Notenschrift ihrer Basiliusliturgie geschenkt und ich versuchte sie auf der Geige nach zu spielen, ich kapitulierte. Die vielen, wie wir sagen, Zwischentöne oder Verzierungen, die offensichtlich in der Liturgie jedoch bedeutungtragend sind, waren für mich als völlig Ungeübten nur schwer spielbar.

Wenn in einem Geschäft Gebetsmusik aus dem Radio erklingt, kann ich es inzwischen auseinander halten. Heute z. B. suchten wir für meine Frau in Heliopolis

14:07 Uhr

Schuhe für den Winter. Und ich hörte koptische Gesänge. Im nächsten Laden waren es muslimische Rezitationen.

Wir sind eine sonst sehr befahrene Straße durch Heliopolis gegangen, die heute, am Freitag, dem muslimischen Gebetstag, nahezu leer war, im Vergleich jedenfalls. Das ist vielleicht auch ein Grund dafür, warum ich ein wenig mehr auf das achten konnte, was außer dem Straßenverkehr noch links und rechts da ist: Die Häuser, die Geschäfte, die Gerüche – vor einem Geschäft roch es nach Weihrauch; ein Schuhgeschäft hatte ein Räucherstäbchen brennen, das ein wenig mehr indisch roch – die Farben: Es war unter dicken Sandstaubschichten erkennbar, dass Häuser bunt gekachelt, Säulen farbenfroh angemalt sind und die Ziegel originelle Muster bilden.

Diese Straße, die wir heute Morgen nach dem Gottesdienst in St. Cyrill durchstreiften, kenne ich schon seit vielen Jahren. Der Verkehr wird egal aus welcher Richtung hier oft entlang geführt, in die Nähe der jüdischen Synagoge, die verlassen aber bewacht in einer Nebenstraße vor sich hin träumt. Ich erinnerte mich daran, mit welchen großen Augen ich staunend, erratend – „da war ich doch schon mal??!!" – bereits einmal genau an dieser Stelle stand. Selbst als ich in den ersten Wochen unseres Lebens in Kairo mit einem jungen Freund von einer der befreundeten ägyptischen Familie an diesen Ort fuhr und er mir auf diese Weise zeigte, wie man die Buslinien benutzt, war ich noch in diesem eher für Touristen typischen Modus: Ganz neugierig sehen, aufnehmen, wahrnehmen wie anders alles ist. Ich kann es gut verstehen, wenn Menschen, die von dem Vielen überwältigt sind, auf den langen Fahrten quer durch Kairo einfach einschlafen – wie ich es vereinzelt bei Gruppen erlebte, die ich begleitete. Es ist zu viel.

Aber heute war es anders. Was war anders? Dass es für mich nicht mehr anders aussah. Es sah so aus, wie es aussehen musste. Ja, so muss es sein. So war es gestern und vorgestern und bei dem letzten Mal davor auch, vielleicht nicht genau so, aber sehr ähnlich, so sah es aus. Und jetzt auch. Das, was wir Gewöhnung nennen, sich eingewöhnen. Die rosarot angemalten Bögen mitsamt ihrer Kuppeln der koptisch-orthodoxen Kirche. Diese Farbe! Die Auslage des kleinen Elektrowarenladens, der gerade aufmachte. Ein Herr hatte eben aufge-

schlossen. Vielleicht könnte er die Batterie einer Armbanduhr wechseln? Er drückte das Metallrollo, das ich aus der Kindheit von alten Garagen kannte, hoch, stützte es mit einem Besen ab, bückte sich darunter weg und ging erst einmal in den Laden um einen Stuhl heraus zu tragen. Dann schob er das Rollo vollständig hoch. Neben dem Eingang ein Schaufenster mit Drei Glasplatten. Während er versuchte die Armbanduhr zu öffnen fiel mein Blick auf diese Platten mit ihrem alt-neu Krims-Krams. Batterien, Akkus, Mehrfachstecker, LSD-Birnen, Mini-Schraubenzieher, Lötkolben samt Lötblei und alles so schiedlich, friedlich neben- über- und untereinander, wie es eben aussieht, wenn man was gesucht und gefunden und sich nach dem Gewühl vorgenommen hat, es gleich wieder aufzuräumen. Aber gleich ist eben immer gleich und nicht jetzt. Und so jetzen sie vor sich hin. Je länger ich es mir ansah umso mehr mutete es mich an und ich erahnte die Geschichten, die sich dahinter auftun. Aber so wie alles dort liegt, so muss es liegen. Die Batterie haben wir im Übrigen woanders gewechselt. Er hatte kein Werkzeug, um den Rückdeckel der Uhr zu öffnen.

Diese Gewöhnung ist noch ein wenig anders als die lange Strecke zur Arbeit, die von Tag zu Tag kürzer wird, weil wir nicht mehr auf alle Details achten und die Zeit, die wir damit im Auto oder im Zug verbringen immer kürzer zu werden scheint, jedenfalls nie mehr so lang wie beim Ersten Mal. Hier ist es umgekehrt. Weil die Details zunehmen, auf die der Blick fällt, wird der Raum, in den ich mich einlebe, von Mal zu Mal weiter.

So habe ich mich eingeblickt.

14:08 Uhr

Bildträgheit – ein Tag nach der Nierenlebendspende

Ein Eindruck dessen, was ich sehe, bleibt stehen und entschwindet, wenn ich z. B. den Kopf ein wenig wende, plötzlich für ein neues Bild, aber keine kontinuierliche, fließende Bildfolge, sondern wie eine Diashow.

14:09 Uhr cfr

Ein Priester zitiert in seiner Predigt am Ersten Weihnachtstag irgendjemanden der gesagt haben soll, Licht sei die Essenz von allem. Und ich musste an den Atomblitz denken und hatte meine Freude an weiterem Zuhören verloren.

14:10 Uhr
Im Yoghurt-Café

Eine Dame, die zum Team oder zur Familie des Ladens zu gehören scheint, der heute gerade neu aufmacht, erläutert einem jungen Erwachsenen, der gerade in einem Töpfchen Joghurt verspeist Details über Fragen, denen ich konzentriert lauschen müsste um das Thema zweifelsfrei erfassen zu können. Mindestens Zweimal – sie sprach ziemlich viel, ununterbrochen und bekräftigend – streiften sich unsere Blicke und ich hatte den Eindruck: ob sie abmisst, ob ich etwas von dem verstanden habe, was sie da sagt? Beidemale hatte ihr Blick diese Nuance. Wie ist das möglich? Physiologisch allein!? Oder ist das rein von mir imaginiert?

14:11 Uhr cfr
DIE ZWEI ZWILLINGE DER LIEBE

Nimm die Feindesliebe, so wie du sie verstehst und praktiziere das als Maß für das, was es als Liebe zu dir selbst, zum Nächsten und zu Gott bedeutet.

Zum Beispiel hörte ich jemanden sagen: Du kannst, wenn du in Gefahr stehst getötet zu werden, deinen Gegner töten, aber ohne Hass. Das ist deine Feindesliebe?

Gut, dann also, gehst du zu deinem Nächsten auch hin, wenn du durch ihn dich gefährdet siehst und tötest ihn ohne Hass und sagst, das sei deine Nächstenliebe? Oder tötest du Gott, aber ohne Hass, und sagst ‚das ist meine Gottesliebe‘? Oder bringst dich selber um, du bist ja für dich selbst zur Gefahr geworden, und sagst deiner Frau, deinen Kindern, ‚seid getrost, ich tu das ohne Hass, das ist meine Liebe zu mir selbst‘? Du tust das nicht? Dann übst du auch keine Feindesliebe.

Oder du verehrst Gott und singst Lieder und lobst ihn über alle Maße – und das tust du für deinen Feind nicht? Dann liebst du Gott nicht.

Du achtest deinen Nächsten und tust alles für ihn, lässt Leib und Seel für ihn brennen, aber sähest deinen Feind lieber vom Feuerwerfer verbrannt als ihm das Gleiche wie deinem Freund zu gönnen, dann liebst du deinen Nächsten nicht.

Oder du nimmst arg auf dich Acht, bist sorgsam bemüht dir selbst nur alles Gute zu gönnen, wie es dein Recht ist und dir gut tut und es der auch gefällt – bitte! Und gönnst es aber ganz und gar nicht deinem Feind, dann liebst du dich selbst nicht, sondern vergötterst dich.

Prüfe deine Liebe daran, wie du deine Feinde liebst und du wirst das Maß dessen sehen, wie du liebst.

Du hast keine Feinde? Und bist mit niemandem im Streit? Und verstehst dich mit allen? Tust niemandem Böses, teilst mit allen und tust Gutes, wann immer du kannst? Und du bildest dir selbst etwas darauf ein? Dann hast du Gott zu deinem Feind. Übe Feindesliebe.

14:12 Uhr
MESSIA

Im Buchladen, stand auf einmal Frau Käßmann neben mir – da habe ich sie einfach gedrückt und fest umarmt und gesagt, wie toll ich sie finde. Danach wollte ich mich den ganzen Tag nicht mehr duschen. Aber das wollte ich meinen Mitmenschen nicht zumuten. – Haben Sie das auch schon einmal bei Ihrem Mann gedacht? – Nein, da sagen Sie was.

Dialog am Rande des Zweiten. Ökumenischen Kirchentages in München.

Die ehemalige Ratsvorsitzende und Bischöfen der Hannoverischen Evangelischen Kirche, nachdem sie alkoholisiert eine rote Ampel überfahren und kurzerhand alle Ämter niedergelegt hatte.

Frauen versuchten Jesus im Gedränge zu berühren und nur ja einen Hauch seines Gewandes zu erhaschen.

14:13 Uhr npr
DILTHEY formulierte ziemlich am Ende seines langen Denkweges die Aufgabe – in meinen Worten – Gesetzmäßigkeiten der Psyche zu erforschen. Damit meinte er das Gesamt aller geistigen Vorgänge. Ich hätte nie geglaubt, dass es im Bereich der Psyche Gesetzmäßigkei-

ten gibt. Jetzt nehme ich wahr: Das war eine der klassischen Abschottungen, von denen HANS ALBERT spricht, um sich der weiteren Befragung zu entziehen.

Die Ursache für Gesetzmäßigkeiten ist m. E. das Ausbilden von Strukturen. Damit sich solche ausbilden können bedarf es der Endlichkeit: Im unbegrenzten Raum bei unbegrenzten Ressourcen und unbegrenzter Zeit muss nichts mit nichts im Austauschen oder Kontakt stehen. Oder alles kann mit allem ohne Folgen und Auswirkungen im Austausch und Kontakt stehen. Solche Strukturen sieht jeder, der schon einmal Kaffeemilch in die Tasse gerührt hat – wie eine kleine Milchstraße wird der Kaffee eingefärbt, in der Begrenzung durch die Tassenwand.

Die Endlichkeiten beim Menschen sind im Großen Geburt und Tod und im Kleinen der Anfang – die Erstmaligkeit – und der Schlaf. Vermutlich bewegen sich alle psychischen Prozesse in der Matrix dieser Vier Begrenzungen, potenziert durch des Menschen Wissen um diese Begrenzungen, das ist der „Raum" der Psyche.

14:14 Uhr cfr

Der Satz „Jesus ist Gott" – oder ähnliche Aussagen dieser Art – verunklart. Entweder weil Kirche und Theologie erfolgreich Gott verjenseitigten, dass sich Menschen zurecht dagegen wehren oder sich dem gerade widmen. Oder er ist gleichgültig geworden.

Wenn die Friedensfrage keine Was-Frage ist – „Was ist der Friede?" – sondern eine Wer-Frage – „Wer ist der Friede?" – dann erst recht die Gottesfrage: Sie antwortet nicht auf die Frage „Was ist Gott?", sondern „Wer ist Gott?" Die Antwort kann dann jedoch nicht in irrationalen, denk- und glaubensfeindlichen Antworten liegen, sondern ist wie beim Frieden der Mensch Jesus selbst.

14:15 Uhr näd
JÜDISCHES IN DER AS-SAYIDA NAFISA MOSCHEE

Jetzt, nach über einem halben Jahr, kann ich endlich mit meinem muslimischen Freund in seine Moschee. Die vielen Wochen zuvor kam freitags immer irgendetwas dazwischen – Ausflüge mit der deutschen-protestantischen Gemeinde, Fahrten nach Alexandria zu den Stra-

ßenkindern, Proben mit der Kirchenband für den Weihnachtsgottesdienst etc. Heute war es so weit. Auf dem Weg zur Moschee ist es für ihn kein Umweg, an unserem Haus vorbei zu fahren. So wie ich regelmäßig dank der ägyptischen Freundin den Kontakt zur griechisch-katholisch Gemeinde gefunden habe, suche ich ihn zur muslimischen Gemeinde meines ägyptischen Freundes.

Die Fahrt führt uns an Nassr-City vorbei auf die Schnellstraße, nördlich von Downtown zum Moqqatam Gebirge. Da heute Feiertag, ist der Verkehr, fast möchte ich sagen, vielleicht bereits an die Verhältnisse in Kairo gewöhnt, geruhsam. Auch weil mein Freund so umsichtig fährt, er bremst für die Frau, die mit ihrem Kind die Schnellstraße überqueren will und für den Händler, der über die hohen Blöcke im Mittelstreifen, seinen Karren mit den Waren bugsiert und auf der Fahrbahn mit seinem Ungetüm kämpft.

Die Fläche vor der Moschee ist übersät mit parkenden Autos. Wo findet er einen Parkplatz? Er biegt scharf nach rechts ab. ‚So, es gibt also Parkplätze? Der hier ist aber klein', denke ich. Er fährt geradewegs auf ein verschlossenes Tor zu. Hupt, einmal, Zweimal und hinter einer Hausecke lugt ein älterer Herr hervor – d.h. vielleicht in meinem Alter – läuft zum Tor und öffnet begleitet von herzlichen Grüßen. Es ist unter einem bewachsenen Carport noch genau ein Platz für sein Wagen frei. Wir sind im Scheich-Scharaun-Zentrum. Mein Freund zeigt mir überdachte gemauerte Tische und Bänke, hier wird täglich eine warme Mahlzeit ausgegeben. Ein Koch bereitet sie vor Ort vor. Alles finanziert durch Spenden. Sie arbeiten eng mit der Moschee am gegenüberliegenden Teil des Platzes zusammen. Wir betreten das Verwaltungsgebäude. In einem Büro werden wir von Zwei Herren sehr freundlich begrüßt, sie kennen sich. Mein Freund erzählt Teile unserer langen gemeinsamen Geschichte als ein weiterer Herr auftaucht, auch sie sind, wie ich sehe, einander gut bekannt. Es gibt schwarzen Tee, ich trinke ihn mit Zwei Löffel Zucker, „masbut", dann schmeckt er ausgezeichnet. Später werde ich in dem gleichen Gebäude noch den Saal sehen, an dessen Wänden viele Bilder von Scheich Scharaun – Muhammad Metwali Al Shaarawy, Eintausendneunhundertundelf bis Eintausendneunhundertundachtundneunzig, hängen. Er wirkte in der Al-Ahzar, der alten Universität von Kairo, war Minister am Kabinettstisch von Sadat und gründete diese Organisation in einem Stadtteil, der als sozialer Brennpunkt berühmt und berüchtigt war. Hier lebten in dicht gedrängten Mietskasernen aus der Nasserzeit viele Menschen, die sehr häufig straffällig wurden. Einbrüche und Diebstähle waren noch die geringeren Verbrechen, Mord, Überfälle, Raubzüge nahmen kein Ende. Seitdem der Verein an diesem Ort arbeitet hat die Zahl der Straftaten rapide abgenommen. Sie waren mit ihrer Sozialarbeit so erfolgreich, dass sie in Drei weiteren Stadtteilen eingeladen wurden, auch dort zu wirken. In dem Saal finden Zweimal wöchentlich Treffen statt, wo Menschen ihre Fragen stellen können – Alltagsfragen, Streitfragen, Fragen zum Glauben. Jeder der will, kann kommen. Vor Jahren war auch einmal eine deutsche Gruppe daselbst zu Gast, geleitet von Freunden von uns. Neben diesem Saal ist ein Raum, in dem unverändert erhalten wird, wie der Scheich zuletzt gelebt hat, es ist wie ein kleines Museum. Ein normales Schlafzimmer: Bett, Schrank, Gebetsständer für den Koran und ein Halter für die gebügelten Hemden und Hosen, daneben das Bad. Mein Freund ist Mitglied im Leitungsgremium dieser Einrichtung.

Wir überqueren den Platz. Das Gebet hat schon längst begonnen, es ist vielleicht Zehn Minuten nach Zwölf. Frauen strömen zum Eingang, der direkt am Platz liegt. Wir gehen zum seitwärts gelegenen Einlass. Meine Schuhe werden mit denen von meinem Freund zusammen aufbewahrt. Wir durchqueren die Eingangshalle und einen Hof, in dem schon viele auf Teppichen sitzen und beten. Die Moschee selbst ist vollbesetzt, keine Chance dort noch einen Platz zu finden. Also finden wir einen unter freiem Himmel. Ich setze mich etwas abseits, so wie ich es in der Moschee in Lobberich gewohnt war, wenn ich dort zu einem Gebet zu Gast war. Wenig später bittet mich mein Freund an seine Seite. Die Sonne kommt heraus. Wie schön. Er betet im Stillen, ich bete im Stillen. Die Auslegung eines Koranverses beginnt. Es tröpfelt – ja wir sind halt unter freiem Himmel. Mir wird etwas kalt, der Teppich ist nicht sehr dick und die Marmorplatten darunter wollen ihre Kälte mit mir teilen. Zum Glück habe ich meine Baskenmütze dabei, sie und Mini-Dauergymnastik schützten mich. Die Predigt dauert an. Der Nieselregen hörte dagegen auf. An seine

Stelle trat jedoch nach kurzer Zeit einsetzende Regenschauer. Mein Freund fackelt nicht lange, steht auf, wendet sich an Verantwortliche vor Ort, der Imam soll ein Gebet für gutes Wetter sprechen und aufhören. Er wird beruhigt. Er geht auf einen Eingang zu, der ein klein wenig Schutz bietet, ich mit. In der Moschee ist auch dort kein Platz. Er wechselt zu einem Eingang, von dem aus man den Predigtstuhl sehen kann. Auf ihm sitzt der Imam und predigt. Hinter einer Säule sehe ich links und rechts seine gestikulierenden Hände. Mein Freund signalisiert über alle Anwesenden hinweg, er solle Schluss machen. Neben mir und hinter ihm gestikuliert jemand in diesem Sinne. Tatsächlich – es gibt nicht, wie ich es sonst erlebt habe, nach einer kleinen Pause noch einen Zweiten Teil, sondern ein Gebet, abgeschlossen mit einem von allen gesprochenen „Amen" und Schluss. Es beginnt das klassische Gebet, in dessen Verlauf ich als einziger unter allen Männern stehen bleibe. Wenn noch jemand daran gezweifelt haben mochte, ob ich als einzig europäisch Aussehender vor Ort Muslim bin oder nicht, jetzt wurde es eindeutig. Dieses Gebet ist bald beendet. Es schließt mit dem Friedensgruß zu beiden Seiten. Ich antworte darauf zur Überraschung für meinen Freund – das ist man offenbar nicht gewohnt.

Wie viele Gemeinsamkeiten wir haben – verborgen voreinander, verborgen füreinander! Warum dies Verborgen? Wir verdanken die Struktur dieser Feiern der jüdischen Gemeinde, die im Exil, in Babylon, weit entfernt von Jerusalem, eine Gottesdienstform entwickelte, die sich deutlich vom Tempelkult in Jerusalem unterschied. Man wollte mit ihr in keine Konkurrenz geraten, der Tempeldienst ist und blieb der verborgene Bezugspunkt. Der Ablauf beinhaltete: Versammlung – Gebet – Lesung – Verkündigung – Gebet – Friedensgruß – Segen. Eine Struktur, die offenbar so beständig und zugleich so lebendig ist, dass sie sich von diesem 5. Jahrhundert vor Christus an als Mutter für die Liturgie christlicher Gottesdienste und und muslimischer Feiern bewährt hat. Allein, dass wir in allen Drei Feiern das gleiche „Amen" sagen – ist das nicht ein kleines Wunder? Am Ende der Feier in der Sayida-Nafisa-Moschee erscholl von allen Männern gesprochen ein breites „Ä-min". Es stammt aus dem Hebräischen und bedeutet „Wahrheit, Glauben, Verlässlichkeit". Es kennzeichnet die Zustimmung,

Akklamation der Anwesenden zu dem Gehörten, ähnlich wie aus der gleichen Zeit das Klatschen unter Heiden nach einer Herrscherproklamation.

Wie wenig wir diese Gemeinsamkeiten miteinander teilen! Es ist auch nicht so einfach einen jüdischen Gottesdienst zu besuchen, wenn man fast alle Juden aus seinem Land ermordet oder vertrieben hat, in den sechziger Jahren wurden auch aus Ägypten fast alle Juden davongejagt. Aber welcher Christ besucht regelmäßig eine Moschee und welcher Muslim eine Kirche?

Nach Ende des Gebetes verlassen sofort einige die Moschee, so dass Platz genug frei wird, dass mein Freund durch die Reihen hindurch sich zum Imam vorarbeitet. Er wird auch von ihm sehr freundlich begrüßt und trägt offenbar sein Momentum vor, sichtlich – der Reaktion der Anwesenden nach – nicht ohne Humor. Er schlängelt sich an den Betenden vorbei zu einem Bauteil vor, der zum Mausoleum der Saiyida Nafisa führt, eine Angehörige aus der großen Verwandtschaft des Propheten Mohammed, sie soll an diesem Ort begraben sein. Es heißt, dass Mohammed mütterlicherseits ihr Ururgroßvater und väterlicherseits ihr Uronkel gewesen sei. Geboren Siebenhundertundsechzig, Einhundertundfünfundvierzig nach islamischer Zeitrechnung, in Mekka studierte und unterrichtete laut Wikipedia in „Recht und Koranauslegung". Sie soll viel gefastet haben. Verheiratet, Zwei Kinder, zog mit Vierundvierzig Jahren nach Kairo, so heißt es. Kairo wurde erst etwa Zweihundert Jahre später gegründet, aber es gab vor den Arabern schon Fustat, eine Stadt am Rand der von ihnen errichteten Amr-ibn-al-'As-Moschee. Von Nafisa werden viele Wunder erzählt, vor allem Heilungswunder u.a. von einem kranken jüdischen Mädchen (Wikipedia, deutsch). Noch am Nachmittag erfuhr ich, dass viele Salafisten diese Heiligenverehrung hassen, denn Gott allein gebührt die Ehre. ‚Klingt ziemlich calvinistisch', war dazu der Kommentar meiner Frau, als ich ihr das erzählte.

Bevor wir jedoch zum Schrein gelangen wird noch Zweimal für Verstorbene gebetet. Endlich im Flur angelangt in dem schon viele nur darauf warten, wann sie zum Grabmal der Verehrten gelangen, betreten wir einen Nebenraum in dem Sechs Honoratioren tief versunken in ihrem Sofa und Sesseln sitzen. Sie kennen sich. Ich

bekomme einen Fladen mit Tameia. Das sind Bällchen in Fett gebacken, aus zerkleinerten und gewürzten Saubohnen, die eine Nacht zuvor eingeweicht werden. Einen Zweiten Fladen lehnen alle ab, die ihn angeboten bekomme, ich also auch, was ich eigentlich bedaure, aber mit Blick auf das Gewicht, das ich in Ägypten schon seit über einem halben Jahr gut gehalten habe, dann doch damit auch innerlich einverstanden, zum Teil wenigstens. Die Herren tauschen sich miteinander aus. Es wird geflüstert, geschwiegen, etwas erzählt was erheitert. Wir verabschieden uns und kommen zum Schrein: Im lichten Grün von Neonlampen ist hinter den Holzschranken aus gedrechselten Säulen der Sarkophag zu erahnen, auf ihm ein weiß glänzendes Gewand wie ein Hochzeitskleid. Über dem Schrein eine grün blinkende Inschrift, einige Wörter leuchten rot, es geht für mich zu schnell um sie zu entziffern. Wir verlassen das Mausoleum, durchqueren den Hof, erhalten die Schuhe und gehen zum Scheich-Scharaun-Zentrum zurück. Ein Parkwächter erkennt meinen Freund und sie tauschen sich wie gute Freunde aus.

Auch jetzt, auf dem Weg in die Innenstadt, hat der Verkehr noch nicht wirklich zugenommen. Mein Freund fährt nun in seinen Betrieb und am Tahirplatz verabschieden wir uns, ich steure die Metro zur Heimfahrt an. Dazu muss ich an einem schwerbewachten Gebäude vorbei. Polizisten in schwarzer Uniform. Die Bereitschaftspolizei mit ihren automatischen Gewehren hinter schwarzen Brustwehren und Soldaten in Uniform mit Gewehren vor der Brust im Anschlag. Eigentlich ziemlich ungemütlich. Ich frage einen der Journalisten, die sich mit Kamera und Notizblock auf dem schmalen verbliebenen Bürgersteig direkt gegenüber dem Haupteingang des Hochhauses postiert haben. Der junge Mann weist mich auf die neu angebrachte Inschrift hin: Dort ist die Nationale Wahlkommission untergebracht, die die anstehende Präsendentschaftswahl überwacht. Seit gestern ist der amtierende Präsident der einzige Kandidat. Hat sich was Neues ergeben, warum die hier so aufgeregt sind? Dass die für eine Kandidatur nötige Anzahl von Fünfundzwanzigtausend Unterschriften, mit jeweils mindestens Eintausend Unterschriften aus Fünfzehn Provinzen für einen neuen Kandidaten noch bis zum Stichtag, den Neunundzwanzigsten Januar aufgebracht werden, ist höchst unwahrscheinlich. Es reichen aber auch Zwanzig Parlamentarier um eine Kandidatur zu ermöglichen, d. h. jeder von ihnen repräsentiert Eintausendzweihundertundfünfzig Wähler und Wählerinnen auf einmal.

14:16 Uhr när

Das ist ein komisches Gefühl, wenn du denkst, du hast richtig viel vor dir – und bist dann damit fertig. Einfach so. Eben: Mit Mails und damit zusammenhängenden anderen Aufgaben.

14:17 Uhr
FREUNDESNÄHE

‚Wo habe ich Freunde in der Nähe, wo ich einfach so hin gehen kann? Das ist schwierig‘, so meine Bedenken am Samstag. Am Montag darauf befinde ich mich im Heimatmuseum meines türkischsprechenden Nachbarn, das Lesezimmer seines Vaters, gleichzeitig sein Studierzimmer. Entstehen hier auch seine Werke? Seine Frau taucht auf. Ich frage, ob sie etwas Zeit habe. Sie nahm neben mir auf dem Stuhl Platz, der von einem CD-Spieler fast ganz mit Beschlag belegt war. Ich frage sie, ob sie schon einmal etwas von SARI SALTUK gehört habe. Ein Derwisch, von dem ich Kindern in einem Gottesdienst zum Nikolaustag in der katholischen Kirche erzählte und mich selbst dazu drehte, bis es mir schwindelig wurde. Sari Saltuk war ein Sufi, erzähle ich, der Armut verpflichtet obwohl sehr wohlhabend. Seine Devise: Kinder verdienen alle Liebe der Welt – und beschenkte Kinder reichlich. Er bereiste die Welt, eingeladen von den Fürstenhöfen, die von ihm erfuhren und neugierig auf ihn waren. In Bulgarien, Rumänien, sogar nach Nordeuropa soll er gekommen sein. In Bulgarien, wo er lange lebte, gab es von ihm Romane, die von den Christen als Nikolausromane erzählt wurden. Von dort aus wurde das Schenken zu einem Brauch am Nikolaustag. Luther lenkte den Brauch auf den Weihnachtstag um, den er als Christfest feiern wollte. Er erfand das Christkind, das die Geschenke bringt.

Kurz zuvor war sie gekommen um sich „für den Winter“ ein Buch zu holen. Nun hatte sie Kaffee für mich mitgebracht. So auf dem vom CD-Player verbliebenen Platz auf der Stuhlkante sitzend, war sie mir so nahe wie noch nie. Ihre Haare fielen schwarz und dicht wie bei den ägyptischen Pharaoninnen. Kugelrunde Pupillen sahen mich an. Dichte Brauen im geschwungenen Bogen über den tiefen Augendächern – was würde sie denken, wenn sie dies hier läse?

Nur wenig später stand ihr Mann in der Tür. In seinem Zimmer. Auch ihm erzählte ich vom Derwisch. Und von Tanta, eine Stadt im Nildelta, wo ich sie habe in einer Moschee um sich selbst habe drehen sehen, nebeneinander in einer Reihe. Und er erzählte von seinem Kampf mit Verlegern, Druckern, Herausgebern in Deutschland und in der Türkei, von seinen Aufführungen in Essen und in Köln wieder nach Weihnachten. Und ob ich – so fragte ich – wenn's mir danach sei – einfach vorbei kommen könne? „Zu uns in den Zweiten Stock? Jederzeit! EInfach klingeln!". Mein Gott! Wie einfach ist das. Ein Freund auf der anderen Straßenseite.

14:18 Uhr npr
Warum menschliches Denken voraussichtlich immer an Grenzen stößt:

Zum einen ist da die Aristoteles zugeschriebene Einsicht *individuum ineffabile* – das Einzelding ist unerkennbar. Das ist die Folge seiner Endlichkeit. Sie stößt das Denken ab.

Zum anderen erlaubt alles Unendliche keine verifizierbare Allaussagen. Aussagen, die sich auf eine unabzählbare Gesamtheit beziehen sind nicht in jedem Einzelfall beweisbar. Hier gerät das Denken in einen Sog, welche das Denken selbst mit zuverschlingen droht – so scheint es.

Da wir als Menschen nicht ohne Vergangenheit und das Wissen und die Erfahrung davon leben, leben wir mit den Resultaten dieser Vergangenheit. Diese ist eine Einschränkung dessen, was möglich gewesen wäre. Da es kein Leben ohne Vergangenheit gibt, gibt es auch kein Leben ohne ein Haben: Die Folgen früherer Entscheidungen und Entwicklungen.

Da Leben eine Offenheit für die Zukunft beinhaltet und dieses eine andere Bezeichnung für eine Vielfalt von Möglichkeiten ist, gibt es kein menschliches Leben ohne verschiedene Weisen zu sein.

Das Denken erlaubt für die Vergangenheit andere Möglichkeiten und dadurch bedingte Entwicklungen zu erwägen, die Anzahl der damit gegebenen Verzweigungen nähert sich schnell der Unendlichkeit und ist damit unübersehbar und dem denkerischen Nachvollzug schnell entzogen.

Für die Zukunft kann das Denken sich Dinge vorstellen, die gegenwärtig unverwirklichbar sind und realisiert allein darin bereits eine Grenze – die der Realität. Ich kann mir vorstellen mich komplett in einem Augenblick von hier – Kairo – nach dort – Köln – zu beamen und dort genauso wie hier weiter an dieser Skizze zu schreiben. Es ist aber (noch?) nicht möglich. Mein Denken stößt an die Grenze der Wirklichkeit.

Da ein Mensch, der zu sich „ich" sagen kann nicht ohne Reflexivität ist, nicht ohne Rückbezüglichkeit des Denkens und nicht ohne Materialität – bedingt durch die Struktur der Vergangenheit – ist es auch nicht ohne Begrenzung. Das ist die ständige gnostische Verführung: Dies als lästige Begrenzung wahrzunehmen und sich dem scheinbar Grenzenlosen hinzugeben.

Da aber Materie begrenzt ist und in sich nicht ohne Unendlichkeit – siehe die Struktur des Mikro- und des Makrokosmos': Du kommst nie an ein Ende der Betrachtung dessen, was noch kleiner – was noch größer sein kann – und Ich ein Du für jemand anderen ist und dies gerade nicht reflexiv ist und zugleich material und endlich, ist dies dem Denkerischen Zugriff entzogen. Damit wird für das menschliche Leben die Begrenztheit unverzichtbar und macht das menschliche Leben zugleich nicht definierbar.

gemeindearbeit – nach dreißig jahren:
besinnungslose geschäftigkeit
ohnmächtige betriebsamkeit.
zeugen der semantischen kernspaltung

wie sieht die kernfusion aus?

Aus der Sicht der Realität ist der Humor unvernünftig, unrealistisch, nicht nach zu vollziehen und nicht ernst zu nehmen.

Sie verhalten sich zueinander wie Buchdeckel zu den gedruckten Seiten. Die Buchdeckel mögen schön aussehen, entscheidend ist, was im Buch geschrieben steht.

Ist Gegenteiliges in gleicher Weise denkbar? Vom Humor aus gesehen ist die Welt irrational, gezwungen, zänkisch, nicht nachvollziehbar und nicht ernst zu nehmen und verhält sich zur Welt wie der Laptopbildschirm – bunt, vielseitig, komplex, interssant – zur Computertastatur: unterkomplex, primitive Buchstabenfolge.

Gültiges sagen – Es gibt da ein – offenbar unüberwindbares methodisches Problem:

Auf der einen Seite gilt es – das ist nicht nur der eigene Anspruch, sondern mit der menschlichen Kommunikation mitgegeben – Gültiges zu sagen; auf der anderen Seite weiß ich um all das, was nötig zu wissen wäre, damit es – m. E. – gültig wäre. Je mehr ich aber studiere, umso mehr weiß ich, was ich noch alles wissen könnte bzw. erlebe, wie in Vergessenheit gerät, was ich einmal wusste. Das fortwährende Studieren hält also gerade davon ab, Gültiges zu sagen bzw. umgekehrt: *Du hast nichts zu sagen!*

Einziger Ausweg: Die Spontaneität! Das Schöpferische und Methodische. Das letzte muss aber behilflich sein und nicht dominant.

ich finde
deine lippen

können noch
 viel mehr
sagen als
 ich finde
deine lippen
 können noch
viel mehr

14:23 Uhr när
MEIN ALLTÄGLICHER RASSISMUS

Im Flughafen Kairo. Stehe zum Ersten Mal als Erster vor der letzten Kontrolle, um zum Flugzeug zugelassen zu werden. Ich sah ein Ehepaar kommen, von dem die Frau sehr deutsch aussah, braun-blonde Haare, ca. achtunddreißig Jahre alt, er gut Acht Jahre älter?, dichtes Haar, Doppelkinn, freundlicher Blick, etwas unbedarft scheinend, simpel. Und bemerkte wie ich dachte: ,Darauf habe ich jetzt überhaupt keine Lust mich mit ihnen einzulassen' und zugleich mich daran erinnerte, was mir vor Jahren auffiel: Frauen anderer Hautfarbe als die nordeuropäisch ausgebleichte mag ich wohl schön und alles finden, aber nicht sexuell anziehend. Besonders fiel mir das im Zusammenleben mit der bengalischen Familie im Pfarrhaus auf. Während ich in Kopenhagen fast alle Däninen gleich wie alt aber hauptsächlich von der Universität in den Geschäften und auf der Straße attraktiv fand, war das bei der bengalischen Frau bei mir überhaupt nicht der Fall. Andererseits phantasierte ich, dass es bei meiner Frau sehr wohl der Fall sein könnte: Klassisches Kolonialgerücht: Der sexuell überlegene ,Schwarze', vor dem die deutsche Frau geschützt werden müsse.

14:24 Uhr näd
DER STRASSENKOSMOS

Ich muss zum Zahnarzt. Von der nächstgelegenen Metrostation aus nehme ich kein Taxi, sondern lasse mich auf einen längeren Fußweg ein. Ich gehe auch nicht an der viel befahrenen Hauptstraße entlang, so wie ich es früher tat um mich nicht zu verlaufen, sondern wähle eine der nahe gelegenen kleineren Straßen, dank der großartigen Kartenhilfe meines Smartphones. So ist es schon eine Kunst sich zu verirren. Ich schaffe es trotzdem. Erst muss ich an Taxis vorbei, die allein bereits in einer Fahrtrichtung die Straße fast ausfüllen – links und rechts Zwei Reihen Verkaufsstände. Erst die Ladenzeile im Erdgeschoss der Häuser und davor die Holzwagen der Kleinhändler. Als die Autos vorbei sind ist der Eindruck überwältigend: Dicht gedrängt Obsthändler, Gemüsehändler, eine Fischhändlerin, dahinter Läden für Töpfe, Geschirr, Batterien und Generatoren, Waschbecken und Kloschüsseln hängen von den Wänden und dazwischen alle Zehn bis Fünfzehn Meter ein Café in dem seelenruhig Männer sitzen, die sich von jungen, geschäftigen Angestellten bedienen lassen. Hunde kläffen – ich habe noch keinen einzigen aggressiven Hund in Kairo erlebt, gleich in welchem Stadtteil! Hätte ich das doch nur als Kind in Hamburg erlebt! – Katzen finden ihren Weg unter den parkenden Autos hindurch zum Schlachter, der auf seinen Böcken direkt an der Straße das Fleisch zerlegt. Das ist nach den ersten dutzend Metern nicht vorbei: Ein mehrstöckiges Warenhaus hat sich in eine einzige Straße ausgerollt. Die Wohnhäuser nicht höher als im Stadtteil, wo wir leben, die Straße nicht enger, aber eine andere Atmosphäre, einnehmend, bezaubernd – wenn nicht gerade wieder Zwei Autos, diesmal ausgerechnet in beide Fahrtrichtungen aneinander vorbei wollen. Im anderen Stadtteil angekommen suche ich die Zahnarztpraxis. Ich stehe vor dem Haus mit der richtigen Hausnummer und erkenne im Grau in Grau des Gebäudes eine ehemals luxuriöse Villa aus dem vorvergangenen Jahrhundert, ,da ist schon lange kein Leben mehr drin', denke ich. Im gleichen Augenblick tritt ein Pärchen aus dem Haus, die auf einen Carport zusteuern und mein Rufen geflissentlich überhören, vielleicht aber auch weil ihr Hund sich lauthals ein klein wenig an der frischen Luft erfreuen möchte. Hier bin ich falsch. Es gibt eine Straße mit fast dem gleichen Namen in der Nähe der Metrostation. Das hat mir das Programm im Smartphone gesagt. Eine Querstraße zu der fantastischen Einkaufsstraße. Ist

14:24 Uhr

dort die Praxis? Also zurück. Diesmal schon etwas beschleunigt im Gang. Meine hanseatische Pünktlichkeit soll sich ja nicht vollständig in Wohlgefallen auflösen, schließlich bin ich über eine Stunde zu früh aufgebrochen – es zahlt sich aus.

Zurück zu den Ständen, Geschäften, Cafés, Autowerkstätten, Druckereien, Drogerien bzw. Apotheken. Immer mal wieder ist zwischendurch kein Auto zu sehen und zu hören – wunderbar! Ich höre tatsächlich Vögel, die sich im Laubdach über der Straße einander zurufen, was unter ihnen für ein Treiben ist. In der genannten Straße stehe ich vor einem Neubau. Ich frage nach dem Zahnarzt. ,Nein, vor Ort nicht bekannt.' Und rufe meine Frau an. Sie steht vor der Zahnarztpraxis und wartet auf mich. Merkwürdig. Ich durchquere diese erstaunliche Straße zum Dritten Mal. Die Herren in den Cafés, wie werden sie das einschätzen, dass ich nun in ziemlich kurzer Zeit Drei Mal an ihnen vorbei gegangen bin, jedesmal ein wenig schneller? Beim Zahnarzt treffe ich eine Kollegin meiner Frau, Ägypterin, und schwärme ihr von der Straße vor. „Wirklich? Das gibt es hier?" Sie kann es gar nicht glauben. Vom Zahnarzt zurück auf dem Weg zur Metrostation durchquere ich ein Viertes Mal diesen Kosmos: Hier kann man wohl sein ganzes Leben lang verbringen und hat es womöglich nicht nötig auch nur einen Schritt über die Seitenstraßen links und rechts hinaus zu setzen.

14:25 Uhr csr
Räumliches Denken in Kirchen

Der Ort für Gott ist meistens ,oben', gedacht in einer oberen Etage, jenseits des Kirchendaches, aus dem dieser herabsteigen möge. Seine Anrufung und Anbetung, Epiklese, dient seiner freundlichen Herabneigung.

Wenn aber das Diesseits Gottes Jenseits ist, in dem er in Jesus von Nazareth aufgegangen ist:
- Was wird aus dem räumlichen klerikalen Denken?
- Was wird aus dem Sonderraum „Kirche"?

Christen in den ersten Drei Jahrhunderten – hatten sie diesen Raum nötig?

14:26 Uhr nst

Die Maas zeigt jetzt im Juni immer öfters kleine und größere Jachten.

Bei einer sehr luxuriösen fiel mir auf, dass sie – so langsam sie schipperte – das Wasser offenbar als Gegnerin betrachtet, die es der Jacht unmöglich macht, noch schöner, noch schneller zu sein – statt eine Form zu finden, die dem Wasser gegenüber die Dankbarkeit , das Wunder ausdrückt, dass es trägt, dem Katamaran ähnlicher.

14:27 Uhr
am stachus unter unter der platane

soviele menschen gehen in einer minute links und rechts
    an mir vorbei
wie nicht 'mal an einem tag am atomwaffenlager büchel
    –
abgesehen von den soldaten und deren vorgesetzten

er küsst sie und berührt mit seiner hand ihren bauch
schon jemand drin?

menschen reden einfach so in die welt hinein
und auch noch arabisch, links im rund hinter mir bisschen
    versetzt
früher hätte man sie für verrückt oder vom heiligen geist
    bessessen besetzt erklärt
heute telefonieren sie mit einem minimikro am kopfhörerkabel

direkt auf mich zu – ein ganzer schwung, eine große
    gruppe
ohne mich anzusehen – warum auch
nur weil ich im weg bin

14:28 Uhr ndt
sie geht nah heran
schaut ihm in die augen
macht noch einen schritt zum fenster zu
noch näher kommt der blick

und wendet sich ab
sie hat ihn nicht gesehen
nur sich im
spiegelglas

-

nur sich
in seiner pupille

-

er steht am fenster
sie geht …

14:29 Uhr ndr

Im Intercity auf der Fahrt nach Düsseldorf. Der Zug ist sehr voll. Eine junge Frau, die noch vor mir den Zug bestieg, klemmte ihren Rucksack zwischen Zwei schwere Koffer, die am Rand des Bordrestaurants standen und machte es sich davor auf der Gepäckablage gemütlich. Ich hatte zuvor einen Mann angesprochen, der mir wie ein Haitianer vorkam mit leichen Rastalocken. Ihm gegenüber eine gleichjunge Frau im schwarzen T-Shirt, Hals geschlossen, über ihrer Brust ein sehr feiner Gitterstoff, der Zwei Busenansätze verbarg, die auch meine Blicke gern auf sich gezogen hätten. Ihn frage ich, ob der Platz, auf den er sich mit seiner Hand abstützte, noch frei sei. Er rückte auf der Polsterbank zum Fenster. Als es sich die Dame mit dem Rucksack bequem machen wollte, sagte ich zu ihr, mich umwendend, „hier ist doch noch ein Platz frei", und zeigte auf den Platz mir gegenüber. Die Dame, die dort saß, nahm, als sie gefragt wurde, ihre Handtasche beiseite. Die andere nahm Platz und zückte ein Buch, Flaubert, Madame Bovary, auf Deutsch. Ich weiß nicht, worum es geht. Sie pausiert, stützt sich ab, legt das Buch beiseite und legt vor mir mit den Armen auf dem Tisch ihren Kopf darauf. Ich sehe ihre Haare und die schöne Stirn von oben. Wie gern ich sie jetzt am Haaransatz streicheln würde.

14:30 Uhr nfd
WIR TUN NICHT, WAS WIR WISSEN

Sofern es um das geht, was zum Wohl für andere ist, ist das ein anderer Ausdruck dafür, was in der Vergangenheit „Sünde" genannt wurde.

Nach antiker Auffassung z. B. des Aristoteles tun wir, was wir wissen. Da ist keine Kluft zwischen Handeln und Wissen. Es hängt vom richtigen Wissen ab, ob Menschen das Richtige tun.

Christliche Verkündigung ist skeptischer: Ich weiß genau, was zu tun – oder vielmehr zu unterlassen ist und tue es trotzdem nicht, z. B. aufs Auto zu verzichten. Lassen sich Begegnungen dadurch nicht wahrnehmen, kommen sie nicht zustande. So wie es sein wird, wenn der Organismus Erde kollabiert, weil der Energieverbrauch über das Vermögen gegangen ist, die Abgase u.a. Abfallprodukte zu absorbieren. Wenn ein Treffen so nicht mehr möglich ist, dann eben anders. Warum soll es nicht gehen?

Zwischen dem Wissen und dem Tun können sich Abgründe auftun. Dass sie sich küssen, so wie Friede und Gerechtigkeit sich einst küssen werden – vgl. Psalm Fünfundachtzig Vers Elf – das ist offenbar keine Frage des Wissens und keine Frage des Tuns. Also eine Frage von was?

Nähern wir uns diesem Abgrund. Wenn wir nicht bereit sind hinein zu sehen ja sogar hineinzugehen, nehmen wir auch nicht wahr, welche höllischen Untiere hier schon lange ihr Unheil treiben und sich davon nähren, dass wir diese Kluft zulassen.

Ich sehe in dieser Kluft zwischen meinem Tun und meinem Wissen:

Die Macht der Vereinzelung

Sie hat schon lange angefangen. In der Frühindustrialisierung strömten zwar Tausende zur gleichen Zeit in die Fabriken, dass sie sich aber als eine Gemeinschaft wahrnahmen, dazu benötigte es eines Blickwechsels, ein anderes Verständnis von sich selbst und allen anderen. Die

Kirche hat dazu jahrhundertelang nichts beigetragen, im Gegenteil, dies zumeist sogar verhindert durch ihre Allianz mit den jeweils Herrschenden. Diese Vereinzelung wurde fortgeführt durch das Fernsehen. Millionen sahen das Gleiche, doch alle getrennt in ihren Wohnzimmern. Das ist eine Macht, weil es Menschen orientiert. Sie richten sich nicht nur äußerlich nach dem Bildschirm aus und teilen ihre Zeiten nach dem Fernsehprogramm ein, sie richten sich auch innerlich nach dem aus, was sie hier wahrnehmen. Die moderne Welt der Taschencomputer macht den Bildschirm tragbar. Untragbar aber ist die damit weiterhin transportierte und praktizierte Vereinzelung. Die Kommunikation über die digitalen Medien ermöglichen, dass Menschen günstig, schnell und problemloser als jemals zuvor zusammen kommen, sie selbst aber sind keine leibhaftige Kommunikation. Der leibhaftige Austausch von Gedanken in gemeinsamer gelebter Zeit am gleichen Ort erst schafft Gemeinschaft, die, wenn sie politisch wird, in die Öffentlichkeit tritt, Fakten schafft (Yoder).

Die Macht der Entmächtigung

Herrschaft beruht auf einem Ensemble von Macht und der Kunst sie so einzusetzen, dass eine Minderheit auf Kosten der Mehrheit davon profitiert. Die parlamentarische Demokratie hat Gesetze und Regeln eingeführt, die diese Herrschaft in Grenzen zu halten verspricht. Dabei konnte nicht verhindert werden, dass durch große Parteien eigene Oligarchien entstanden, die nahezu unvermeidlich sind, wenn offenbar bestimmte Größen überschritten werden. Schon ein Austausch unter mehr als Sechs oder Sieben am gleichen Ort und zur gleichen Zeit bedarf gewisser Strukturen.

Mittel einer nahezu umfassenden Entmächtigung von Einzelnen und Gruppen ist die Fragmentierung. Sie betrifft die Zeit, den Raum, die Persönlichkeit, Begegnungen, Wachstumsprozesse und Reifungsvorgänge.

Die Fragmentierung der Persönlichkeit wurde mit dem Konzept des Rollenverständnisses schon seit langem gut beschrieben. Aber warum wird es erduldet? Warum wird es betrieben? Ist eine Alternative denn nicht vorstellbar?

Die Fragmentierung der Zeit ist eine alltägliche Erfahrung: Die Zeiten der Ruhe, der Arbeit, der Begegnung, der Erholung, wo miteinander gestritten, gekocht, gegessen wird, der Schlaf sein Tribut fordert und erfüllte Gemeinschaft gesucht wird, die auch die eigene Geschlechtlichkeit mit einbezieht, das alles steht unverbunden nebeneinander. Das einzige Kontinuum ist der Kalender: Ob es alles in den Zeitplan passt. Die Zeit hat damit ihren Charakter gewechselt. Statt eines Mediums innerhalb dessen Leben sich vollzieht, ist es ein Herrschaftsinstrument, das bestimmt, was die Gnade erfahren darf, dass dafür Zeit da ist oder nicht. Der Satz „dafür habe ich keine Zeit" ist die Guillotine der Moderne, mit der wir unsere eigenen Gestaltungsmöglichkeiten immer wieder aufs neue gehorsam zu Tode verurteilen und im Handumdrehen köpfen.

Die Fragmentierung des Raumes hat damit zu tun, dass der Raum als Widersacher der Moderne ausgedient zu haben scheint. Mittels moderner Medien scheint der Raum irreal geworden zu sein. Nachrichten aus dem einen Zimmer gehen in ein anderes – gleichgültig, ob dieses in Hull in England oder in Lissabon in Portugal ist oder beiden gleichzeitig. In Wirklichkeit aber wird hier nicht nur der Raum getötet, sondern er erweist sich als tödlich – nämlich für die, die den Weg nach Europa antreten und sich dummerweise nicht in Gestalt von Bits und Bytes, Euros und Dollars quer über den Globus bewegen, sondern in Gestalt von menschlichen Körpern. Die Ermordung des Raumes hat zur Folge, dass an anderer Stelle unendlich viel Raum beansprucht wird, um das zu ermöglichen: Durch gigantische Löcher beim Abbau von Gold, Coltan, Uran und anderen unverzichtbaren seltenen Mineralien oder der Braunkohle in meiner unmittelbaren Nähe. Die Moderne verstand sich als Machtkultur, die sich darin ausdrückt, dass sie schnell ist (HOBBES). Der Energieaufwand um eine Strecke immer schneller zurücklegen zu können zerstört an anderer Stelle den Raum, der dort zurückgelegt wird, wo der Raum besiegt zu sein scheint. Wir haben global gesehen also fragmentierte Räume. Je nachdem in welchem Machtsystem oder Ohnmachtsystem ich lebe, bin ich davon bestimmt. Eine Umkehr ist offenbar nicht möglich ohne sich dem auszusetzen, was – solange man es nicht macht – als Ohnmacht bezeichnet werden muss. Das aber ist angstbesetzt. Es sei denn, es treibt einen dazu, wie die Liebe zur Geliebten, und Ohnmacht zur heiteren Bedürftigkeit wird und Macht zum freiwilligen Dienst und sich Friede und Gerechtigkeit küssen.

Die Fragmentierung von Wachstums- und Reifungsprozesse und von Begegnungen ergeben sich durch das Zeitdiktat. Wachstum und Reifung sind aber kontinuierliche Vorgänge, die über die dem Menschen eigentümliche Eigenschaft ermöglicht wird, in die Rückkopplungsschleife einzusteigen ohne dabei durchzubrennen: Wir können über uns selbst nachdenken, ja sogar noch über dieses Nachdenken nachdenken – und so fort: Das, was sich dadurch ergibt, wird fortwährend zerstört, weil diese Prozesse in den seltensten Fällen dort möglich sind, wo sie spontan entstehen. Sie werden verschoben auf „später" und damit unmöglich, weil sich Leben nicht verschieben lässt, entweder wird da und dort, wo diese Vorgänge einen ereilen ihnen nachgegeben und sie können sich entfalten, oder sie werden zerstört wie eine für sinnlos gehaltene Seifenblase, die einem doch nur vor Augen führen wollte, wie wunderbar Gegenwart ist. So wie es mit Begegnungen ergeht, die nicht planbar sind, sondern sich ergeben. Wo dies nicht mehr möglch ist, können Begegnungen nur schwer dazu beitragen, dass wir mit unseren Möglichkeiten, Einsichten, Können und Lassen wachsen.

Die Barbarei der Unbarmherzigkeit

Als ein Erbe unserer gemeinsamen Vergangenheit mit großen Teilen der Tierwelt haben wir einen Reflex, der intuitiv auf Bewegung reagiert. Dies hat sich u.a. die Film- und Fernsehindustrie zu Nutzen gemacht. Obwohl sich dort, wo der Bildschirm sich befindet, nichts bewegt, wird doch der Eindruck von Bewegung erzeugt und das Auge gefesselt. Viel tiefer reichen folgende Schein-Vorgänge: Es gehört zu den normalen menschlichen Reaktionen auf Not intuitiv zu reagieren. Die Antike hat dieses Phänomen sehr treffend so beschrieben, dass sich einem die Eingeweide zusammen ziehen, wenn man unmittelbar miterlebt, wie ein anderer Mensch – oder auch die Tierwelt – gequält wird oder Not

leidet. Der Bewegungsimpuls sofort darauf zu reagieren ist identisch mit der Wahrnehmung, der Name für dieses Phänomen ist Erbarmen. Vor den Bildschirmen wird dieses Erbarmen zerdampft und macht sich zum Gespött. Wer aufspringt und jemanden davor zurückhalten will, vor den Zug zu springen, hat nicht verstanden, dass da nur ein Bildschirm Bilder zeigt – gleichgültig ob sie zeigen, was in einem Set gedreht worden ist oder dokumentarisch wiedergegeben wird. Die menschliche Eigenschaft der Barmherzigkeit wandert bestenfalls ab in Form von Überweisungen auf Notkontos bei Katastrophen. Wie oft finden dieselben, die großzügig spenden, nicht den Weg zur Flüchtlingsunterkunft nur wenige Hundert Meter entfernt. Diese Distanz ist größer als die Entfernung zum Mond. Willkommen in der Barbarei der Unbarmherzigkeit und kultivierten Ohnmacht.

Zerstörung der Öffentlichkeit

Öffentlichkeit definierte sich, seit darüber nachgedacht worden ist, im Gegenüber zum Privaten. Wir erfahren gegenwärtig, dass das Private durch Überwachungsmethoden, die freiwillig eingeräumt werden zerstört wird. Zugleich erleben wir, dass öffentliche Räume für Kommunen zur Belastung werden und keinen Sinn mehr erfüllen außer zu den Zwecken für Kirmes, Karneval und Schützenfeiern. Dass sie sie Orte der politischen Willensbildung sind ist fast vollständig in Vergessenheit geraten. Kurz vor Wahlen wird daran erinnert, indem Parteien dort ihre Stände aufmachen. Beide Vorgänge sind Zwei Seiten des einen und selben Geschehens, der Kommerzialisierung: Der Einzelne wird erobert als Profitgeber indem über ihn Daten möglich sind, die schon heute kein Mensch mehr ermessen kann. Und die Öffentlichkeit wird zerstört durch Räume, die dem Konsum dienen. Hier ist es Aufgabe der Kirche sich zu besinnen, dass sie Öffentlichkeit schlechthin ist, weil sie für einen Inhalt und eine Botschaft eintritt, die sich an alle richtet und damit zuallerst das ermöglicht, was Öffentlichkeit für alle Menschen ist. Damit hat die Kirche dafür zu sorgen, dass sie aus ihren Kirchenmauern heraus muss, die als ein Ort für besondere Umsätze wahrgenommen wird und von der Kirchenverwaltung auch schon längst er-

14:30 Uhr

fasst worden ist, im vorauseilendem Gehorsam der umfassenden Kommerzialisierung. Wenn es nicht die Kirche tut, werden es andere tun. Ob das besser ist und es dabei gewaltfrei bleibt, wage ich allerdings ernsthaft zu bezweifeln. Es geht nicht nur um die Verteidigung der Öffentlichkeit sondern auch um den Schutzraum für den Einzelnen. Kirche muss sich entäußern – so wie Jesus nur dadurch prägend wurde, indem er sich aller Gewalt entäußerte, vgl. Philipperbrief Kapitel Zwei – um ihren Dienst für ein humanes Miteinander leisten zu können.

*

Was traditionell mit Sünde benannt wird, gilt es zu entsakralisieren. Die hier angedeuteten Vorgänge schreien danach, dass Tabus gelebt werden, die das Leben schützen und bewahren. Es gilt diese Vorgänge nicht weiter zu verharmlosen und zu verdrängen ohne dabei in eine apokalyptische Stimmung zu verfallen, die sich darin suhlt, wie schlimm es um diese Welt steht; diese Haltung findet sich bei jeder Katastrophenmeldung bestätigt ohne selber etwas dagegen getan zu haben. Es darf hierbei nicht moralisiert werden, weil dieses nur die Mechanismen der Ohnmacht durch ein schlechtes Gewissen weiter betreibt und es muss auch nicht der Mythos vom Neuanfang bedient werden, weil es längst viele neue Anfänge gibt. Sie warten nur darauf entdeckt zu werden, wahrgenommen zu werden, in Gemeinschaft gelebt zu werden. Liebe vermag übers Wasser zu gehen. Wo, bitte schön, ist noch mal die Kluft?

14:31 Uhr

skatebordmode – vorbei
rollschuhmode – vorbei
rollermode – vorbei
geh-stock-mode – vorbei
radfahrer-mode – vorbei
hier
heute
zu fuß
sonst nichts
ja
am ende nichts anderes

14:32 Uhr

Er ging mir schon entgegen während ich langsam auf den Bürgersteig fuhr, wo die Kantsteine etwas erniedrigt waren. „Komme ich zuspät?", „nein, aber bei diesem schönen Wetter dachte ich, wäre es schön, wenn ich Dir etwas entgegen gehen könnte!" Wir fuhren gemeinsam zum Pfarrkonvent. An einem Montag – was sonst mein Sabbat ist. Wir waren schon lange nicht mehr unter Vier Augen. Zuletzt als wir beide in einer Krise mit unseren Presbyterien steckten, die weder er noch ich unserem schlimmsten Feind gewünscht hätten. Das war nun vorbei, Gott sei es gedankt, jedenfalls nicht so arg wie damals. „Ich war", so hatte ich nun Gelegenheit, es einmal loszuwerden, „sehr davon beeindruckt, wie Du trotz der großen Schwierigkeiten, die Du hattest, so gelassen und ja, eine Fröhlichkeit bewahren konntest, wie ich zumindest den Eindruck hatte." „Aber ich habe Nerven gelassen." Vielleicht – so erzählte er mir – hat es auch damit zu tun, dass seine Eltern ihn immer sehr verhätschelt haben, gleich was passierte, ließen sie ihm immer wissen, was er für ein toller Junge ist und wie sie von ihm überzeugt sind. So ist er mit der Gewissheit groß geworden, da kann schon alles mögliche passieren, es wird schon klappen! – Und was hat das, frage ich mich für mich, mit christlichem Glauben zu tun, wenn das so einfach ist? Oder ist das nicht erst recht christlicher Glaube – gelebt zwischen Eltern und Kindern? „Warst Du der Jüngste?" – „Nein, der Älteste". „Da ist man doch normalerweise der ungefragte Erziehungsgehilfe der Eltern". „War ich auch. Bis meine Eltern zu einem Kinderpsychologen gingen, weil sie sich darüber wunderten, warum ich so schwierig sei. Und er sie darauf aufmerksam machte, dass es nicht so passend ist, zu einem Sechsjährigen Kind zu sagen: WIr sind jetzt weg und pass gut auf deine beiden Geschwister auf!" „Da gehört aber auch einiges von Deinen Eltern dazu, so etwas einzusehen, das machen auch nicht längst alle".

14:33 Uhr när

Zwei Frauen setzten sich vollverschleiert – eine auch im Gesicht – an den Strand auf Zwei der blauen Plastikstühle in die beginnende Flut. Vor sich das Rote Meer. Am anderen Ufer der Sinai. Zunächst waren nur deren Unterschenkel zur Hälfte im Wasser. Eine der beiden hatte eine Tüte dabei, aus der sie ihrer Nachbarin etwas reichte. Es dauerte nicht lange, da wurden die Knie vom Wasser umspült. Nach und nach saßen sie mehr oder weniger im Wasser. Hatten also wie wir gestern im Wasser auch Badeschuhe an den Füßen, sonst lässt sich der felsige zum Teil scharfsteinige Untergrund schlecht passieren. Aus der Tiefe des Roten Meeres nähert sich ein Mann mit Bart und Schwimmshorts. Diejenige der beiden Damen, die die Tüte mitgebracht hatte und deren Gesicht nicht verschleiert war, legt sich der Länge nach aufs Wasser während sie von ihrer Kompagnonin und dem Herrn gehalten wird. Das Gesicht unter Wasser. Irgendwann taucht sie aus dem Wasser auf. Es ist zu weit, um irgendetwas hören oder gar verstehen zu können. Sie legt sich erneut ins Wasser, diesmal auf den Rücken.

14:34 Uhr nfr

Warum zielt Gewalt auf den Körper? Weil es Rache am Geist ist? Über ihn hat Gewalt unmittelbar keine Gewalt.

14:35 Uhr npr

FORMEN

Fastenaktion für eine atomwaffenfreie Welt, Wiehl, Weiherpark. Während in der Rathausgarage das Wasser erhitzt wurde, schaute ich mir einen Strauch der Bepflanzung rund ums Rathaus an. Eine Spinne hatte ihr frisches, unversehrtes Netz so gespannt, dass sie auf der Innenseite zu den Pflanzen hin saß. Sie rechnet anscheinend mit Insekten, die aus dem Strauch herausgeflogen kommen statt in ihn hinein. In den Blättern des Strauches hatte sich Wasser gesammelt, das an unterschiedlichen Stellen bereitlag, zum Verdunsten oder bei Wind zum Abfließen. Mal lagen die Tropen in der Kuhle nah am Blattstiel, mal mehr am Rand, mal kreisrund, mal oval. Auf keinem Blatt lagen die Wassertropfen oder Wasserbehälter am gleichen Platz. So wie kein Blatt mit irgendeinem anderen identisch war. Eines sah an einer Seite sehr mitgenommen aus, die andere Hälfte aber voll entwickelt. Ein großes kräftiges Blatt erhob sich über die anderen, aber die Zipfel der Blätter waren mal mehr oder weniger lang ausgebildet, mal beieinander oder doch weiter voneinander entfernt.

Jahre her, da zergrübelte ich mir den Kopf darüber, wie es sein kann, dass jedes Schneekristall sich von jedem anderen unterscheidet und einmalig ist, wie Abermillionen Schneekristalle es auch gebe. Kein Blatt eines Baumes ist mit einem anderen identisch und offenbar – das kann getrost vorausgesetzt werden – keinem, das es jemals gab und vermutlich geben wird. Das geht weiter über Gräser, Büsche, Bäume, Steine, Gebirge per se: Was immer du auch anschaust: Alles ist höchst individuell, einzig und einmalig und unwiederholbar. Wie kann das sein?

In meiner verzweifelten Suche nach einer Antwort hatte ich mich in den Wald zwischen Witterschlick und Duisdorf zurückgezogen, dorthin, wo der Einkaufsweg vom nächsten Supermarkt zur Ersten gemeinsamen Wohnung mit meiner Frau verlief. Ich hatte Portmann und Picht gelesen und fand eine denkbar einfache Antwort: Es gibt keinen Ortzeitpunkt, der mit irgendeinem anderen Ortzeitpunkt identisch wäre. Selbst wenn der Ort als derselbe und gleichbleibende angenommen wird, ist es die Zeit an diesem Ort nicht. Da alles, was entsteht, an einem Zeit-Ort-Punkt oder meistens ja mehreren im Verbund, je nachdme welcher Maßstab genommen wird, entsteht und kein Zeit-Ort-Punkt mit irgendeinem anderen identisch ist, ist es logisch, dass – selbst wenn überall das Gleiche entstehen würde – es nirgends miteinander vollständig identisch wäre – weil an jedem Zeit-Ort-Punkt die Bedingungen und Umstände der Entstehung unterschiedlich sind, es sei denn, man könnte den Ort oder die Zeit eliminieren.

Diese Antwort erschien mir logisch und hinreichend. Kurz gesagt: Die Zeit ist das Prinzip der Indiviuation. es erfüllte nicht mein Verlangen nach Tiefe und Bedeutung. Aber es war eine Antwort.

Jetzt, wo ich vor dem Busch stand mit seinem wunderbaren, wassergefüllten Blätterkelchen, der Spinne und ihrem hauchdünnen Netz dachte ich: Die Frage ist doch falsch gestellt: Es ist offenbar das Normale, dass alles einzig und einmalig ist. Warum kommt der Mensch dazu einander vollständig identische Produkte herstellen zu wollen?

Da dreht sich die Frage auf einmal um: Die moderne Produktionsweise mit ihren Prinzipien Elementarisierung – Zerlegung eines zu erschaffenden Teiles in seine Einzelteile – , Periodisierung – die einzelnen Elemente werden einer Wiederholungschleife ausgesetzt – und Synthetisierung – die gewonnen Elemente werden neu zusammen gesetzt – unter der Anforderung der Effizienz – geringster Energie- und Zeit- und Personalaufwand -, maximalen Profit und Effektivität – maximaler Ertrag – ist das Problem. Die Philosophie hat es möglich gemacht: Da wird „das Blatt" von den abertausenden Formen von Blättern selbst der gleichen Art abstrahiert, die unterscheidenden Merkmale solch eines Blattes von jeder den Blättern jeder anderen Art herausgehoben und auf Grund dieser Abstraktion eine Vorlage geschaffen, die in der Produktion es erlaubt, das gleiche Blatt in kürzester Zeit Millionenmal auszudrucken, zu pressen, zu spritzen, egal. Nur: Keines lebt.

Und auf diese Weise wird der Schöpfer gelinkt – weil bewiesen ist, dass man, der Mensch, selber in der Lage ist, Millionenfach solche Blätter zu machen. Er kann sie in der Anzahl – wie in der Natur – aber nur als identische produzieren. Er kann sie nicht schaffen wie ein Künstler in einem Bild, bei dem auch kein gemaltes Blatt einem anderen gleicht. Aber es ist nur ein Link: Denn keines der Blätter ist lebendig. Auch wenn die Vielfalt mithilfe computergestützter Systeme in der Produktion erhört werden könnte, theoretisch derartig, dass dann am Ende doch jedes Blatt-Produkt von jedem anderen verschieden ist, ist keines lebendig.

Wenn jedoch der Maßstab verkleinert wird, der Blick ins Detail geht, trägt bei genauerem Hinsehen jedes Produkt dennoch die Signatur des Zeit-Ort-Punktes an dem es entstand bei sich: In der Mikrostruktur, der Anzahl, Gestalt und Anordnung der Elemente wird sich kein Teil vollständig mit auch nur einem anderen Teil decken. Es ist ein Trick, etwas so erscheinen zu lassen. Wenn aber megatonnenweise oberflächlich gesehen identische Produkte hergestellt werden können: Wird dann nicht der Ort geleugnet oder die Zeit? Oder beides? Geht das?

Es wird – so leuchtet es mir jetzt ein – die Zeit versucht auszuschalten: Der Produktionsort bleibt. Der Zeit wird versucht ein Schnippchen zu schlagen. Ist das der Grund, warum Menschen Probleme mit dem Altern haben? Die Zeit soll sich verabsentieren, wie im himmlischen Jerusalem, wo die Zeit stehen bleibt, weil Tag und Nacht die Sonne scheint, wie in der Fabrik, die Tag und Nacht durchläuft. Das himmlische Jerusalem hinter Fabriktoren.

Für eine heilende Liturgie bedeutet das: Nicht nur die Bedeutung des Raumes als Nähe zu begreifen und nachvollziehbar erfahrbar sein zu lassen, sondern auch die Zeit als das Individualisierende, uns mit der Natur Verbindende – wie das Leben – wahrzunehmen.

14:36 Uhr näd
DIE REVOLUTIONÄRE STRASSENÜBUNG

Je länger ich hier lebe umso mehr bewundere ich die Paarung von Geduld und Geistesgegenwart, die ich bei vielen im Alltag antreffe. Geduld mit Geistesgegenwart gepaart ist alles andere als bleiernes Dahindämmern. Es ist Warten auf den rechten Augenblick, dann aber auch nicht zögern, sondern den Kairos mit aller Kraft ergreifen. Zugleich heißt es nicht daran zu zweifeln, dass solch ein Moment kommt, gelassen warten. Der Beginn der Revolution, am Fünfundzwanzigsten Januar vor Sieben Jahren zeigt das gut. Die Ermordung des jungen Bloggers KHALID SAID auf offener Straße in Alexandria durch Polizisten in Zivil ließ vielen Menschen keine Ruhe. Sie organisierten phantasievolle Trauerbezeugungen ohne das Versammlungsverbot der Notstandsgesetze zu überschreiten. So standen viele Menschen schwarz gekleidet an der Corniche, schauten aufs offene Meer, jeder vom Nachbarn oder Nachbarin einige Meter getrennt, so dass es keine Versammlung war und jeder und jede las für sich aus der Bibel oder dem Koran. Die Polizei war machtlos. „Wir alle sind Khalid Said" wurde zu einem Ruf, der bis nach Kairo trug zu den Demonstrationen von Tausenden auf dem Tahrir-Platz, dem Platz der Befreiung, die zum Feiertag der Polizei – ein Gedenken an ein Massaker der britischen Besatzer in Ismaelia Eintausendneunhundertundzweiundfünfzig, bei dem Fünfzig Polizisten starben und Achtzig verwundet wurden – dort zusammen kamen.

Allein schon wenn ich die Straße überquere ist das eine Übung in Geduld und Geistesgegenwart. Eine Freundin aus Deutschland besuchte uns. Ich wollte auf die andere Straßenseite. Und – wie ich es gewohnt war – ging ich auf die Straße zu. Sie fasste meinen Arm und fragte beängstigt „Was hast du vor? Die Straße überqueren?!!" Es schien ihr absurd.

Am besten kann man befahrene Straßen gegen die Verkehrsrichtung überqueren. Du gehst also langsam und aufmerksam an der Straße entlang. Du hast Geduld. Und wartest darauf, dass zwischen mehreren Fahrzeugen sich eine Lücke abzeichnet. Dein Körpergefühl zeigt dir, ob das der richtige Moment ist. Darum gibt es für verschiedene Menschen verschiedene geeignete Augenblicke, jeder macht es anders. Wenn du aber gehst, musst du entschieden die Straße überqueren und damit den Autofahrern signalisieren, dass sie jetzt um dich herum fahren müssen. Einigen ist das trotzdem offenbar schnuppe, dann ist es gut schon mal die Beine in die Hand zu nehmen, ein Zurück wäre verrückt weil sehr gefährlich. So gesehen ist jede Überquerung einer befahrenen Straße eine gute Vorübung für die Paarung von Geduld mit Geistesgegenwart, bestimmt auch zu anderen Zeiten und bei anderen Lagen recht nützlich.

14:37 Uhr
KOSMOS

Mit meiner Frau unter den kräftig-frischen Blatt-Baum-Wipfeln; war ja noch nicht so lange her, da hatten die Bäume endlich ihre Zurückhaltung angesichts des langen Winters aufgegeben und gaben ihre Blätter und Blüten nahezu explosiv zur Entfaltung frei – man konnte es tageweise sehen, wie es fortschritt – und ich mit meiner Frau also endlich am Seeufer stand, die untergegangene Sonne noch das Gegenufer erhellte, die Ansicht von der Breite des Sees sich mit der Ausdehnung des Gesichtsfeldes und des Uferbewuchs deckte: Da hatte ich zum Ersten Mal das Gefühl, Empfinden, was den Griechen in der Antike und der Alten Welt überhaupt nachgesagt wird: Eine endliche Welt. Ein vollkommener Kosmos, der Himmel eine bergende Wölbung.

Gestern gingen wir Zwei vom Stadtrand der Stadt hinaus durch die Felder der Abendsonne entgegen um noch etwas Sonne auf die Haut gelangen zu lassen und die Muskeln dabei zu bewegen, zumal ich seit einer Nacht mit Überlänge Rückenschmerzen verspürte; ich sah mich um, es war auf dem Rückweg und die untergehende Sonne hinter uns, aber immer noch strahlend weiß, nur leicht gelb getönt; betrachtete den Horizont vor mir hochstürzend ein Vielfaches über den beiden Za-

cken des hiesigen Status-Symbols der katholischen Ortskirche, über den Feldern links und rechts und hinter mir: Ich muss an die holländische Landschaftsmalerei am Beginn der Neuzeit denken: Vielleicht Vierzehn Sechszehntel Himmel, nur Zwei Sechzehntel Erde. Da war kein Empfinden einer abgeschlossenen Welt. Weite. Unabgeschlossenheit in jeglicher Hinsicht.

14:38 Uhr cfr
Eigentlich hatte ich nur mal eben Elf Minuten schlafen wollen und hatte mich schon in diesem kalten Januarmonat in die Decke eingerollt. Da ging mir wieder durch den Kopf, was mir am Vorabnd schon in den Sinn kam, nachdem ich HANS ALBERTS Theologiekritik gelesen hatte: Zum Ersten Mal verspüre ich Respekt vor der Aufgabe. Es geht darum: Wie ist christlicher Glaube vernünftig zu leben, vertretbar? Es könnte ja sein, dass es wirkt wie bei des Kaisers neuen Kleidern: Auch die Letzten bleiben den Kirchen fern, Pfarrstellen kollabieren, die Institution Kirche sieht sich in der Existenzkrise und findet keine Worte für das, was geschieht, weil benannt wird, was ist. Mehr nicht.

14:39 Uhr nsr
Elf neue Vokabeln in Zweimal Elf Minuten Gehzeit längs der Maas von der Fähre in Steyl bis zur Schleuse flussaufwärts hin und dann zurück gelernt und Elf Vokabeln vom Vortag wiederholt, zuvor abgeschrieben. Jahrelang habe ich falsch gelernt. Zuviel gewollt, zuwenig gut gemacht. Das viele Wollen versperrte meinem Willen inklusive der Vernunft den Weg. So langsam, wie ich jetzt mich auch wieder ans Hebräische gewöhne – jeden Tag nur einen Satz übersetzen – so langsam lernte ich auch für meine Griechischprüfung, die Wiederholung. Ich kann es also. Vorher dieses Unmäßige, Unangepasste, nein: Unangemessene Wollen, woher? Als Pendant zum unausgebildeten Können? Als Sublimation? Ersatz? Weil ja das Wollen bereits Meritum verspricht und Zustimmung und Wohlwollen – warum dann noch etwas dafür tun, bekomme das Erwünschte doch bereits?!

14:40 Uhr
Karfreitagslogik

Wenn der uns ständig spüren lässt, was wir für Arschlöcher sind, ist es höchste Zeit dies Arschloch zu beseitigen.

Etwas höflicher formuliert:
Wenn dieser Idealist/Menschheitsfanatiker/Gutmensch uns ständig spüren lässt/vor Augen führt, was für Idioten/Ideologen/wie unmenschlich wir sind, ist es höchste Zeit, diesen Idioten aus dem Verkehr zu ziehen, notfalls mit Gewalt.

14:41 Uhr ndr
vor Mainz im Intercity-Express-Bordrestaurant. Auf der anderen Seite vom Gang Zwei gepolsterte Bänke mit jeweils Zwei Plätzen. Auf der einen sitzt ein Herr, der ein Buch von GERHARD EBELING liest *Wort Gottes und Tradition*, mit vielen Unterstreichungen, vielleicht Zehn Jahre jünger als ich? Ihm gegenüber ein Herr mit Schlips und Jacket, das er abgehangen hatte, vor sich ein Bier und macht sich mit seiner Tasche neben sich breit – beide lassen neben sich keinen Platz.

14:42 Uhr f-d
VOLLAUSGERÜSTET

Das Auto sollte vollausgerüstet und alle Tanks betankt sein. Mit Heckspoiler, Reservetank, Autopilot, Kühltasche, eingebauten Bildschirm, Internet, bequeme Rücklehnen, alles, was das Reisen angenehm macht. Die Reise selbst dauerte gar nicht so lang. Nur die Autobahn bis fast ans Ende, das letzte Autobahnkreuz ab in den Norden, nächste Abfahrt und nach paar Hundert Metern – schon da.

Da aber nun der Wagen mit allem ausgerüstet worden ist, und die Fahrt so gut ging und man schon mal auf der Autobahn war und sich mit allem ausgerüstet hatte und für alle Fälle alles dabei, warum sollte man nicht eben die Autobahn noch ein Stück weiter geradeaus fahren, übers letzte Autobahnkreuz hinaus? Gedacht, getan, das Kreuz flog vorbei, es war kaum noch ein Autofahrer mit auf der Straße, das Auto konnte voll ausgefahren werden so schnell wie noch nie, man brauchte ja

auf niemanden mehr Rücksicht nehmen – eine Vollbremsung verhinderte gerade noch das größte Unglück. Die Warnhinweise waren so winzig geworden, dass man sie bei der Geschwindigkeit kaum noch richtig lesen konnte, auf einmal war die Autobahn am Ende. Ohne Wendemöglichkeit. Da stand das Auto nun. Und er, schweratmend, mittendrin, in der Sackgasse.

14:43 Uhr
Subotica – Flüchtlingsgeschichten, eiskalt

Bis Dezember, nach Weihnachten, hatten sie gewartet, es ausgehalten. Nichts wurde besser im Land. Die Folgen des NATO-Krieges waren noch überall sichtbar. Flüchtlinge aus allen früreren Gebieten Jugoslalwiens suchten hier Schutz, wo der Krieg nicht wütete, weil die NATO keine ungarischen „Kollateralschäden" gebrauchen konnte. In Subotica, knapp Dreizehn Kilometer von der ungarischen Grenze entfernt, lebt eine bedeutende ungarische Minderheit und Neunzehnhundertundneunundneunzig sollte und wollte Ungarn in die NATO. Die kleine Familie mit ihrem etwa Fünfjährigen Sohn hörten von dem liberalen Schweden und dem Sozailstaat dort und dass dort alles besser und anders wäre. Und so flogen sie nach Stockholm. Das ist möglich. Ohne Probleme. Wenn man's bezahlen kann. Im Flughafen erklärten sie ihren Asylantrag. Gut, sie mussten sich verschiedene Interviews gefallen lassen, es braucht alles seine Zeit. Sie erhielten einen Schlüssel, Geld zum Einkaufen, gerade so viel, dass keiner hungerte, ein Häuschen in einer Siedlung, in der viele dieser Asylbewerber untergebracht wurden. Waren es Zweitausend? Oder Dreitausend oder Zehntausend? Es waren unübersehbar viele. Und jede Familie, jeder Flüchtling für sich. Im Winter. Mit Sechs Meter hohen Schneewänden, wenn der Bulldozer kam und die Straßen freischob. Die Augen erblindeten fast, wenn die Sonne – knapp Sechzig Minuten Autofahrzeit vom Polarkreis entfert – einmal Drei Stunden lang erschien. Niemand kam vorbei. Keiner fragte mal nach. Der Sohn mit den Eltern allein. Er interssierte sich für sein Spiegelbild und unterhielt sich mit ihm. Erfand Geschichten, fing an, ein Buch zu schreiben. Begann in einer anderen Welt zu leben. Gut – das wars. Es waren gut Drei Monate um. Sie flogen zurück. Ok, kein Asylantrag? Sie fliegen zurück? Gut – Schlüssel zurück. Tickets gekauft. Um Sechstausend Euro erleichtert.

14:44 Uhr c-r
DER RACHEDEDEKTIV

Der Nachbar setzt bei der Stadt durch, dass die Zufahrt zum Grundstück zu seinen Gunsten vergrößert werden soll, indem eine Straßenlaterne und ein Straßenschild umgesetzt werden. Die Pläne liegen aus. Es besteht Einspruchsfrist von Dreißig Tagen.

Er fixiert Kameras, die Tag und Nacht aufnehmen, wer im Haus seines Nachbarn ein und ausgeht. Es war am vorletzten Tag. Da entdeckte er etwas. Er lässt dem Nachbarn anonym zukommen, dass man etwas wisse, was ihm sehr unangenehm werden werden könnte, wenn es die Öffentlichkeit erführe, es sei denn, er würde bei der Stadt seinen Antrag auf Vergrößerung der Einfahrt umgehend zurück ziehen.

Es wurde nichts umgesetzt. Was mag er entdeckt haben? Was war sein Nachbar?

14:45 Uhr ndr
Meine Frau hat mich hervorgestreichelt. Am Fünften Tag nach der Operation mit meiner Nierenlebendspende. Und als sie meinen Unterarm Zweimal küsste – löste sie Wellen der Erregung aus, bis hin zur Körpermitte bemerkbar. Endlich!

14:46 Uhr nbr
Pädagogisches Handeln sieht die Anfänge und ermutigt zum Ganzen. Ist das nicht schon falsch? Der Musikpädagoge etwa vertraut dem Schüler solche Teile an, die dieser gemäß seiner Reife und der ihm eigenen Ergriffenheit, gemäß seiner gedanklichen, wissens- und verhaltensmäßigen Beziehung zu ihm perfekt beherrschen kann, um in ihm die Freude zu wecken, gleich was er tut, nur das zu machen, was er perfekt kann. Und eben dazu ermutigt, dies auch heraus zu finden.

Musik und Sprachenlernen leiten dabei besonders dazu an, Demut zu entwickeln, zu realisieren, dass man nichs davon je ganz allein kann, dass auch andere auf einen angewiesen sind und dass die Fähigkeit sich gerade

dort zurück zu nehmen, wo alles Andere als ein Anspruch abgesprochen werden könnte, gerade das Große offenbart, auf die eine Kultur wert legt: Die angewiesen ist auf die größtmögliche Vertrautheit des Unvereinbaren: Angemessenheit, Genauigkeit, Beziehungsfreundlichkeit – auch zeitlich gesehen – und vor allem Fehlerfreundlichkeit! Dieser wird kein Dienst erwiesen beim Durchgehenlassen von Fehlern, sondern beim Sich-Bescheiden, wo eben keine vorkommen, oder so gut wie keine. Und eben nicht triumphierend alles unterzwungen wird, sondern der Gnade Dank erwiesen wird: Wie viel vom günstigen Zeitpunkt, der rechten Begegnung, der geeigneten Eingebung geschuldet ist. Das Macher-Typenhafte ist etwas Beziehungsanspannendes – zumindest, wenn nicht gar -feindliches, weil es anderen die Kompetenz abspricht, es genauso oder vielleicht sogar besser zu können.

14:47 Uhr ged
das leben moll
düster
da verspielt er sich
die taste verfehlt
dur

14:48 Uhr näd
DAS WUNDER VON ATTABA

Seit gestern ist mein Visum abgelaufen. Nach dem Sprachgebrauch der Vereinten Nationen lebe ich jetzt irregulär in Ägypten. In Deutschland sprechen viele Menschen in solchen Fällen von illegal und ich hätte in Deutschland ein Visumdelikt begangen. Ich muss an einen ausländischen Studenten denken, der in Trier in einer Straßenbahn auf Grund eines fehlenden Fahrscheines auffiel, von der Polizei vernommen wurde, wobei sich herausstellte, dass sein Visum abgelaufen war und unverzüglich in die Abschiebehaftanstalt des Landes Rheinland-Pfalz, damals noch in Ingelheim gebracht wurde. Hinter geschätzt Sieben Metern hohen Betonmauern musste er dort wochenlang leben ohne zu wissen, wie es weitergeht. In Deutschland müsste ich jetzt mit Ähnlichem rechnen. In Ägypten gibt es eine Frist von Zwei Wochen, innerhalb derer ein Visum verlängert werden kann; es sollen durchaus dafür auch Gebühren erhoben worden sein, die Auflistung, ab wann wieviel, habe ich heute im zentralen Verwaltungsgebäude von Kairo, der Mugamma, wieder gesehen. Ich kannte sie noch vom letzten Mal.

Ich war sehr früh dort. Vor dem Gebäude stand eine Doppelschlange – eine von Frauen, eine von Männern, die sich über den gesamten Vorplatz zog: Die wollen alle in die Mugamma? Ich sah mir das Bauwerk genauer an: Ein weit zum Tahrir-Platz hin geöffnetes Gebäude, wie die Zwei Teile einer bis zum Anschlag geöffneten Zange, Zwölf Stockwerke hoch. So lang, dass die beiden Warteschlangen nebeneinander bequem in einen Flur passen würden. Die Zange ist geöffnet, tut also nicht mehr weh, aber wer dahinter am Griff hantiert bleibt unklar. Und schmerzen tut es, wer ins Scharnier gerät. Zwei Männer tragen Akten am Gebäude vorbei. Einer hält Zwei dicke Stapel gebundener Dokumente auf seinen Schultern, der andere zieht einen Sack, gefüllt mit zahllosen getackerten Schriftsätzen über den Platz. Der Plastiksack hat ein großes Loch, noch fällt nichts heraus. Hier wird mit Papier gearbeitet. Wie – ist mir ein Rätsel. Aber es funktioniert. Endlich wird die Behörde geöffnet. Zuerst wird die Frauen-Warteschlange herein gelassen, dann die Männer. Es dauert eine Weile, dann setzt der normale Strom derer ein, die in die Behörde wollen. So gut erzogen sind wir, dass wir, obwohl wir dafür noch zahlen müssen von uns aus zur Behörde gehen, anstatt diese zu uns kommen zu lassen und zwar dann, wann es uns recht ist und auch gleich als brave Staatsbürger eine Prämie erhalten, weil wir heiraten, ein Kind zur Welt gekommen ist oder vorschriftsmäßig Auto fahren wollen etc.

Am Eingang habe ich versuchsweise gezählt. Pro Sekunde betritt ein Mensch das Gebäude. Das sind in einer Stunde, Sechzig Mal Sechzig Gleich Dreitausendundsechshundert Menschen. Mehr als in meiner Wirkungsstätte meiner letzten Kirchengemeinde evangelische Christen leben. Wenn ich mir eine deutsche Behörde unter solch einem Ansturm vorstelle, ich weiß nicht, ob sie anders arbeiten würde.

Ich hatte mich vor dem Gebäude mit einer Delegation der Europa-Schule-Kairo verabredet. Ein Ägypter lotst mit bewundernswerter Geduld und Geistesgegenwart die Deutschen durch die Flure und an den vielen Menschen vorbei. Nach den Erfahrungen vom letzten Mal erscheint es heute geradezu leer. Es gibt Schalter vor denen keine Menschen stehen. Als wir im Gang mal wieder lange warten müssen, klopft eine Beamtin hinterm Glas mit ihrem Schlüsselanhänger an dasselbe solange, bis sich eine junge deutsche Lehrerin angesprochen fühlt und zu ihr geht. Sie tauschen sich ein bisschen aus, die Beamtin hinter dem Glas bietet der deutschen (angehenden) Beamtin vor dem Glas einen Kaffee in ihrer modernen quietschgrünen Thermoskanne an. Das habe ich noch nie erlebt! Die lange Wartezeit hatte sich für einige aus der Lehrerschaft der Schule meiner Frau gelohnt, für andere nicht, mich eingeschlossen. Es muss ein neuer Angang gemacht werden. Zurück nehme ich – wie gewohnt – die Metro und komme zur Hauptverkehrszeit ins Attaba-Wunder.

Diese Station war ursprünglich nicht als Ort zum Umsteigen vorgesehen. Die Bauten für die U-Bahn zogen sich hin und so mussten über einen Tunnel Zwei Linien nachträglich miteinander verbunden werden. Das gelang sehr gut bis auf eine kritische Stelle: Hier treffen sich die beiden Tunnelsysteme und bilden einen Durchgang der nicht breiter ist als ich schätze Fünf Meter. Zur Hauptverkehrszeit – und das ist in der Woche eigentlich den ganzen Tag über – kommen Ströme von Menschen von beiden Seiten und wollen in den jeweils anderen Teil. So ich heute auch. Als ich dort mittendrin stand, zählte ich schnell durch, mit wie vielen ich zugleich in diesem Tunnelteil stand, es waren Zehn. Wir benötigten ziemlich genau („ein-und-zwanzig") nur eine Sekunde um den engsten Teil dieser Passage zu durchqueren. Das sind in einer Stunde: Sechzig mal Sechzig mal Zehn gleich Sechsunddreißigtausend Menschen! Das ist erstaunlich. Aber das Wunder ist: Ich habe noch nie gesehen oder erlebt, dass auch nur ein Mensch hier rempeln oder drängeln oder ausfällig würde oder in irgendeiner Weise sich aggressiv zeigte. Das ist das Wunder von Attaba.

14:49 Uhr nfr
Neunte Fastenaktion für eine atomwaffenfreie Welt. Zehnter Fastentag. Auf meinem kurzen Gang durch die Nettetaler Wildnis entlang des renaturierten Bachlaufes der Nette unterquerte ich die A-61. An einer Seite der

Wand stand in großen Buchstaben ANTIFA und das Zeichen A mit Kreis darum. Etwas weiter entfernt in ähnlicher Schrift mit gleicher Farbe ARABIA.

Auf dem Weg fand ich eine Bank ohne Vogelschiss. Ich legte mich der Länge nach darauf und bewunderte die Mischung von Himmelsblau und Blattwerkgrün mitsamt der Muster, die ich entdeckte sowohl zwischen den Aussparungen der Blätter als auch durch diese selbst, ein Spiel ohne Ende! Entschuldigte mich bei den Bäumen, dass, so oft ich in meiner Gemeindezeit an ihnen vorgefahren bin, sie noch nie gebührend bewundert und Gott dafür gedankt habe. Das holte ich jetzt nach und machte meine täglichen Rumpfbeugen.

14:50 Uhr nsr

Legte mich müde am frühen Nachmittag ohne Wecker hin und wachte trotzdem nach ca. einer halben Stunde auf. Mich weckte ein Traum: Fuhr ungebremst auf einem Bobbycar zur Fähre hinunter – lebe zur Zeit nah der Maas und als Kind einige Jahre nah am Rhein. Beim Aufwachen ging mir durch den Kopf:

Du bist doof. Geh' ruhig täglich ca. eine Stunde zu Fuß. Soviel weniger ist es nicht, was du in der Zeit nicht schaffst. Im Gegenteil, vielleicht sogar weniger Unsinn und besser, gut Überlegtes. Aber der Gesundheit ein vielfaches Besseres. Ein Stück Gelassenheit auch da bestimmt nicht verkehrt.

14:51 Uhr ctr

Filmabend im Wohnzimmer einer Bekannten: *Orlando*, Verfilmung eines Romans von VIRGIINIA WOOLF. Die Darstellerin blickt am Ende einer Szene, bevor sie in ein neues Jahrfünft oder -hundert springt den Betrachter an, ihr Gesicht im Dunkeln. In der letzten Szene das Gleiche, jetzt sieht man ihr Angesicht im Hellen. Also müsste man – wenn man nur nah genug herangeht – in ihren Augen die Kamera sehen. Die letzte Einstellung ist solch eine Nahaufnahme. Trotzdem sieht man die Kamera nicht. Das hat die Struktur von Religion: Der Verursacher wird wegretuschiert: Du sprichst von Gott und das bist du, der da spricht, aber dir gelingt es, dich dahinter verschwinden zu lassen. Die Verursacher-Ebene wird ausgeblendet, von Gott überblendet. Wenn das Johannesevangelium Jesus sagen lässt „Ich bin..." – ist das dem entgegengesetzt?

14:52 Uhr när

Ein Herr brachte mich in Alexandria mit seinem Taxi zum Bahnhof, den ich bat ihn, ob er mich zum *„Madchaf Masri"* bringen könnte. Er fragte, ob ich denn genug Geld dabei hätte. Ich erzählte etwas vom Zug. Und der Fahrt nach Kairo. Dann sah ich einmal nach, was denn wirklich „Bahnhof" heißt – *„Mahatta"*! Er dachte, er solle mich zum ägyptischen Museum in Kairo fahren! Es wäre eine Fahrt von mehreren Stunden geworden! Dann erzählte er mir von seiner Einundzwanzigjährigen Tochter, der eine Tumor-OP am Kopf bevorstände, Uni-Klinik. Er zeigte mir ihr Bild und den Arztbericht auf Englisch. Das Dokument sah allerdings schon etwas älter aus. Datum konnte ich nicht erkennen. Bedachte ihn mit mehr als den üblichen Fahrtkosten für die Taxifahrt.

14:53 Uhr
SUBOTICA

Diese Uhrzeit trägt das Bild von der Küche, dem freistehenden Anbau zu dem Anwesen, keine Sechs Kilometer von der Endstation der Buslinie Drei vom Stadtrand von Subotica entfernt. Hier soll – wenn's denn klappt – die Roma-Familie aus meiner Gemeinde einziehen. Das Wohngebäude ist ohne Küche und ohne Klo. Aber offenbar mit einer Waschmaschine. Der Eigentümer aus dem Nachbarort stellt die Gebäude und das Grundstück vor. Hier wohnten die Großeltern seiner Frau. Er lebt noch. Und offenbar legte die Familie keinen großen Wert darauf, was mit all dem zu geschehen hat, was der Großvater zurückließ, als er zu seiner Enkelin ins Haus zog. Die gehäkelte Decke auf dem Sofa war noch so aufgeschlagen, als wenn er sich gerade davon erhoben hätte. Eine Porzellantasse aus den Sammeltassenservices, wie sie auch zu meiner Kindheit unser Schönheitsempfinden auf empfindliche Proben stellte, denn wer mochte sich schon mit seiner Tante oder Oma anlegen, von der ich noch mindestens ein weiteres Stück Butterkuchen zu bekommen hoffte, stand auf der Couchtischecke, als wenn sie noch eben zum Spülen mit in die Küche hätte mitgenommen werden sollen. Niemand nahm sie mehr mit. Die Küche war vom Haus aus vielleicht Fünf ausladende Schritte entfernt. Ein Ziegelstein-Kasten, mit den großen, luftigen Ziegelsteinen gemauert, unverputzt mit Türöffnung, einem Fensterrahmen mitsamt Fenster und einem Loch für ein Ofenrohr das dort so schräg in der Wand hängt, dass ich den Eindruck bekomme, es hinge an einem Ofen fest, den ich aber nicht sehe. Oder vielleicht auch nur noch nicht sehe. Denn ich gehe keinen Schritt weiter rein, die digitale Aufnahme der Kleinbildkamera soll's richten. Wird die Aufnahme vergrößert oder auf eine schöne große Leinwand geworfen, kann man ja viel mehr erkennen, als jetzt, wo ich vor dem Unrat stehe. HIer also soll die Roma-Familie zukünftig ihre Küche haben. Und wenn's heftig regnet aus dem Haus in die Küche flitzen. Und im Winter durch den Schnee stapfen. Sie sind einiges gewohnt, nachdem sie kanpp Sechs Monate zu Sechst in einem einzigen Container gelebt haben, im Winter genauso wie unter der heißen Aprilsonne, die in dem Jahr die schönsten Sommertemperaturen schenkte, allen in den Containern aber auch das Gefühl von einem zu groß geratenem Mikrowellenherd für Flüchtlinge; sollen sie dort solange gar gekocht werden, bis sie freiwillig gehen. Wohin? Sie müssen Deutschland verlassen und nach Serbien gehen, wo sie keiner kennt und keine Papiere haben. Zahllose Roma, die aus Deutschland abgeschoben wurden, leben in Slums am Rande von Belgrad. Nur wenige Autominuten von mir jetzt entfernt, im Flughafen von Belgrad auf den Morgen wartend und die Maschine die mich nach Düsseldorf tragen soll, hoffentlich. Im verlassenen Wohnzimmer hing noch ein Brustbild, im Oval ausgeschnitten, im recheckigen Bilderrahmen, ein Verwandter?

14:54 Uhr nsr

Auf der Suche nach der Langeweile ging ich die Maas hinauf. Sah an der Schleuse in der Nähe von Steyl dem Schiffsverkehr zu. Vier große Transporter und Drei Jachten überwanden den Höhenunterschied. Die großen Kähne wurden von Frauen gesteuert, die Jachten von oberkörperfreien beleibten Männern – kann man bei diesen teuren Booten eine Frau ans Steuer lassen? Die beiden Kähne, von Frauenhand gesteuert, wieviel sind die wert? Bei der Einfahrt in die Schleuse, saß eine Frau vorne auf dem Deck einer Jacht auf einem Campingstuhl und sonnte sich. Wie aus einem Film. Aber nicht mehr ganz jung. Eine der Frauen auf einem der beiden Kähne, bedeutend jünger, gewandter. warf die Leine zum Festmachen. Die mondäne Frau wird zum Schaustück des

Mannes, der es sich leisten kann, sie ausruhen lassen zu können – von was? Die Frau der Alltagswelt, die es gelernt hat auch in körperlich anstrengenden Berufen Stand zu halten, bekommt dennoch in der Regel nicht die gleiche Aufmerksamkeit und Anerkennung wie ihre Artgenossin auf dem Jachtendeck. Warum nicht? Weil ein adeliges Ideal – wer es sich leisten kann, arbeitet nicht – nachwirkt?

14:55 Uhr nsr

Heute um Zwölf Uhr war Gebetszeit in der Unterkirche in Steyl wieder auf Niederländisch. Es erklang das Lied „Gij peilt mijn hart" nach Psalm Einhundertundneunundreißig, eine Dichtung von HUUB OOSTERHUIS, Komposition von ANTOINE OOMEN. Es war nicht das Erste Mal, dass ich dieses Lied hörte. An Zwei Stellen traf es mich, als hätte ich es noch nie gehört: *Uw schepping bin ik in hart en nieren. Und dann geht es sofort weiter: Gij hebt mij geweven in de schoot van mijn moeder.*
Niere und Mutter – wenn das kein Zufall ist! Mein Nierenbruder, in dessen Leib seit der Transplantation in Berlin meine linke Niere lebt, kann meiner Mutter danken, dass in ihr Gott so eine prächtige Niere gewebt hat! Und mich fing an der Gedanke zu berühren, dass ich meiner Mutter dankbar bin, dass ich in ihr entstehen konnte: Von Gott gemacht, in meiner Mutter, nicht von ihr! Das macht klar: Der Dank geht an Gott weiter! So soll es sein!

14:56 Uhr gst
der ankläger
gestolpert
gestürzt

die anklage
fallen
gelassen

das leben
gefallen
gefunden

14:57 Uhr näd
AM TAHRIR

Von dem kommunalen Verwaltungsgebäude Kairos, der Mugamma aus, übersieht man den gesamten Tahrirplatz. Ich habe Zeit ihn mir anzusehen, da ich viel zu früh bin und vor dem Gebäude auf die Gruppe der Lehrer aus der Europa-Schule-Kairo warte.

Linker Hand erstreckt sich der Beginn der Nilbrücke, sie kommt direkt vom Verteilerkreis, der nur ein Teil des gesamten Platzes ist. Inmitten des Verteilerkreises steht – ja was? Ich muss zugeben, ich habe es mir nicht genau angesehen, so geläufig ist es, dass ich es jedesmal, wenn ich's sehe wieder erkennen würde – ‚das ist der Tahirplatz in Kairo' – aber mehr auch nicht. Merkwürdig.

Den weitaus größten Raum nimmt die fast plane Betonfläche ein, die das Dach einer Tiefgarage für Busse bildet, direkt vor dem Hotel längs der Nilseite und dem sich anschließenden Ägyptischen Museum. Über diesen Platz verteilt stehen wie zufällig platziert einige Aufbauten für die Zuwegung, Belüftung und Kontrolldienste.

Wenn ich weiter im Uhrzeigersinn den Blick schweifen lasse sehe ich den Beginn von Boulaq, dort wo unter der Brücke – die Hochstraße, die zum Bahnhof und weit darüber hinaus führt – der ägyptische Alltag zu Hause ist. Dann folgt eine Häuserfront mit Sieben- oder Achtstöckigen Wohnhäusern mit Lichterreklamen, jede so breit wie ein LKW lang ist, auf den Dächern, bis ich wieder am Verteilerkreis angekommen bin. Dort gehen die Straßen ab, die einen ins alte europäische Viertel führt oder zur amerikanischen Universität oder nach Garden City, ein anderes europäisches Wohngebiet mit verschlungenen Straßenführungen – es muss dort einmal sehr idyllisch ausgesehen haben.

Von dem Dach eines dieser Häuser am Tahrir-Platz oder einer hochgelegenen Wohnung übertrug Zweitausendundelf und die folgenden Jahre Al-Jazeera fast unterbrochen live was unten auf dem Platz vor sich ging. Auch wir, meine Familie und ich, saßen damals wie gebannt vorm Fernsehen und versuchten zu verstehen, was geschah. Nur ein Jahr später waren wir mit einer internationalen Delegation des Versöhnungsbundes in Kairo und hatten viele Gespräche. Ich war mit meiner Familie hier, aber wir mieden die Nähe zum Tahrirplatz.

Diese Bilder kamen mir nun in den Sinn, als ich vor der Kommunalbehörde stand. Das Gebäude der regierungstreuen Nationalpartei wurde von Demonstrierenden gestürmt und gebrandschatzt. Die Mugamma hinter mir blieb verschont. Interessanterweise auch – ganz im Gegensatz zu dem, was bei Revolutionen üblich ist – das staatliche Rundfunk- und Fernsehsendehaus. Damals war ich so erstaunt darüber, dass ich annahm, die Zeit, um das zu tun, sei wohl – so der Glaube der Demonstranten – angesichts der sozialen Internetmedien vorbei. Es war wahrscheinlich trotzdem ein Fehler, so konnten die Menschen nicht erreicht werden, die nicht unmittelbar am Geschehen am Tahrirplatz beteiligt waren und das war naturgemäß die erdrückende Mehrheit. Vermutlich deutet es eher darauf hin, dass einfach kein Plan vorlag, wie, was und warum zu geschehen habe, keine Idee für einen alternativen Staatsaufbau. Anfangs zielten die Proteste auch auf gesellschaftlichen Wandel, es wurde mehr Brot, mehr soziale Gerechtigkeit und das Ende der Korruption gefordert – u.a. auch das Ende von Mubarak, dem damaligen Präsidenten Ägyptens. Die Demonstrationen verengten sich bald nur auf das eine Ziel – den politischen Führungswechsel. Als das gelang, konnte sich sehr bald die Armee als Freunde der Revolution ausgeben um Schlägertrupps Einhalt zu gebieten.

Aber wer gab den Schlägertrupps die Anweisung wann und wie sie vorzugehen hätten? Ich glaube nicht daran, dass das spontan geschehen ist, obwohl ich das nicht ausschließe, dass es auch das gegeben hat, also dass Menschen die rechtlose Lage zu ihren eigenen Gunsten ausgenutzt haben. Das Auftauchen der berittenen Kamele mit den um sich schlagenden und über die Demonstranten herfallenden Reitern zeigt einen Grad der Organisation, der kein Zufall sein kann.

Weitaus wichtiger und bis heute viel beunruhigender ist m. E. die Frage: Wer hat die Massenvergewaltigungen angeschoben? Ich kann es mir nicht vorstellen, dass auch das spontan geschehen ist. Das für Ägypten damals neue Phänomen, dass Frauen und zwar – auch und gerade – verschleierte Frauen neben Männern in aller Öffentlichkeit demonstrierten, hat eine gesellschaftliche Schockwelle ausgelöst. Dass Ägypten zu Beginn des 20. Jahrhunderts einmal eine sehr starke feministische Bewegung hatte, ist zu lange her und allem Anschein nicht mehr in Erinnerung. Statt diese Frage zu klären wird umgekehrt geheimnist, wer die Frauen angestachelt hat in die Öffentlichkeit zu gehen. So kursieren bis heute Gerüchte darüber, dass es westliche Medien waren, die aus dem Ausland die Revolution gesteuert hätten. Hier wirkt anscheinend der Projektionsrhythmus: Was ich von mir selber nur zu genau kenne, vermute ich bei anderen und bilde es auf sie ab. Es hat – das schließe ich daraus – vor allem von denjenigen, die diese Auffassung verbreiten – es gäbe ausländische Machenschaften, die die Revolution im Hintergrund steuerten – den Versuch gegeben, die Revolution zu steuern. Allerdings im Inland und von Einheimischen aus. Die massenhafte Gewalt gegen Frauen und ihre damit beabsichtige „Entehrung" im Gruppenverbund, der so gut wie Schuldfreiheit garantierte, scheint das Mittel der Wahl gewesen zu sein, für lange Zeit zu verhindern, dass jemals wieder Frauen sich in der Öffentlichkeit bei einer Demonstration zeigen werden – ihre Männer werden es nicht mehr zulassen, sie sind die eigentlichen Adressaten dieser Vergewaltigungen. Die Frauen wurden also mehrfach erniedrigt: Sie erlitten brutale Gewalt und wurden als Mittel zum Zweck missbraucht.

Doch ergeben sich ja weitere Fragen: War die Massenbelästigung auf dem Kölner Domplatz Silvester Zweitausendundfünfzehn/-sechzehn organisiert oder nicht? Gibt es in der Geschichte Beispiele für diese Form der Vergewaltigungen? Aus den Kriegen der letzten Hundert Jahre? Könnte das erklären, woher sie kommen? Gibt es eine personale Kontinuität? Das sind Vermutungen, Hypothesen, um widerlegt zu werden und dadurch vielleicht am Ende doch mehr zu wissen.

Nach einiger Suche finde ich eine ausgezeichnete Arbeit von MARIZ TADROS: *Politically Motivated Sexual Assault and the Law in Violent Transitions: A Case Study from Egypt,* , erschienen Juni Zweitausenddreizehn in England. Die Autorin hat während und nach der Revolution zahlreiche Gruppen befragt und präsentiert einen guten Überblick über die Literatur. Hier einige Ergebnisse ihrer Forschung:

Nach der Abdankung Mubaraks am Elften Februar Zweitausendelf übernahm der Oberste Rat der Streitkräfte, Supreme Council of Armed Force, SCAF, die Regierungsgewalt. Es kam sehr bald zu politischen Protesten, die deren Absetzung forderten. In dieser Zeit, so

Mariz Tadros, kam es zu einem „informellen Bündnis zwischen den Muslim-Brüdern … und dem SCAF… Von Zweitausendelf bis Zweitausendundzwölf griffen beide, SCAF und die Muslim-Brüder auf eine Anzahl von Strategien zurück um die Opposition zu verhindern, darunter auch sexuelle Gewalt. … Einige dieser Misshandlungen wurden von Muslim-Brüdern und Salafisten-Kräfte ausgeführt. … Die Identität der Täter wurde durch ihre eigene Identifizierung, wie sie untereinander sprachen und die Art ihrer Kleidung bekannt" (Seite Acht der Studie).

Entgegen der Ansicht, dass Gruppenvergewaltigungen eine Folge des Militarismus sei, weist die Autorin auf die Tatsache hin, dass während der Proteste zur Absetzung Mubaraks keine Fälle von Gruppenvergewaltigungen bekannt wurden. Der Erste weit bekannt gewordene Vorfall geschah ein Monat nach dem Rücktritt Mubaraks am Neunten März Zweitausendundelf (Seite Neun). Das Militär war aber schon seit dem Achtunzwanzigsten Januar Zweitausendundelf auf der Straße präsent. Unter der SCAF-Regierung gab es einige von Islamisten organisierte Proteste auf dem Tahrir-Platz. Kein einziger Fall von sexueller Belästigung ist darüber bekannt geworden. Nur bei Protesten, die sich gegen die SCAF wandten, wurden durchgehend Frauen und Männer sexuell belästigt. „Mit anderen Worten, es war nicht ein Fall von schlechtem soldatischen Verhalten als Konsequenz einer militarisierten männlich bestimmten Kultur, sondern das Ergebnis einer militärischen Strategie, auf einzelne Gruppen der Bevölkerung abzuzielen, um sie zu einzuschüchtern und zu terrorisieren." (Seite Neun)

Muslim-Brüder und Salafisten haben – so die Autorin – sich bislang nicht von den sexuellen Übergriffen distanziert, im Gegenteil, einige von ihnen begründen sexuelle Gewalt religiös und fragen, was die Frauen auf dem Tahrir-Platz zu suchen haben. (Seite Zehn)

„Die bekannt gewordenen Vorfälle sexueller Gewalt in der Zeit zwischen Juni 2012 und Januar 2013 zeigen die gleichen Muster in der Art und Weise auf, wie sie durch geführt wurden. Das ist ein deutlicher Hinweis darauf, dass sie systematisch und orchestriert waren." Es wurden Zwei Kreise gebildet von insgesamt etwa Fünfzig Männern. Männer bildeten einen inneren Kreis indem sie eine oder Zwei Frauen einschlossen und sie angriffen, ihnen die Kleider vom Leib rissen und sie verletzten. Der äußere Kreis wehrte diejenigen ab, die der Frau zu Hilfe kommen wollten. (Seite Elf)

Eine Frau berichtet, dass sie erleben konnte, dass ein Salafist den Mob davon abhalten wollte sie zu belästigen, er habe sie bewahrt. Bis heute habe die Frau Kontakt zu ihm (Seite Dreizehn).

Ein weiterer Punkt, den alle Übergriffe gemeinsam haben, ist die Abwesenheit der Polizei (Seite Zwölf).

Die Angriffe wurden von Frauen begleitet vermutlich mit der Absicht, eine sich anbahnende „Operation sexueller Gewalt" zu vertuschen. (Seite Dreizehn)

Frauen und Männer wurden Opfer sexueller Gewalt – stets bei den Protesten gegen die SCAF oder die Regierung der Muslim-Brüder unter dem Präsidenten Mursi (Seite Vierzehn). Die Absicht der sexuellen Gewalt gegen Männer war es, sie zu „entmännlichen" und zu „verweiblichen". Die Scham über das Erlebte zu sprechen ist bei vielen Männern sehr groß. (Seite Vierzehn) Darum ist es anzunehmen, dass die Dunkelziffer der Vorfälle weitaus höher als bekannt ist. Dass Männer sich als „Opfer" erfahren, widerspricht dem Konzept der Männlichkeit. (Seite Vierzehn)

Die ägyptisch-amerikanische Autorin MONA EL-TAHAWY, die selber einen derartigen Angriff erlitten hatte, widerspricht in ihrem Buch *Warum hasst ihr uns so? Die brutale Unterdrückung der Frauen in der arabischen Welt*, Zweitausendundfünfzehn, im Original: *Headscarves and Hymens. Why the Middle East Needs a Sexual Revolution* der Zuschreibung ein „Opfer" zu sein, sie bezeichnet sich als „Überlebende": „Ich verabscheue das Wort Opfer. Ich habe mich nie als Opfer eines sexuellen Übergriffs bezeichnet. Ich bin eine Überlebende, und Gleiches gilt für jedes Mädchen und jede Frau, die das Verbrechen sexueller Gewalt überleben." (Position Einhundertundachtzehn)

Ziel der sexuellen Gewalt sei es, so Mariz Tadros, „nicht nur die einzelne Person, sondern eine ganze Gemeinschaft zu erniedrigen." (Seite Sechzehn) „Diese Ereignisse wurden als öffentliche Schaustücke beabsichtigt. Bürger sollten sehen können, was mit Männern und Frauen geschieht, die es wagen sich politisch zu betätigen und sich in oppositioneller Politik einbringen" (Seite

Vierzehn). Insgesamt habe in Ägypten die Anzahl sexueller Belästigungen in der Öffentlichkeit von Zweitausendelf an stark zugenommen (Seite Einundzwanzig). Eine Hausfrau brachte es auf den Punkt: „Es ist immer das gleiche, Frauen werden eingeschüchtert, damit sie ja nicht draußen auf der Straße sind." (Seite Einundzwanzig folgende)

Von REGINA MÜHLHÄUSER erschien Zweitausendundzehn (e-Book Zweitausendundzwölf) eine Studie zum Thema *Sexuelle Gewalttaten und intime Beziehungen deutscher Soldaten in der Sowjetunion, 1941-1945* unter dem Titel *Eroberungen*, Hamburg. Dort geht sie auch dem Phänomen von Gruppenvergewaltigungen nach (Seiten Zweiundneunzig und Vierundneunzig folgende). Die Vorgehensweise, wie sie auf dem Tahrirplatz praktiziert worden ist, wird dort nicht beschrieben.

14:58 Uhr gfs
Herr, sei dieser Welt und mir Sünder gnädig.
Und sei es nur, weil ich ständig um Vergebung bitte.
Vergib mir.

14:59 Uhr nfr
Neunte Fastenaktion für eine atomwaffenfrei Welt, Neunter Fastentag, im Hochsommer. Eine Wespe flog an meinem Hemd herum und krabbelte schließlich die Knopfleiste hoch. Als sie mir zu nahe an den Hals kam schnippte ich sie fort ohne sie zu berühren, indem ich mit den Fingern unters Textil ging. Etwas betäubt landete sie auf dem Tisch und rutschte langsam vorwärts ohne rechten Halt zu finden, so glatt war scheint's die Oberfläche für sie. Aus einem Becher goss ich wenig Wasser auf den Tisch, so dass eine Minipfütze entstand. Kaum dass die Wespe an den Rand der kleinen Wassererhebung kam, blieb sie stehen und begann zu trinken. „Das war's, was sie gesucht hat", meinte ein Anwesender.

15:00 Uhr ndt
Immer dieses Gefühl, nicht genug zu kriegen? „Den Hals nicht vollkriegen"? Und das, weil ich von dem, was ich einmal dringend brauchte, tatsächlich nicht genug bekam? Nahrung, trockene Kleidung, Zuwendung, Zeit? Trauer befreit.

15:01 Uhr

REDE AN DIE STUMMEN FISCHE

SPRECHER: Lobt Gott ihr stummen Fische
  CHOR: Lobt Gott ihr stummen Fische
Lobt ihn mit euren Flossen
  Lobt ihn mit euren Flossen
Lobt ihn mit euren Mäulern
  Lobt ihn mit euren Mäulern
Lobt ihn mit eurem Schwimmen
  Lobt ihn mit eurem Schwimmen
Lobt ihn mit eurem ganzen Dasein
  Lobt ihn mit eurem ganzen Dasein
Wir Menschen beneiden euch
  Wir Menschen beneiden euch
Ihr habt es nicht geschafft, etwas zu entwickeln was die ganze Fischheit bedroht –
wir Menschen haben es geschafft
  Lobt Gott für die Fische
Wir Menschen können das:
Wir können mit unseren Atomwaffen die gesamte Menschheit bedrohen
  Lobt Gott für die Fische
Wir können mit unseren Atomwaffen, alles Leben auf der gesamten Erde bedrohen
  Lobt Gott für die Fische
Wir können mit unseren Atomwaffen und unserer Atomkraft auf Jahrtausende hinaus die Erde verseuchen.
  Lobt Gott für die Fische
Wir haben diese Waffen, die Atomwaffen hier auf der Höhe über Cochem gelagert.
  Hier über Cochem – Atomwaffen?
Hier wo die Eifel am Höchsten – in Büchel, bei Alflen – da lagern ca. Zwanzig amerikanische Atomwaffen
  Zwanzig amerikanische Atomwaffen?
Dort wo der Fliegerhorst „Jagdbombergeschwader Dreiunddreißig" damit übt.
  Mit Atomwaffen übt?
Wo die Piloten über uns üben Atomwaffen abzuwerfen
  Lobt Gott für die Fische!
Sie werden bewacht wie ein heiliger Gral
  Lobt Gott für die Fische!
Menschen bangen um diese Waffen, denn sie bangen um ihre Arbeit.
  Bangen um ihre Arbeit

Lobt Gott für die Fische!
  Denn sie schaffen nicht Furcht und Schrecken
Lobt Gott für die Fische!

  Sie drohen nicht mit dem Tod allen Lebens
Lobt Gott für die Fische!
  Sie fressen und werden gefressen aber verseuchen nicht die Erde
Denn wir
  WIR
wir haben die Kraft der Sonne auf die Erde geholt
und alles was lebt muss dafür büßen
  und alles was lebt muss dafür büßen
muss büßen: Denn alles was lebt muss die Folgen tragen.
Auch ihr Fische. Denn wir bedrohen auch euer Leben.
  Wir bedrohen auch euer Leben, ihr Fische!
Die Atomwaffen strahlen mit tödlicher Kraft
  Lobt Gott für die Fische
Mit tödlicher Kraft schon jetzt
  Lobt Gott für die Fische
und dann wenn sie zerbersten mit höllischer Wucht
  Lobt Gott für die Fische
so wie sie zerbarsten in der Wüste von New Mexiko
  Atomwaffen zerbarsten die Wüste von New Mexiko
Hiroshima
  Hiroshima
Nagasaki
  Nagasaki
Bikini Atoll
  Atomwaffen zerbarsten das Bikini Atoll
Algerien
  Atomwaffen zerbarsten in Algerien
Kasachstan
  Atomwaffen zerbarsten in Kasachstan
Ukraine
  Atomwaffen zerbarsten in der Ukraine
Atomwaffen zerbarsten in China, Indien, Pakistan, Nordkorea und zerbersten Cochem?
  zerbarsten in China, Indien, Pakistan, Nordkorea und zerbersten Cochem? und zerbersten Cochem?

alle verhüllen ihr Gesicht – Schweigen

Lobt Gott, ihr Fische
  Gott lobt die Fische
Lobt Gott, ihr stummen Fische
  Gott lobt die stummen Fische
Wir verneigen uns vor euch
  Wir verneigen uns vor euch
Ihr seid menschlicher als wir
  Lobt Gott ihr Fische

Verharren mit gebeugten Köpfen

15:02 Uhr fär

Ein Comic-Museum. Jede Wand ziert ein einziges Bild. Von Raum zu Raum wird die Geschichte erzählt. Am Eingang gibst du deinen Namen an. Mitten in der Erzählung, wenn du es schon vergessen hast, was du am Eingang gemacht hast, taucht dein Name mit deinem Gesicht auf.

15:03 Uhr cfr

Kairo, Fagalla. Ein Projekt für Friedensarbeit unter den Schülern. Der Leiter zeigt mir einen Würfel mit Sechs Feldern, jeweils mit einer Comicszene und einem Spruch:
- We love eachother – einander lieben,
- We forgive one another – einander vergeben,
- I listen to the other person – aufeinander hören,
- I am the first to love – Selbstliebe,
- I love the other person – Nächstenliebe,
- I love everybody – Jedermannsliebe.

    Alles individualisiert, eine Frage des eigenen Benehmens und Verhaltens. Ohne Gottesliebe und ohne Feindesliebe. Fragen der Sozialen, politischen, geistiggeistlichen Gerechtigkeit und Beteiligungs- und Mitwirkungsrechte – bleiben außen vor, das ungenannte siebte Feld.

15:04 Uhr npr
DER VORHABENWILLE

Der Unterschied zwischen Wille und Vorhaben ist der: Der Wille fängt sogleich damit an, das zu tun, was du willst. Das Vorhaben bleibt jedoch dabei, das, was du dir vorgenommen hast, sich vorzunehmen. Da du ja bereits etwas getan hast – du hast dir etwas vorgenommen –

sieht dies täuschend ähnlich wie der Wille aus. In Wirklichkeit hast du nur Zukunft gegen Gegenwart vertauscht: Nicht jetzt tust du, worum es geht, sondern später – du hast es dir ja vorgenommen. So betäubt kannst du bei jedwedem Später dir alles vom Leib halten, was nur irgendwie nach Wille aussieht. Am Ende wirst du dich beschweren, dass du nie tun konntest, was du eigentlich wolltest.

    Es ist auch ein Wille, der Vorhabenwille. Er fängt auch sogleich an das zu tun, was du willst: Dir etwas vorzunehmen.

15:05 Uhr näd

„Und machst du auch eine Aufnahme von mir?", frage ich die Lehrerin am Tisch im Direktorenzimmer der deutschen Auslandsschule in Kairo, die sich für den Posten der Leiterin der Primarstufe interessiert, während sie Dokumente ablichtet. „Das wäre ganz praktisch", ergänze ich, „dann wüsste man immer, wo noch eine Kopie von einem existiert, wenn man sich mal abhanden kommt."

15:06 Uhr näd

Wir fahren im Zug nach Alexandria gerade an einem der vielen Kanäle vorbei, die das Delta bewässern. Der Blick fällt auf eine Böschung, die unter hohen Palmen bei dem abendlich angenehm orangenfarbenen Sonnenlicht einen kleinen Streifen in einem Licht erleuchtet, das etwas von dem anzeigt, dass es sich hier gut leben ließe. Am Kanal stand ein Herr in der knöchellangen Galabeya, wie sie viele Menschen auf dem Lande tragen. Auf dem Kanal ein Hausboot. Ein Kahn mit einem aus Brettern zusammen geflickten Aufbau, indem gut und gern eine Familie leben kann. Er hatte von irgendwoher Fahrt gewonnen und steuerte auf die Böschung zu, offenbar um dort anzulegen. So langsam wie der Zug fuhr, waren es vielleicht gerade 10 Sekunden, die ich diesem Treiben zusehen konnte. Die Stimmung, die es erzeugte, war ohne solche Bemessung.

15:07 Uhr fdr

Beim Geige üben im Spieleraum der Grundschule am Niederrhein fielen mir die Augen zu. Die Musik entschwand – ich suchte die Töne ohne Noten und sie mich.

15:08 Uhr

15:08 Uhr ndr

Grundschule am Niederrhein, hier treffe ich meine Frau. Ich sähe so müde aus. Es seien ja Kissen und Sofaelemente im Spieleraum da, vor Zeiten von uns der Schule gestiftet. Aber es sei noch eine Kommission im Haus, vielleicht noch etwas warten. Also wartete ich dort. Kurz vor Drei machte ich mich lang. Und stellte mir den Wecker auf Fünfzehn Uhr Fünfzehn Uhr, legte mich flach auf den Teppich, bedeckt mit dem Mantel, unterm Kopf ein Sofakissen und die Baskenmütze. Ruhte und schloss die Augen. Und aufging die Tür. Ich richtete mich auf. Ich hatte Schritte gehört. Meine Frau da? Sie sah anders aus. Dunkle, schulterlange dünne Haare. In einer halben Stunde habe sie Trompetenunterricht, sie sei nur jetzt schon gekommen, um vorzubereiten. „Mich stört das nicht. Breiten Sie sich aus. Ich bin gleich weg", meinte ich und legte mich wieder hin. Sie war sehr leise. Und natürlich hörte ich's deutlich, bis ich nichts mehr vernahm. Das war besonders beunruhigend: Hatte sie, ohne dass ich es hörte, eben den Spieleraum verlassen? Nein, sie saß an der Wand und bediente ihr Handy. Ich stand auf, „manchmal reichen schon ein paar Augenblicke", ließ mir den Beratungsraum im Flur gegenüber von der Dame, die den Flur reinigt, aufschließen und zog um. Eben hörte ich Trompetentöne.

15:09 Uhr npt

Ein Mensch verkörpert die Menschheit. Wenn das stimmt – und das ist für mich außer Frage – dann repräsentiere ich die Menschheit. Und hatte das Gefühl der Inversion – wie im Buch der Vierundzwanzig Theologen *Was ist Gott?*, aus dem Zwölften Jahrhundert, übersetzt von KURT FLASCH, München Zweitausendundelf – und Angst vor Größenwahn, eine Angst, die sofort wie ein Zensor im Hintergrund mit dem Schwert droht, jetzt vor allem direkt, während ich das ausformuliere: Ich fülle das Weltall aus und die Welt ist in mir.

15:10 Uhr ndr
Frankfurt-Flughafen, Terminal Eins, Tor B Sechsundzwanzig

Kaufte mir einen Kaffee-Latte, das Glas bis oben hin voll!, ein Baguette und ein Muffin, belancierte es glücklich zum Platz, den ich mir ausgesucht hatte: Eine Tischsitzgruppe an der breiten Fensterfront zum Rollfeld und sah am Rand der Fenster Zwei Steckdosen! Da würde ich einen Tisch hinziehen, dann könnte ich sitzen bleiben, und während ich am Gerät arbeite, wenn der Akku leer ist, aufladen. Stellte das Tablet auf den Tisch ab und wollte den Tisch bewegen, wie man solch kleine runden Tische mit schwerem Bleifuss in einer Gastwirtschaft hin- und herbewegt. Ließ sich aber nicht bewegen. Liegt das nun an einem Mangel meiner Kraft oder daran, wie ich den Tisch anpacke? Ich legte also das Tablet auf einen Stuhl ab und zog kräftig am Tisch. Er bewegte sich kein Stück. Kann das möglich sein? Beim Zweiten Versuch rutscht mein rechter Fuß aus und stößt gegen ein Stuhlbein, dummerweise von dem Stuhl, auf dessen bereits schiefen Sitzpolster bislang das Tablet ruhte. Das Glas mit dem leckeren Café Macciato fiel um und ein brauner Bach ergoß sich langsam übers Tablet, den Stuhl, auf den Boden. Ich hatte nicht genug Servietten und Taschentücher um nur einen Bruchteil dessen aufzunehmen. Ich sah eine Frau, die hinter einer Glastüre reinigte und bat um einen Lappen. Ich bekam keinen Lappen, sondern sie wischte alles auf. Ich wechselte den Tisch und hatte Mühe mit den restlichen Tüchern dort frische Spuren des alten Kaffees zu verhindern. Ich bedankte mich bei der Dame und gab ihr Zehn Euro, Fünf Euroscheine hatte ich nicht, ich hatte mit Karte bezahlt. Sie bedankte sich sehr und vertilgte alle Spuren. Ich holte mir einen Zweiten Latte. Ich dachte „zur Strafe steht dir keiner zu". Aber der fehlende Geschmack, nachdem ich den Rest aus dem gestürzten und geretteten Glas getrunken hatte, war auch keine Alternative.

15:11 Uhr ndt
Von meiner Frau vorläufig nicht freigegeben. Abd defghi jk lmno Pqrstuvwx, zab cdefg Hijklmnop qr stu Vwzyz ab cdefg, Hijklmnopqrstu, vwxyzab cdef ghijkl mno pqrst uv wxyz. Abcdefghikjl. Mno Pkrst uvwaxyza Bcde fgh Ijklmno, pyrs tuv wxyz Abcde fgh ijkl mnopq rst uvwxyzabcde fghijk Lmnopq rst Uvwxyza bc Defghi. Jklmn opq rstuv wxyz. Abd defghi jk lmno Pqrstuvwx, zab cdefg Hijklmnop qr stu Vwzyz ab cdefg, Hijklmnopqrstu, vwxyzab cdef ghijkl mno pqrst uv wxyz. Abcdefghikjl. Mno Pkrst uvwaxyza Bcde fgh Ijklmno,

pyrs tuv wxyz Abcde fgh ijkl mnopq rst uvwxyzabcde fghijk Lmnopq rst Uvwxyza bc Defghi. Abd defghi jk lmno Pqrstuvwx, zab cdefg Hijklmnop qr stu Vwzyz ab cdefg, Hijklmnopqrstu, vwxyzab cdef ghijkl mno pqrst uv wxyz. Abcdefghikjl. Mno Pkrst uvwaxyza Bcde fgh Ijklmno, pyrs tuv wxyz Abcde fgh ijkl mnopq rst uvwxyzabcde fghijk Lmnopq rst Uvwxyza bc Defghi. Abd defghi jk lmno Pqrstuvwx, zab cdefg Hijklmnop qr stu Vwzyz ab cdefg, Hijklmnopqrstu, vwxyzab cdef ghijkl mno pqrst uv wxyz. Abcdefghikjl. Mno Pkrst uvwaxyza Bcde fgh Ijklmno, pyrs tuv wxyz Abcde fgh ijkl mnopq rst uvwxyzabcde fghijk Lmnopq rst Uvwxyza bc Defghi. Abd defghi jk lm.

15:12 Uhr gdt
d e n n   i h m   l e b e n   s i e   a l l e –
Lukasevangelium Kapitel Zwanzig Vers Achtundreißig

leben lebt von leben
leben lebt fürs leben
im leben ist das leben eins

die lebendigkeit des lebens ist im leben
leben ist in gott
tod begrenzt –
darum ist gottes liebe im leben

15:13 Uhr ndt
A u f   d e m   P a r k p l a t z   e i n e s   E i n k a u f z e n t -
r u m s

Eine Frau schlägt einen Mann mit ihrer Handtasche, zögert, dann zieht sie den Arm mit der Tasche so zu sich herrüber, dass die Tasche ihn am Oberarm trifft.

Er schaut nicht nach links zu ihr, verzieht nicht das Gesicht, schaut sich nicht um, ob es jemand gesehen habe noch zu mir, der ich in einem Auto nahe bei sitze, oder zu den Kindern, die vorausgingen, sondern sagt etwas.

Sie geht neben ihm her – so wie auch bevor sie ihn schlug, im gleichen Tempo wie er, nur jetzt etwas weiter zurück, in Richtung Geschäft.

15:14 Uhr näd
Beschämung und Gerechtigkeit

Reichtum und Armut sind ein sogenanntes Null-Summen-Spiel: Aller Reichtum auf der einen Seite entspricht genau dem, was an Armut auf der anderen Seite vorhanden ist. Ob das wirklich stimmt, weiß ich nicht und würde es gerne mit Volkswirtschaftlern diskutieren. Dass es nicht so einfach sein kann, leuchtet sofort ein, wenn man bedenkt, dass es eine feststehende Masse von Eigentum, der sich so einfach verteilen ließe, nicht gibt. Doch als Theorie hat es – wie ich finde – ziemlich viel Anhalt an der Wirklichkeit. Allein die Proportion der Verteilung von Eigentum im Verhältnis zum Anzahl der Bevölkerung spricht für sich. In Deutschland wurden laut einer Umfrage jüngst erhoben, dass die diesbezüglichen Zustände von Deutschland vor dem Ersten Weltkrieg, Neunzehnhundertunddreizehn, wieder erreicht worden sind.

Armut ist also kein privates und individuelles, sondern ein gesellschaftliches, politisches und nicht zuletzt geistliches Problem. Geht es doch im Hintergrund um die Frage von Sicherheit, in dem Sinne verstanden, frei zu werden von allen nur möglichen Arten von Schwierigkeiten. Das hat zur Folge, dass die unausweichlich auftretenden Herausforderungen möglichst auf andere abgewälzt werden. Es fängt an mit dem Staub in der eigenen Bude, wer den Müll wegbringt, die Kinder zur Schule fährt, sie unterrichtet und die Hausaufgaben betreut, Sorge trägt, dass das Auto fährt, die Einfahrten- und Auffahrten des eigenen Hauses bewacht werden und und und: Für alles gibt es in Ägypten Mägde und Diener, Männer und Frauen, die morgens früh schon die Autos vom Staub befreien und die Reifen blank putzen. Mit ihren Staublappen den feinen Sand von der Fensterbank aufschlagen damit nur ja genug fürs nächste Mal liegen bleibt, denn wer will schon seinen eigenen Job überflüssig machen?

Auf dem Weg zur Probe für den Weihnachtsgottesdienst begegnet mir ein aufgelöster Herr in dem traditionellen Gewand, dass von den Schultern bis zu den Knöcheln reicht, der Galabaya. Er spricht mich unvermittelt an. Ich signalisiere, dass ich nichts verstehe, keine Ahnung habe und überhaupt der falsche Mann sei. Er lässt von mir ab. Tatsächlich aber habe ich sehr wohl verstanden, nämlich trotz meiner geringen Kenntnisse, dass es um ein Krankenhaus geht – es ist eines in der Nähe – und um eine Behandlung und dass er dringend Geld dafür bräuchte. Das war mir bekannt. Es gibt Ärzte, die operieren erst, wenn vorher das Geld dafür bezahlt worden ist. Und zu behaupten, dass ich als Pastor überhaupt der falsche Mann dafür sei, ist ja nun alles andere als zutreffend. Es war vielleicht auch ein Reflex auf ähnliche, mich manchmal ziemlich in Anspruch nehmende wenn nicht gar überfordernde Erfahrungen aus meiner Gemeindearbeit. Er ließ mich in Ruhe, ich atmete auf. Aber mir ließ es keine Ruhe und ich schämte mich, vor allem weil ein Selbstbild von mir mal wieder zu Bruch gegangen ist. Wie sehr möchte ich doch der barmherzige Samariter sein. Ich ging nicht nur vorbei, sondern wies ihn, den Bedürftigen auch noch ab.

Was wäre die Alternative gewesen? Hatte ich denn Geld dabei? Ich weiß es nicht mehr. Aber selbst wenn, der Geldgeber tritt als Wohltäter auf und manifestiert die Distanz zwischen ihm und dem Empfänger – ein unangenehmes Gefühl. Es ist kein Gleich-zu-Gleich – so versteht die biblische Überlieferung Gerechtigkeit: als wiederhergestellte Gemeinschaft – noch nicht einmal ein Hinweis darauf, dass es beabsichtigt sei. Es ist auch ein Stück Ohnmacht, um kein Repertoire zu verfügen, wie in solcher Lage angemessen und gerecht zu verhalten sei. Womit nicht der arme Vater oder Ehemann das Opfer ist, sondern wiederum ich, so dass für mich die Welt wieder in Ordnung ist. Aber die Herausforderung bleibt ungelöst.

Es ist eine Tatsache, dass ich hier – obwohl wir nur von einem Gehalt leben – mich auf der Seite der Wohlhabenden befinde. Das spüre ich allein schon beim Einkauf: Ich muss nicht auf den halben Pfund achten, denn Vier davon ermöglichen schon den Kauf einer Metro-U-Bahn-Karte. Und als über Sechzig-Jähriger wäre ich sogar berechtigt – wenn es denn auch für Ausländer gilt, was ich einfach noch nicht ausprobiert habe – nur Eineinhalb ägyptische Pfund bezahlen zu müssen. Ich kaufe nie viel ein und das Shoppen ist mir ein Gräuel. Aber ich genieße es trotzdem, dass ich das, was ich mir auf den Zettel geschrieben habe, nehmen kann, lege es auf die Kasse und bezahle – und habe kein Geldproblem. An-

ders als in der Studentenzeit oder beim Stipendium in Kopenhagen, wo ich nach dem Markt, wenn alle Stände fort waren, verschämt, denn ich wollte von niemandem dabei gesehen werden, die Obstreste vom Boden aufsammelte, zu Hause schälte und Obstsuppe daraus kochte.

Dass mein Wohlstand also im Sinne des Null-Summen-Spiels nur darum möglich ist, weil das, was mir wohl steht, andern fehlt – was bedeutet das in diesem Fall? Wie finde ich einen Weg damit so umzugehen, dass etwas von dem sichtbar wird, was Jesus mit dem Anbruch des Reiches Gottes meinte? Mir kam eine Idee. Und war froh, dass ich wochenlang nicht in die Lage kam, sie erproben zu können; denn würde ich es wirklich tun?

Heute war es soweit. Es war interessanterweise an der gleichen Stelle wie in der Zeit vor Weihnachten. Ein Herr, der damit beschäftigt war, den angesammelten Müll in einen Container zu verfrachten grüßte mich. Das tue ich von mir aus schon seit Langem. Er war mir voraus. Und sprach mich an. Er hatte eine Montur an, die mich vermuten lässt, dass er ein Angestellter der Kommune oder einer damit beauftragten Firma ist. Auch diesmal verstand ich ihn nicht ganz aber doch soviel, dass es um eine Bitte um Unterstützung ging. Das war klar. Ich selber gab ja mehr als sichtbar ein Beispiel dafür, in welchem Wohlstand ich lebte mit Drei wunderbaren – und zwar für ägyptische Verhältnisse – teuren Blumensträußen in der Hand, für die Schule meiner Frau und – ja gewiss – auch für sie selbst. Was tun? Ich tat, was mir vorschwebte und wie ich es tue, wenn mich früher meine Kinder oder meine Frau um Geld baten – lang ist es her. Ich nahm meine Geldbörse, öffnete sie ihm und bedeutete, dass er bitte daraus nehmen solle. Er lehnte ab. Ich steckte das Portemonnaie wieder ein und meinte „dann das nächste Mal eben" oder so ähnlich. Aber er war damit auch nicht zufrieden. Also holte ich es erneut hervor und bot es ihm erneut an. Er zog einen Schein hervor, ich klappte die Börse zusammen und steckte sie mir ein als ich schon gegangen war. Und dachte „beim nächsten Mal will ich aber nicht sehen, was und wieviel er genommen hat", was zur Folge hat, dass ich alles andere, Karten mit wichtigen Adressen etc. woanders aufbewahren muss. Was ich damit anrichte, ist mir völlig schleierhaft und ich habe keine Ahnung und habe es auch – weil ich weder andere beschämen möchte noch selber beschämt werden möchte – mit niemandem besprochen, auch nicht wie sonst mit meinen ägyptischen Freunden. Ich empfand es als ein minimales Gebot der Menschlichkeit. Das moralische Problem, dass mich nun aber belastet: Es ist nicht mein Geld, sondern das von meiner Frau. Also müsste ich sie eigentlich zuvor gefragt haben. Ich habe es nicht getan. Und wie komme ich aus dieser Nummer heraus? Auf Pump leben und zurückzahlen, wenn meine Pension kommt, wenn sie denn kommt und meine Kirche bis dahin nicht pleite ist? Dann müsste ich doch ungefähr wissen, was meinem Portemonnaie entnommen worden ist? Oder vielleicht doch einfach meine Frau fragen, ob sie das mitträgt? Wäre ja doch irgendwie einfacher...

*

Wenige Tage später begegneten wir uns erneut. Es ist die Stelle an der breiten staatstragenden Straße, wo Polizisten mit Zwei Handgriffen, den gesamten Verkehr stoppen können, damit die Staatsgäste ohne aufgehalten werden zu können vom Flughafen sofort zum Staatspalast fahren. Mitten auf dieser Auffahrt sprach er mich an, dessen Name ich nicht erfragt hatte. Wie es mir ginge und ob alles in Ordnung sei. Und ob ich nicht noch eine kleine Hilfe für ihn hätte. Ich spürte wie in mir Gefühlserinnerungen hochstiegen, die von Situationen aus meiner Gemeindearbeit herrührten, wenn ich um Geld angegangen wurde; eine Mischung aus Mitleid, Gerechtigkeitsempfinden, Ohnmacht und Enttäuschung, letzteres, weil ich deutlich spürte und analytisch unwiderlegbar wahrnahm, hier werde nicht ich aufgesucht, sondern ich als Geldgeber. Aber genau das wollte ich mit meiner Geste ja unterlaufen, indem ich wie meinem erwachsenen Sohn gegenüber das Portemonnaie öffnete und ihm anbot, „wähl, nimm dir, soviel du brauchst" und schaue nicht hin. Ich tat es erneut. Und sah es doch, wie er nach den 200-Pfundscheinen schaute, sich vorsichtig einen ergriff und herauszog, dabei – und das machte mich stutzig – sah er sich um, ob die Polizisten an den Verkehrsbarrieren ihn sähen und ein Blick auf ihn geworfen hätten. Auch ich sah natürlich auf und mir dämmerte, wie mehrdeutig es verstanden werden kann, wenn es jemand sieht. Wir verabschiedeten uns und er wünschte mir alles Gute.

Das Gefühl, hier noch nicht wirklich einen guten Weg gefunden zu haben, beunfriedigte mich. Geht es nicht doch noch anders und besser? Dass sich das Gleich-zu-Gleich einstellt? Ich hatte einen Plan. Zwei Tage später sah ich ihn auf dem Rückweg von der Kirche schon von Weitem. Es war an der gleichen Stelle. Offenbar war auch heute um diese Zeit kein Staatsgast angemeldet, er fegte an der Einfahrt den Dreck am Straßenrand zusammen. Ich wollte ihm ausweichen, weil ich es scheute, diesen mir bekannten Mix der Gefühle erneut wahrnehmen zu müssen und wollte auf der Stelle die breite Straße überqueren, aber ich rief mich zur Ordnung. Erstens entspräche das nicht meinem sonstigen Naturell, Konflikten nicht auszuweichen. Zweitens hatte ich mich doch auf genau diese Situation vorbereitet!

Also blieb ich auf dem für mich inzwischen schon normalen Weg, memorierte meine Vokabeln und auf seiner Höhe angelangt, wo er den Asphalt mit seinem Borstenbesen vergeblich kitzelte, sprach er mich sehr freundlich an, ja er küsste mich auf beiden Wangen. Und – ja, es kam, wie es kommen musste, er machte die kleine Bewegung zwischen Daumen und Zeigefinger, die sich wie beim Geldzählen hin und her bewegen. Ich meinte, ich hätte kein Geld. Und zückte mein Portemonnaie. Öffnete es und ließ ihn gründlich die verschiedenen Fächer einsehen, in denen sonst die Scheine klemmen. Nichts als Visitenkarten, Ausweise, Notizen und meine Überlebensmittel im Geldfach: Schlüssel, Büroklammern, ein Bleistiftstummel für alle Fälle und ein Minikreuzschraubenschlüssel. Aber kein Geld. Er beließ es dabei. Ich packte das Portemonnaie ein und wir verabschiedeten uns. Noch bevor ich die Straße überqert hatte kehrte ich um und kam noch einmal auf ihn zu. Wie er denn hieße und ich stellte mich vor. Er antwortete „R.". Wir riefen einander bei unserem Namen. Dann meinte ich mit meinem gebrochenen Arabisch: Freunde brauchen kein Geld. Freunde sind Freunde auch ohne Geld. Ich wünschte ihm einen guten Tag. Wir verabschiedeten uns.

Ich hatte – gegen meine Gewohnheit – tatsächlich keinen Cent bei mir. Sonst habe ich immer noch ir-

15:14 Uhr

gendwo eine Reserve dabei. Aber mir war klar, dass ich es nicht vermögen würde, glaubwürdig zu sein, wenn ich auch nur einen winzigen Rest des Mittels zur Herstellung von Ungleichheit – dabei aber alles andere ins Mittel setzt und einander gleich macht: Das ist Geld! – bei mir hätte. Und war mir bewusst – ehrlich war auch das nicht. Zuhause hatte ich Scheine in der Schublade. Andererseits war es nicht falsch: Ich habe tatsächlich kein eigenes Geld. Alles Geld, das ich habe, habe ich von meiner Frau. Jetzt wird es stimmig. Aber doch auch erst nur ein Schritt zum Gleich-zu-Gleich, oder?

*

Es gab nur wenige Tage danach erneut eine Begegnung mit dem leeren Portemonnaie. Die letzten Tage waren wir dann in Alexandria bzw. ich wegen Magenprobleme krank. Am Ersten Tag nach der Rekonvaleszenz trafen wir uns. Ich war mit meinen Vokabeln so vertieft, dass ich keine Anstalten machte ihn begrüßen zu wollen. Aber er rief hinter mir her. Er war dabei, aus den Häusern die Müllsäcke und Abfallkartons auf die Straße in einen Müllsammler zu schaffen. Ich hatte seinen Namen nicht mehr präsent. Er aber auch meinen nicht. Als er „Doktor!" rief, blieb ich stehen. Diesmal begrüßten wir uns – unter den Augen der Hausbewohner von Drei Häusern – mit gebührendem Respekt und anerkennender Distanz, anders als bei den letzten beiden Malen nicht mit beiderseitigem Bruderkuss. Und es war das Erste Mal, dass er nicht nach Geld fragte, sondern wir uns nur darüber austauschten, wie es uns ginge. Ich hatte tatsächlich nicht mal einen Cent bzw. Piaster dabei. Es wird wirklich Zeit, dass ich mehr und besser Arabisch kann. Wie können wir uns sonst miteinander verständlich machen!?

15:15 Uhr

Noch am Tag vor der OP, Nierenlebenspende, fielen mir Träume ein, die damit zu tun hatten, dass ich darin einwilligte mich erschießen zu lassen oder hinzurichten o.ä. Als mir die Anästhesistin erzählte was die Betäubung beinhaltete erinnere mich das an Aussagen, die ich von meinem Schwager, einem Arzt, gehört hatte: Du bist in der Anästhesie quasi tot: Du atmest nicht mehr, sondern wirst künstlich beatmet. Träume bei früheren OPs? Kann

mich nur an eine erinnern: Die Entfernung meiner Vorhaut im Bundeswehrlazarett Hamburg, mein Vater als Sanitäter dabei. An unendlich langen Telefon- oder Stormleitungen, von Mast zu Mast geglitten, es hörte nicht auf...

15:16 Uhr när

Der Herr, der eben noch den Vorzug hatte ohne lange Warteschlange recht bald das Bord des Flugzeuges betreten zu können hatte sodann das Vergnügen länger als alle anderen darauf warten zu müssen, bis auch der letzte Passagier, die letzte Passagierin das Flugzeug betreten hatte.

15:17 Uhr cdr

Stuttgarter Bahnhof, Anzeige: „Wer sich selbst gefunden hat, kann nichts mehr verlieren." Von Stefan Zweig? Ist das nicht Häresie? „Wer Gott gefunden hat, kann nichts mehr verlieren. Wer sich in ihm verliert, hat alles gefunden."

15:18 Uhr nct
ZEIT SEIN

„Nehmen Sie sich täglich eine halbe Stunde Zeit", so ist zu hören, und sie kommen zur Ruhe, finden ihre Mitte, das Zentrum ihres Lebens: Zeit nehmen fürs Innehalten, fürs Gebet, für die Schriftlesung. Wer sagt, dafür habe er keine Zeit, übersehe, dass es eine Frage der Priorität sei – so höre ich. Es ist damit eine Frage der Wertigkeit: Was hat welchen Rang für mich? Das geistliche Leben reiht sich damit ein in die Menge der Anbieter, die um meine Aufmerksamkeit heischen. Im Kampf um diese begrenzte Ressource „Aufmerksamkeit" tritt auch der Glaube ein, als ein Konkurrent neben anderen. Mit der Frage der Wertigkeit taucht die Frage des „Wertes" auf – und damit das Gefüge von Angebot und Nachfrage, das bestimmt, wieviel etwas wert sei, sowie der Zusammenhang von Nutzen und Verwendung, der festlegt, wodurch etwas wertvoll sei.

Die geistliche Dimension des Lebens – eingereiht in das unausweichliche kapitalistische Gepräge. Und damit schon im Ansatz domestiziert, eingezwängt und – so befürchte ich – unfruchtbar gemacht, steril geworden.

„Gottes neue Welt ist nicht so, dass man sagen könne ‚sieh hier!' oder ‚sieh da ist sie!', sondern sie ist mitten unter euch!"

Wie ist es um diese Wirklichkeit des Heiligen beschaffen? Es geht darum, sich herein nehmen zu lassen in die Wirkungskraft der gutmachenden Zeit, der Zeit, die keiner Wiedergutmachung, keiner Revision, keiner Verbesserung bedarf. Diese Zeit ist die Zeit Gottes, die Zeit des Heiligen, des Heilenden. Sie zeigt sich bereits im Spiel, vor allem von Kindern oder wo sich Erwachsene vom Spiel der Kinder hineinziehen lassen in deren Welt. Sie zeigt sich in gestalterischem Schöpfen. Sie zeigt sich vor allem im Heilen, in der Vergebung, im Widerspruch gegen Ungerechtigkeit und Unterdrückung. Beim Trösten und dort, wo beängstigende Tabus ohne Verletzungen beim Namen genannt werden. Diese heilende Zeit kann nicht festgemacht werden an einer Person, einem Amt oder einer Institution – sie ereignet sich; womöglich sogar sehr anarchisch, also ohne Hierarchie oder andere Strukturen.

Doch es bedarf der Abkehr von der wieder-gut-zu-machenden-Zeit. Womöglich auch der Trauer über all die vergebliche, wieder gut zu machende Zeit. Es geht aber wohl nicht ohne Reue über all das, was noch zu vervollkommnen ist, selbst wenn dies zu Lebzeiten nicht mehr möglich erscheint, weil die Betroffenen nicht mehr leben oder in solchen Zusammenhängen leben, dass es schier ausgeschlossen zu sein scheint, erneut mit ihnen in Kontakt zu treten. Reue ist geradezu Ausdruck davon, tief davon getroffen zu sein, was alles hätte gut sein können aber nicht gut gewesen ist. Die Unvergänglichkeit des Vergangenen kann für den einen eine furchtbare Bedrohung sein, weil ein Entrinnen vor der Tatsache verletzender, unheiliger Taten nicht möglich ist. Für immer und ewig bewahrt die Vergangenheit alles Geschehen. Was geschehen ist, ist nicht rückgängig zu machen. Von der heilenden Zeit her gesehen erscheint diese unveränderliche Vergangenheit wie ein Gefäß, das alle frühere Gegenwart bewahrt, damit sie einst vollkommen in die Zeit des Heils eingetaucht werden kann, so dass zustimmend gehört werden kann: „Siehe, ich mache alles neu!" (Offenbarung Kapitel Einundzwanzig Vers Fünf) „Des Vorigen wird nicht mehr gedacht!" (Jesaja Kapitel Fünfundsechzig Vers Siebzehn) Nicht, dass es nicht mehr da wäre; aber weil alles was war, verwandelt sein wird durch heilende Zeit, muss des Leids und der Zerstörungen in der Vergangenheit nicht mehr gedacht werden.

Dieses sich hineinnehmen lassen in die heilende Zeit gleicht dem sich Einlassen in das Schöpfungshandeln Gottes: Es entstehen aus Menschen wie du und ich, neue Geschöpfe, die in ihrem Leben vorweg nehmen, was und wie diese Welt einmal sein wird. Weil ihr Leben – geprägt vom Heil Gottes in und durch Jesus Christus – widerspiegelt, was nicht mehr geändert werden muss, verkörpern sie in Gemeinschaft mit anderen Lernenden Gottes neue Welt, sind der Leib Christi, der den Tod überwunden hat. Sie unterliegen nicht mehr dem Gesetz der Zeit, die vom Tod her kommt und dem Menschen die Begrenztheit der Ressource Zeit vor Augen führt und damit den Wettkampf um diese Ressource anführt. Wer mit seiner Güte, Liebe und Barmherzigkeit, seinem Kampf für und vor allem mit benachteiligten, ausgeschlossenen und bislang verstummten Menschen sich von der heilenden Zeit Gottes umwandeln lässt und selbst Anlass zu solcher Überwindung von Gleichgültigkeit, Bosheit und Nicht-Wissen-Wollen wird, wird selbst solche Zeit. Es ist erfüllte Zeit, Zeit, die kostbar ist, die keiner mehr missen möchte, die trotzdem von niemanden festgehalten werden möchte, sowenig wie ein Kind den Strauß gepflückter Blumen für immer festhält. Die Freude über das geschehende Gute lässt einen Anteil haben an der Fülle, die der Welt noch bevorsteht, wenn sie eines Tages vollständig zu recht gebracht wird. Solche heilende Zeit hat aber niemand, sie können wir nur sein. Nicht als Einzelner, sondern angewiesen auf die Gemeinschaft mit anderen geprägt von Liebe, Güte, Barmherzigkeit und Kampf mit den Armen. Zeit zu sein, Zeit gewesen zu sein – das dürfte das größte Geschenk des Lebens sein. Denn wenn es wahrhaftig selbst heilende Zeit gewesen ist, wird sie auch bleiben – unabhängig vom eigenen Tod. Denn es ist ja Zeit, die, bei aller eigenen Unvollkommenheit, nicht mehr rückgängig gemacht werden muss. Heilende Zeit kann für sich stehen und bedarf keiner Erläuterungen mehr. In Christus können und dürfen wir solche Zeit sein.

15:19 Uhr nsr

KOGNITIVE DISSONANZ

„Die Trauben sind sauer" – meine Berufs-wahl

Ich feierte meinen Sechzehnten oder Siebzehnten Geburtstag mit Freunden in meinem Zimmer in der Wohnung meiner Eltern. Was ich denn werden wolle? „Macht haben", antwortete ich, „Bundeskanzler". Weniger nicht? NB: Am Ort meiner Ohnmacht, Opfer elterlicher Gewalt und auf der Suche danach, mich anders als regressiv damit auseinander zu setzen.

Szenenwechsel: Gruppenfahrt zur politischen Bildung in Berlin, gerade volljährig, ich reiste nach. Was ich werden wolle? „Zehn Jahre Pfarrer. Zehn Jahre Professor. Zehn Jahre Politiker."

Nach fast zwanzig Jahren Pfarrer fragte ich meine Frau, was sie davon hielte, wenn ich in die Kommunalpolitik ginge. Sie riet mir dringend davon ab. Stattdessen entschlüpfte das ‚Ägypten-Projekt': Irgendwann in den vielleicht nächsten Fünf Jahren beruflich den Weg in den Nahen Osten finden, dort wo wir gerufen werden.

Noch frisch mit meiner jetzigen Frau befreundet merkte ich: Entweder ich turtle weiter oder ich lerne Philosophiegeschichte – damit befasste ich mich gerade – auswendig, ich konnte mir die vielen so ähnlich klingenden Namen mit ihren jeweiligen Botschaften nicht merken, „Anaximander", „Heraklit", „Anaximandros" – völliges Neuland. Ich entschied mich fürs Turteln. Das war die Entscheidung gegen den Professor. So empfand ich. Ein echter Anfang nach der Dissertation: Bei einem Professor in Köln für eine Habilitation – stecken geblieben.

Pfarrer – das erfüllte den Berufswunsch meines Vaters, der nach dem Krieg Missionar werden wollte. Vielleicht auch den Berufswunsch meines damaligen Jugendleiters, der davon träumte auf dem Zweiten Bildungsweg Pfarrer zu werden, Machtgewinn als Pfarrer. Ein traditioneller Aufstiegsberuf, wie der Offizier. Im Kontrast zu den traditionellen Pfarrerfamilien mit ihren klerikalen Stammbäumen, die bis ans Ende des Reformationszeitalters reichen.

15:20 Uhr nsr

In meinem kleinen Ringbuch versammle ich die Namen derer, denen ich mein Herz geschenkt habe. An viele, besonders Jugendliche etwa in einer Kindergruppe im Vorgebirge bei Bonn kann ich mich nicht erinnern. Vielleicht finde ich sie in meinen Unterlagen? Es sind zugleich die Namen derer, mit denen ich mich Duze, vor allem seit meiner Verabschiedung in meiner letzten Gemeindepfarrstelle. Zwischendrin hatte ich den Eindruck, ‚jetzt habe (!) ich sie alle'. Es ist, als wollte ich mein Herz wieder einsammeln. Dabei schütte ich so in sie mein Herz in jedem Gebet wieder hinein.

Dann erlebte ich, wie eine neue Tür zu einer vergangenen Zeit sich öffnete und wieder fielen mir weitere Namen ein. Eben gerade zum Beispiel die Namen der beiden Männer, ohne die das Erste Weltkinderfest in meiner letzten Gemeinde nicht möglich gewesen wäre, Zwei türkischstämmige Unternehmer.

Und jüngst der Name einer früheren Freundin meiner Frau. Vor wenigen Wochen besuchten wir in Kairo einen ägyptischen Freund. Ich zeigte ihm Bilder aus der Arbeit von einem damaligen Freund, der in diesem Jahr verstarb. Es waren Bilder, die ich für die Mutter herausgesucht hatte, um sie ihr nach der Beerdigung zu schenken. Wir betrachteten sie am Computer. Auf einem Bild auch mit dabei vor dem Kölner Dom der ägyptische Freund, in dessen Wohnzimmer wir gerade saßen, eine Gruppenaufnahme. Davor hockt eine junge Frau mit Bubikopffrisur. „Wer ist das?", fragten wir uns. Keinem von uns fiel es ein. Ich hatte mir ihren Namen erst ein paar Tage zuvor in mein Ringbuch eingetragen, spontan platzte es aus mir heraus: „Uta K.!"

In der Tat. Von diesem Namen ging ein eigentümlicher Reiz aus. Sie war – nach meinem damaligen Eindruck – sehr lebhaft, sprunghaft, überaus reizvoll, sehr hübsches Gesicht, ihr Vater Literaturprofessor und wohnten in einer sehr bescheidenen Mietswohnung, meine Frau war seit der Schulzeit mit ihr befreundet. Sie spielte gerne auf die lateinische Bedeutung des Namens meiner Frau an, seit bekannt war, dass wir beide uns liiert hatten, „die Glückliche!" Was aber ist dieser Reiz, die Kraft auch heute noch, die von ihrem Namen ausging, als ich ihn in mein Ringbuch schrieb, beim Bild nannte, wenn ich für sie bete? Sie hatte eine eigentümliche Kraft. Und ihr Blick – so erinnere ich mich jetzt – mit ihren kugelrunden ausgezeichneten tiefdunklen Augen hatte etwas Angenehmes und zugleich – Verzweifeltes.

Neunte Internationale Fastenaktion für eine atomwaffenfreie Welt, Mutlangen, am Dritten Fastentag. Sitze vor dem Haus der Pressehütte und schütze mich vor der Sonne wie Jona vor der Stadt Ninive: indem ich mit dem Schatten eines Johannesbeerbaumes mitwandere. Schlummertraum: Weil ein Tier kein Schatten warf wird es von Präsident Trump getötet.

15:22 Uhr

Lieber hinter Gittern altern als in Freiheit sterben?

Sky das Türchen geöffnet. Jetzt hockt er auf dem Gittertürchen und kann zum Ersten Mal in seinem Leben in die Freiheit sehen. Zuvor hat er von dort aus nur ins Wohnzimmer schauen können und flog hin und wieder paar Runden. Gestern haben wir ihn zum Ersten Mal mit dem Käfig nach draußen gestellt. Wenn er fliegt und zurückfindet hat er im Käfig Futter und Wasser in Fülle. Mit Vögeln in Käfigen habe ich immer Mitleid. Er sitzt und guckt und ruft. Keiner antwortet. Manchmal hatte es – im Käfig im Wohnzimmer – den Anschein, als wenn er auf Vogelrufe draußen antworten würde. Jetzt aber ist er der, der ruft. Und es scheint fremd zu sein. Er fliegt jetzt seit Sechs Minuten also nicht einfach los, sondern hockt, guckt und ruft. Hier ist kein weiterer Wellensittich. Ist das die Antwort? Drei Partner hat er im Käfig überlebt; einen – so unser Eindruck – hat er regelrecht zerstört. Noch einen...

- er ist zurück im Käfig! Ich schließe den Käfig. Noch einen Kompagnon wollten wir nicht holen. Nun hat er sich – für heute wenigstens – entschieden. Das Flattern im Wohnzimmer scheint ihm zu reichen. Oder hat Sky die Frage anders gestellt: Lieber allein in der Freiheit aber im Unbekannten oder allein in der Unfreiheit aber im Vertrauten? Er entschied sich für Letzteres. Auf diese Art der Fragestellung wäre ich nicht gekommen. Klingt vernünftig.

15:23 Uhr näd
GEKREUZT

Unser Hausmitbewohner, mit dem ich in der Band zu Weihnachten in der griechisch-katholischen Kirche zu Kairo-Heliopolis, St. Cyrill, gespielt habe, fragte mich die-ser Tage, ob ich bereit wäre mit einem syrischen jungen Mann zu reden, der konvertiert sei und eigentlich einen anglikanischen Pfarrer sprechen wollte. Nachdem er von mir gehört hatte, wollte er nun mich sprechen. Ich fragte nach, ob ich denn der richtige Mann dafür sei und ob mein Bandkollege mit von der Partie wäre und wo es stattfinden würde. Wir trafen uns im Gemeindehaus der Gemeinde St. Cyrill, anderthalb Stunde vor der Ersten Mittwoch-Abend-Messe zur Fastenzeit, die in Ägypten eine Woche später als bei den westlichen Kirchen angefangen hat.

Wir saßen im obersten Stockwerk, stellten Plastikstühle auf – ich, wie gewohnt, noch einen Stuhl mehr und freute mich schon auf die Frage warum? – und reinigten sie etwas vom Staub. Sofort nahm auch der junge Syrer ein Tuch und putzte alle Stühle. Mein Musikkollege übersetzte zügig und flüssig. Der junge Mann meinte, er wolle sich kurzfassen. Dies dauerte geschätzt eine Dreiviertel Stunde. Ich unterbrach ihn nur an wenigen Stellen, wo ich mir mehr Klarheit in seiner Erzählung erwartete.

Er sei auf der Suche nach einem Christen, auf der Suche nach einem Geistlichen, der Christ ist. – Hoppla, dachte ich, was für ein Auftakt! Habe ich mich verhört oder etwas fehl verstanden? Hatte ich nicht.

Er war Muslim, entfernte sich vom Glauben und las Darwin und anderes. Glaube wurde ihm gleichgültig. Er fand Kontakt zu christlichen Gemeinden und stieß auf die Bibel. Er las sehr viel. Er wurde von Jesus berührt und beschloss Christ zu werden. Nicht nur das, sondern auch für Christus zu werben und in die Mission zu gehen. Er ging in den Sudan. Dort kam er in Kontakt zur katholischen Kirche, ihn interessierte auch alles, worum es bei der Mariaverehrung ging. Mit einem katholischen Priester traf er sich regelmäßig. Er bedeutete ihm: Du kannst hier keine Mission machen. Und taufen kann ich dich auch nicht. Die Sicherheitskräfte des Landes wurden auf ihn aufmerksam und hatten ein besonderes Gespräch mit ihm. Sie stellten ihn vor die Wahl: ‚Du hast Drei Möglichkeiten. Entweder kehrst du zum muslimischen Glauben zurück. Oder du verlässt das Land. Oder wir bringen dich um.' Nun, er wanderte aus – nach Ägypten. Ich konnte mir es nicht vorstellen, wie man vom Sudan her ‚mal eben' nach Ägypten komme und fragte nach. Nein, er sei nicht über die offiziellen Grenzübergänge hierher gekommen, sondern durch Berge, Täler und Flüsse. Woher er den Weg denn gewusste habe, fragte ich nach. Da schon, so antwortete er, viele Syrer diesen Weg gegangen seien, gäbe es welche, die wüssten Bescheid, denen hatte er sich angeschlossen. Und, so fragte ich mich, ist Geld geflossen? Behielt die Frage aber erst einmal für mich.

Der Priester im Sudan gab ihm den Tipp sich an einen Pater in Kairo zu wenden, er würde ihn kennen. Wie finde ich einen Priester in einer Millionenstadt, in der man niemanden kennt? Er traf eine Dame – für mich ergänzte ich, wohl in einer katholischen Kirche – die den besagten Priester kannte und ihn an ihn verwies. Mit ihm hatte er ein Gespräch. Der Syrer fragte ihn, ob er ihm helfen könne. Natürlich, antwortete er und empfahl ihn meinem Haus-Mitbewohner, er würde sich um ihn kümmern. So ist er mit ihm seitdem in Kontakt – das ist jetzt gut ein Jahr her.

Inzwischen hat er eine Facebookseite eröffnet, in der er von seinen Erfahrungen geschrieben hat. Er sagt, er sei nicht konvertiert, sondern habe die Linien gekreuzt, er sei gekreuzt. Er sei so mit vielen anderen im Gespräch, die sich dafür interessierten oder denen es ebenso ergangen sei, wie ihm. Zwei sind auf Grund seiner Webseite auch zu Christen geworden. Und eine Christin, die im Begriff war, ihren Glauben zu verlassen, fühlte sich durch das, was er schrieb, wieder zum Glauben hin gezogen.

Er führte Gespräche mit dem ehemaligen Leiter der Caritas, einen in Ägypten in manchen Kreisen sehr bekannten Jesuiten, der der Mystiker am Nil genannt wird. Sie führten viele Gespräche, besonders über die Marienverehrung. Aber ihm mangelte es daran, dass er nicht vernahm, was dieser Mensch selber denkt, was er glaubt, was in ihm ist. Immer sprach er von seinen Büchern und was in seinen Büchern stünde. Die Treffen fransten aus. Ob er ihn taufen würde, fragte er ihn. Das verneinte er. Mein Bandleader bemerkte, dass der Jesuit früher viel getauft habe, auch Konvertiten. Ich versäumte es – mir fiel es erst später wieder ein, weil ich das bei ähnlicher Gelegenheit schon einmal fragen wollte – zu erkunden, ob gemeint sie, dass man Muslime getauft habe oder Kopten? Aus welchen Gründen auch immer,

getauft werden könne er durch ihn nicht, er könne sich aber der Caritas im Lande anschließen und dort mitwirken. Irgendwann bleib ein Anruf unbeantwortet, es gab keinen Termin und keine Treffen mehr.

Überhaupt mache er merkwürdige Erfahrungen: Spräche er mit Orthodoxen würden sie ihm viel von ihren Heiligen erzählen, aber nur sehr wenig von Christus. Spräche er mit Katholiken wären sie sehr schmallippig, wenn er mit ihren über Jesus sprechen wolle, berührt er aber das Thema „Maria" gingen die Herzen auf. Spricht er Christen auf die Bibel an, erfährt er immer wieder, wie wenig von der Bibel gewusst wird. Priester sollten doch eigentlich gute Hirten sein und, wie Jesus gesagt hat, alles aufgeben und nur noch ihm nachfolgen, dienen und nicht herrschen. Stattdessen erfährt er, dass Priester thronen, sich bedienen und verehren lassen, auf ihren eigenen Vorteil bedacht und auf Geld aus sind. Er sucht unter den Geistlichen Christen.

Er sei ja nicht der einzige, dem es so ginge. Diese Menschen bräuchten doch auch einen Hirten! Er wolle eine neue Kirche gründen. Er möchte Pfarrer derjenigen sein, die die Linie gekreuzt hätten. Und fragte mich auf den Kopf zu, ob ich ihm dabei helfen wolle.

Das war eine klare Frage und verdiente eine klare Antwort: Das müssته ich mir überlegen.

Er habe Unterstützung vom sudanesischen Pfarrer gesucht und wurde abgewiesen. Er hat sie in Ägypten gesucht und nicht gefunden. Über seine Facebook-Gruppe kam er in Kontakt zu einer Pentacosta-Kirche, eine Pfingstkirche in den Vereinigten Staaten von Amerika, die dort sehr große Stücke von JOYCE MAJOR hält, eine protestantische Verkündigerin. Sie ließ er anfragen, ob sie ihm helfen könne, ob er sie besuchen könne. Sie wiegelte ab. Sie habe ihre Projekte und Aufgaben vor Ort und könne sich nicht um diese für sie fernliegenden Fragen kümmern. Er bemühte sich um ein Visum für Italien und bekam keine Unterstützung.

Als ich davon erzählte, dass in der Gemeinde, in der ich zuletzt gewirkt habe, eine Reihe von Menschen „gekreuzt" hätten und wir uns bemüht haben sie bei uns aufzunehmen, fragte er nach, ob er mir dabei helfen könne. Ich meine, es sei schwierig nach Deutschland zu kommen. Die Litanei, warum und wozu ich in Ägypten bin, wollte ich an der Stelle nicht erzählen. Ich hätte, so ergänzte ich, den Eindruck, dass seine Aufgabe hier in Ägypten sei, in der arabischen Welt. Er schaute etwas konsterniert. Mein Verstand sagte mir – ‚er will nach Europa, er sucht ‚nur‘ einen Weg, um sicher ‘raus zu kommen‘. Mein Herz sagte mir, ‚da brennt ein Feuer‘. Und meine Vernunft, vom Glauben angestoßen, sagte mir, ‚du weißt gar nichts. Es wird sich schon heraus stellen‘. Meine Erfahrung meldete sich auch zu Wort: ‚Geh in die Aufgabe hinein, nimm sie beim Wort und es wird sich alsbald heraus stellen, was es damit auf sich hat.‘

Er erzählte von einigen Inhalten der Gespräche, z. B. mit dem Mystiker. Fürbitte im Sinne, dass Maria auf Grund eines Gebetes in Geschehen eingriffe, diesen Glauben – Intercession – teile er nicht, das stehe allein Jesus, allein Gott zu. Auch könne Christus keine Geschwister gehabt haben. Der Mutterbauch ist durch die Menschwerdung Jesu geheiligt worden und da Gott nur einmal in Jesus durch die Gebärmutter seiner Mutter Mensch geworden sei, könne diese nicht noch andere Menschen zur Welt gebracht haben.

Ich versuchte heraus zu finden, auf welcher Ebene wir uns bewegen und erläuterte, dass es auf der Welt viele verschiedenen Kirchen gäbe. Jede habe ihre eigene Geschichte und besondere Art Gottesdienste zu feiern. Wenn man einmal ihre Geschichte verstanden habe, wüsste man warum und könne es achten und ehren. Jede Kirche würde im Laufe der Zeit ihre Eigenart entwickeln. Das wäre normal, damit müsse man rechnen.

Es gäbe Sieben bzw. Acht große Zweige am Baum der Christenheit und wenn er wolle könne ich das ihm erläutern. Das wüsste er alles, bemerkte er.

Sozusagen quer zu diesen vielen Kirchen gebe es, so fuhr ich fort, die unsichtbare „Bruderschaft“ – Geschwisterschaft der Freunde Jesu. Sie lieben Jesus und leiden darunter, dass in ihren Kirchen so viele auf Geld statt aufs Evangelium aus sind, auf Macht statt auf Dienst, so sehr von Vielem die Rede ist aber so wenig von Jesus. Sie sind miteinander unsichtbar verbunden durch Gebet, Bibellese und Bibelstudium und die geistlichen Feiern. Sie würden aber keine eigene Kirche gründen. Ihnen würde das gleiche Schicksal ereilen, wie alle

anderen Kirchen auch – sie würden ihre Eigenart entwickeln und müssten auf ihr Eigenes bedacht sein.

Diese unsichtbare Geschwisterschaft der Freunde Jesu habe auch eine sichtbare Seite: Alle diejenigen, die Freunde Jesu sind, sind in irgendeiner Form in einer Gemeinschaft eingebunden. Denn Christ könne keiner für sich allein sein. Schon allein weil Jesus gesagt hat – so ergänzte er –, ‚wo Zwei oder Drei in meinem Namen beisammen sind, bin ich mitten unter ihnen‘. Ich ergänzte: ‚Wir, die wir zu Christus gehören, sind die Auferstehung Jesu, wir sind sein Leib. Jesus ist nicht gegenwärtig in einer Statue oder einer Figur‘ – hinter ihm stand auf dem Fernseher eine kleine Nachbildung der brasilianischen Kolossalstatue am Zuckerberg – ‚und nicht in einem Bild oder ähnlichem, sondern zwischen uns, zwischen denen, die zu ihm zählen. Darum können wir Jesus nur in Gemeinschaft begegnen.‘

Dass die zusammen kommen, die die Seiten gewechselt, „gekreuzt“ hätten, könne ich verstehen. Ich hätte zum gegenwärtigen Zeitpunkt – das Thema sei neu für mich – aber starke Vorbehalte dagegen, eine neue Kirche zu gründen. Wenn es eine Kirche derjenigen sein soll, die die Linien gekreuzt hätten, dann würde das erfahrungsgemäß nur für die Erste Generation gelten. Sollte die Kirche, was wir ihr wünschen, auch in Zweiter und Dritter Generation bestehen, wäre sie keine Kirche der Übergetretenen mehr und würde in einen Widerspruch zum eigenen Selbstverständnis geraten. Das schien ihm – zunächst jedenfalls – einzuleuchten.

Wenn ich in dieser Frage weiterkommen wolle, wäre Folgendes für mich unverzichtbar:

1. Klären, was die rein rechtliche Lage in Ägypten ist.
2. Gründlich prüfen, wie die tatsächliche Lage im Land ist.

Dazu müsse auch überlegt werden und beachtet werden, dass es Christen gebe, die sich erst sehr spät taufen ließen, aus der Antike kennen wir Erzählungen, vielleicht erst kurz vorm Tod: Was ist der Umgang damit? In der Antike gab es in den alten Kirchen Drei deutlich voneinander abgesetzte Teile: Einen für die Getauften, einen für die Katechten und einen für die, die sich für den christlichen Glauben interessieren. Getauft wurden Erwachsene, selten Kinder. Wann man's tat, war dann gleichgültig.

3. Lernen von Beispielen – ich erwähnte die chinesische Untergrundkirche und das undercover stattfindende Gemeindeleben in Saudi-Arabien. Einmal lernte ich im Zug einen Priester kennen, der sich mir öffnete und erzählte, er sei auf dem Weg nach Saudi-Arabien, die dortigen Gemeinden zu versorgen. Ich wollte wissen, wie das möglich sei. „Sehr einfach", meinte er: Er würde normal irgendwo in Saudi-Arabien arbeiten und die Gottesdienste feierten sie in Wohnungen.

Das Telefon klingelte. Der Priester erinnerte ans bevorstehende Abendgebet. Wir kamen zum Schluss, räumten gemeinsam auf und vereinbarten einen neuen Termin.

15:24 Uhr

Trauerfeier – heute zum Ersten Mal in meiner gesamten bisherigen über zwanzigjährigen pfarramtlichen Existenz die Auslegung einer Traueransprache erneut benutzt. Es passte so gut. Natürlich nicht exakt gleich – mit Ausführungen und kleineren Erklärungen vor allem zu den biblischen Geschichten, auf die ich anspielte – konnte ich wissen, ob sie bei allen bekannt sind. Dennoch: Ein schlechtes Gewissen: Habe ich dem Heiligen Geist ein Gefäß vorenthalten, in das er sich ergießen kann? Eine Schaffensmöglichkeit dem schaffenden Gott beraubt, der in allem gestalterischen Wirken seine Gegenwart feiert? Der brüderlichen Liebe von Jesus herkommend die Hand verweigert, die mich selbst tröstet bei der Vorbereitung einer Trauerfeier? mache ich nicht Sonntag für Sonntag das Gleiche – jetzt schon seit Jahren, was ich früher, in meiner Vikarszeit über Zwei Jahre hinweg, nie gemacht habe: Die gleiche Predigt Zweimal. Weil ich möchte, dass beide Gemeindeteile denken, ‚das haben die im anderen Gemeindeteil aber auch gehört'! Ist das nicht längst obsolet, Zehn Jahre nach dem fatalen Streit? Also Zeit, zu jedem Gottesdienst einen eigenen Stiefel rauszustellen, um sich erneut vom Predigt-Nikolaus überraschen zu lassen, von dem, was sich immer wieder neu an Kreatürlichkeit ergibt?! Und wer dankt es einem? Und wer kommt Woche für Woche mit, zu beiden Gottesdienststätten? Warum habe ich es überhaupt

nötig, so wahrgenommen zu werden? Wünsche ich mir eine Predigerpilgerschar? Käme ich damit überhaupt zurecht? Ist es nicht in sich selbst genug?

15:25 Uhr cft

Gehört zur Gewalt auch alles, worauf ich verzichten kann, ohne dass es mein Leben oder meine Lebensqualität mindert?

15:26 Uhr cft

Ist Gewalt gleichzusetzen mit dem Auslöschen des Zwischenbereichs zwischen mir und meinem Nächsten? Habe ich ihn getötet gibt es zwischen ihm und mir kein Zwischen mehr.

15:27 Uhr cft

Der Pastor beendete heute Morgen seine Predigt mit dem Satz: „Ich wünsche Ihnen ein schönes Weihnachtsfest bei der Suche nach dem Unansehnlichsten."

15:28 Uhr ndr

Die Kultur ist für'n Arsch. Die blitzblanke Toilette im Münchner Flughafen spult Bachs C-Dur-Präludium ab. Wie die Kühe im Stall durch klassische Musik beruhigt werden, so werden die Fluggäste sediert, wer vernimmt die Sprengkraft dieser Musik?

15:29 Uhr cfr

Es gibt kaum größere Gegensätze als die Sorgegemeinschaft im Familienverband und den der Menschheit. Platon ist konsequent, als er den Staat mit der Allgemeinheit gleichsetzte, dass er den Familienverband auflösen wollte. Vermutlich streben segregationalisitsche, abschließende Einstellungen danach so etwas wie einen Familienverband auch im Gesellschaftlichen errichten zu wollen – und betreiben dabei gleichzeitig das Geschäft derer, die von der Zerteilung profitieren, weil sie so der Kontrolle entzogen sind. Das heißt: Wenn es zwischen Familie und Staat und Familie und Menschheit keine Zwischeninstanz gibt – was ist die Folge? Immer wieder schutzlos ausufernden Machtauswüchsen ausgesetzt zu sein? Je nachdem, welcher Familienverband sich absolut setzt? Wie wird zwischen Familie und Allgemeinheit vermittelt?

15:30 Uhr när
„Das Geheimnis vom Nett-sein: Wenn du dich verstellst und nett bist und das nur lang genug machst, wirst du auch nett." – Als ich das sagte, fügte ich hinzu: „Ich spreche aus eigener Erfahrung." Mein Vierzehn Jahre ältere Kollege, wir saßen zusammen mit seiner Frau in einem Taxi und wurden durch Kairo kutschiert, pflichtete mir bei: „Mit einem Plus von etwa Zehn Jahren Lebenserfahrung kann ich dem nur zustimmen."

15:31 Uhr ngl
Eine Frau erzählt: hat sich noch im Alter von ihrem Mann und Sohn getrennt – ausgezogen; der Mann stirbt – beim Aufräumen entdecken sie im Keller eine Bombe oder Handgranate? – ein Sammler auch von allen möglichen Gegenständen aus dem Zweiten Weltkrieg.

15:32 Uhr näd
HEIMWEH?!

Es war gestern, auf den Tag genau nach Sechs Monaten und Sechs Tagen, da entstieg meinem Inneren eine Erinnerung an das Gefühl, das sich wie Heimweh anfühlte. Es war nur der Schimmer eines Gefühles, aber schon das deutete mir an, wie mächtig es sein kann, so dass ich es mit aller Kraft zurück in die Flasche stopfte und verschloss. Was hatte den Korken gelöst? Musik. Ich hatte Geigenunterricht genommen, meinen Ersten in arabischer Musik. Und angefangen ihr Tonsystem zu lernen. Dazu musste meine Geige umgestimmt werden. Etwas, was mir zuvor unvorstellbar schien. Die Tage danach gingen mir Tonfetzen von Bach, Beethoven, Mozart durch den Kopf, weniger ihre Melodien, als ihre kunstvollen Modulationen, die ich nicht exakt präsent hatte – so dass die Sehnsucht danach groß zu werden sich anmeldete, sie zu hören und zugleich sich die Mühe andeutete, genau diese Stellen so schnell finden zu können. Es waren Stücke, die schnell als Kitsch abgetan werden können – wie das berühmte Ave Maria von Mozart aber auch der Erste Satz von Beethoven Sechster oder der schmissige Auftakt seiner Ersten Symphonie. Seitdem ich in Kairo bin, habe ich keine klassische Musik mehr gehört – was sonst in den letzten Jahren zum selbstverständlichen Repertoire des Alltags gehörte, nachdem ich vor Jahren ein Moratorium gegenüber Musik aus der

Dose eingelegt hatte. War es das: Weil sie mir fehlte und ich sie „zu Haus" regelmäßig hörte, erinnerte mich mein Inneres an das: Heimweh? Und wie nett auf einmal all die Menschen waren, mit denen ich die letzten Jahre in der Gemeinde zu tun gehabt hatte, und wie schön die Arbeit gewesen sei, und wie angenehm es doch gewesen sei, dort gewohnt zu haben, und ob man nicht immer nur das Angenehme ohne das Bittere haben könne – so wie in diesem Gefühl? Weswegen wahrscheinlich das Vergessen immer ein wenig nachhilft und uns dem Himmel auf Erden stückchenweise näherbringt, je mehr es das Verkorkste des Gewesenen im Giftschrank verschließt. Ich wollte kein Heimweh haben.

Ich fühle mich – so hatte ich oft empfunden und mich oft immer wieder neu geprüft – dort zu Hause, wo meine Frau lebt und die Kinder leben. Diese sind jezt in Köln. Und jene? Nicht zu Hause! Da bin ich.

Und ich komme nicht nach Hause, sondern sie; und ich möchte ihr das Gefühl vermitteln, dass sie nach Hause kommt. Und ich? Habe ich zu wenige Aufgaben, die mich binden? Zu wenig Menschen um mich herum, die ich mag und die mich mögen, so dass hier eine Leerstelle aufreißen kann? Weil ich mit meiner Arbeit, die in den letzten Tagen nur noch Arbeit gewesen ist und kein reines Vergnügen mehr, nur noch so mühsam vorankomme, meldet sich Unbehagen?

15:33 Uhr näd
K a i r o   O k t o b e r

Eine Freundin erzählt:
Ägypten ist nicht wie eine Mutter zu mir,
sie ist meine Stiefmutter.

15:34 Uhr när
Was ist das für ein Gefühl? Vorstellungsgottesdienst in der Evangelischen deutsch (-sprachigen, wie es beschönigend heißt)-en Gemeinde in der Jugendstil-Klassizistisch (Am Eingang Luther und Melanchthon als Säulenheilige)-Nazarenerstil-(Glasbilder)-Kirche in Bulaq mit dem einzigen Bewerber. Er vertrat zu dem hellenistischen Predigttext, Prediger Kapitel Sieben Verse Fünfzehn bis Achtzehn, passend die aristotelische Mitte-Ideologie: Nichts übertreiben. Der Arme musste sich selbst vorstellen, es gab keine Begrüßung. Meine Frau und ich

waren schon früh da, eine halbe Stunde vor dem angesetzten Beginn und trafen schon welche an, u.a. den Bewerber, seine Frau, den Amtsinhaber, einige Presbyter. Laufend kamen welche hinzu. Meine Frau und ich führten gelegentlich Gespräche. Meine Frau kam zu mir: „Hast du das auch erlebt, mitten im Satz, wenn ich etwas erzähle, die Person, mit der du dich unterhältst, wendet sich ab und – nichts. Oder: Du bist im Gespräch, da kommt jemand, begrüßt oder fragt oder sagt etwas deinem Gesprächspartner – einfach so; einer hat sich wenigstens noch dafür entschuldigt." Meine Frau meinte: „Die Gespräche sind interessegeleitet." Wer was von wem will, spricht mit ihm oder ihr; wenn das mit jemand anderem der Fall ist, wird willkürlich unterbrochen oder abgebrochen oder kein Gespräch geführt. Nach dem Gottesdienst wurde zum lockeren Beisammensein bei Getränk und Gebäck eingeladen. Ich führte hier und da einen kleinen Plausch und stand ohne Kaffeebecher und ohne Brezel neben einer Kirchenbank, weil ich mich nirgendwo dazwischenquetschen wollte. Alle waren im Gespräch. Direkt nach dem Gottesdienst stand die Frau des Bewerbers allein. Meine Frau sprach sie an. Mit dem Bewerber unterhielten sich dann meine Frau und der Amtsinhaber, sonst kein Presbyter. Ist es das? Die Trauer um die verpassten Gelegenheiten der Gemeinde?

Als ich allein neben der Kirchbank im Gang stand, machte ich mir die Aussage meiner Frau klar: ‚Mein Lieber, niemand hat ein Intersse, das dich betrifft und deine Interessen berühren niemanden.' Im Gang stand eine Frau, die ich von einem gemeinsamen Wochenende der Kirchengemeinde her kannte. Ich sprach sie an. Sie hat eine interessante Biografie und erzählte von ihren Erfahrungen in der theologischen Bildung für Erzieherinnen in ihrer Landeskirche. Wir waren gut im Gespräch auch darüber, dass wir bald wieder in Deutschland leben werden. „Geht ihr wieder zurück?", fragte sie. „Das ‚zurück' meide ich; ich bin da zu Hause, wo meine Freunde sind. Ich habe hier Freunde, also bin ich hier zu Hause." War es das? Trifft das das Gefühl? Die schlagartige Erkenntnis: Das ist bald vorbei? Und wenn noch etwas anderes daraus werden soll, dann jetzt – und ich weiß nicht was.

Oder: Ist das nicht die falsche Frage, ‚was soll daraus noch werden?' Ist Freundschaft nicht zwecklos gut?! Das verbindende Dritte – was ist das? Dass wir uns mögen und einander gerne beistehen, reicht das nicht? Faktisch: Mehr ist nicht drin: Mit der einen Familie, zu der wir seit Jahrzehnten Kontakt halten, verbindet uns nicht mehr viel; zur anderen Familie ist es auch nicht geglückt, das zu vertiefen oder auszuweiten. Unsere Bereitschaft bei einem Engagement mit sudanischen Flüchtlingskindern mitzuwirken, wurde nicht aufgenommen.

Ist es diese Einsicht: Ich bin nicht interessant, mit mir will sonst keiner sprechen außer der Dame, die sonst keine vielen Freunde hat? Verletzte Eitelkeit?

Meine Frau und ich, wir sind hier in Ägypten kein Grund für große Veränderungen. Eine Dame aus der Gemeinde unterbricht unser Gespräch mitten im Satz und wollte etwas von meiner Gesprächspartnerin. Es ging um Kindererziehung, Angstbewältigung und Kinder. Ich sagte etwas dazu, das klang vernünftig, sie stimmte zu. Ich fühlte mich beflügelt – ich mag sie gern – und meinte „vielleicht ist es das Schwierigste sich die Angst einzugestehen, dass ich Ängste habe." „Wirklich?", fragte sie mich etwas erstaunt. Und ich fragte mich: ‚Was hast du denn da für einen Unsinn gesagt? Angst muss man sich nicht eingestehen, die hat man und sie ist einem bewusst, auch ohne dem'. Und dachte: ‚So ein Mist. Jetzt bringe ich mich schon mal in ein Gespräch ein und dann sage ich solch einen Quatsch – von dem ich nicht genau weiß, ob es nicht vielleicht doch stimmt, weil es von der Angstprojektion befreit?! – ', und schon ist das Verhältnis zu einer Frau, die mir sympathisch ist, gestört. Hatte ich nicht seitdem das schlechte Gefühl? Was ist das für ein Gefühl?

Auch hätte ich ihr gerne gesagt: Angst ist überwindbar durch die Liebe, das was größer, kräftiger ist und warum das so ist. Konnte es aber nicht einbringen. Sie hatte ihre Information bekommen und von sich erzählt und ihrem anstehenden Umzug, weil das Haus zu groß ist, als dass sie im Erdgeschloss mit bekomme, was die Kinder im Ersten Stockwerk ‚oben' treiben – daher die Angst. Oder hatte ich sagen wollen, was ich von Kierkegaard her kannte: Angst, nicht man selbst sein zu wollen oder zu können; und Angst nicht ein anderer sein zu wollen oder zu können? War es das? Das Gefühl etwas Großes berührt zu haben, en passant?

Es ist ein sentimentales Gefühl. Da ist etwas vorbei. Verpasst, Verunglückt, zu Ende. Oder: Weil ich anfange ein über viele Jahre hingepflegtes Projekt zu Ende zu bringen _ und meine Wünsche, Vorstellungen, Hoffnungen, ich würde noch jemals groß rauskommen, jetzt darauf zulaufen, dass ich aus dem Modus der Möglichkeit in den Modus der Wirklichkeit übergehe, und was sich zeigt: Es ist alles banal. – ? Nichts so großartig, wie ich dachte. Nicht meine Theologie, nicht meine sonstigen Vorhaben, nicht meine Predigten, nicht meine Arbeit in der Gemeinde. Alles normal. Abschied von meiner Illusion, ewas Besonderes zu sein? Und hier stehe ich neben der Kirchenbank und niemand hat ein Interesse nach meiner Friedenstheologie zu fragen – obwohl viele der Anwesenden wissen, dass ich mich damit befasse.

Nach dem Nachgespräch zogen meine Frau und ich noch einer Freundin meiner Frau in die Innenstadt hinterher. Wir nahmen aus Versehen die richtige Bahn in der falschen Richtung. Um doch noch zu unserem Ziel, dem Tahrirplatz zu kommen, fuhren wir über den Hauptbahnhof. Auf der Suche nach einem bestimmten Café schritten wir hinter der Kollegin meiner Frau her. Wie es sich dort gehört, verirrte sie sich. Wie schon viele andere, die dort wohnen oder regelmäßig zu tun habe. Die Rondels ähneln sich eins wie das andere. Und einmal in die falsche Richtung gegangen dauert es, bis man wieder zurückkommt. Der Umweg über die satellitengestütze Kartenhilfe musste helfen, nach dem Gefühl meiner Knochen waren wir eine Stunde unterwegs.

Auf diesem Weg fragte mich die Bekannte nach meinem fachmännischen Urteil zur Predigt. Meine Frau antwortete stattdessen. Mir war es nicht angenehm im Vorbeigehen darauf einzugehen und dachte, ‚wenn es sie interessiert, wird sie im Café mich nocheinmal fragen‘. Sie hat es nicht interessiert. Ich habe es nicht mehr vorgebracht. Dort war das einzige Thema: Schule. Auf dem Hinweg lud sie uns ein so oft und so lange wie wir wieder nach Kairo kommen, in ihrer Wohnung zu leben. Ist das nicht fantastisch?

Oder ist es der Gedanke, wie geht es der Mutter meiner Frau?

Oder: Weil ich seit kurzem täglich Tonleiter übe – um der Intonation willen – führt mich das dazu, mich von Zweierlei zu verabschieden: Von meinem Trauma des verbildeten Gehörs vom jahrelang ungestimmten Klavier im Haus meiner Eltern; aber wenn ich pfeife und singe stimmen doch die Töne?! Von meinem Wunsch nach Freiheit bei der Wahl des Instrumentes: Auf der Geige muss ich den Ton selbst bilden, anders als beim Klavier. Dabei aber jetzt die Grenzen zu akzeptieren, d. h. genau sein, sonst ist es kein schöner Ton – und das hielt ich mir offen?! Ein Dauerkonflikt, auch ein Grund, warum mir die Begeisterung zum Geigenspiel fehlt?

Oder: Weil ich heute zum Ersten Mal von meinen fast täglichen Besuchen morgens im Gottesdienst in Kairo-Heliopolis, Kourba, im Imperfekt sprach? Das ist vorbei? Diese Woche war ich nicht einmal dort. Und meine Frau hat nicht danach gefragt und niemand sonst fragte nach?

Alles ein kleiner Tod?

Wie es sein wird, wenn ich nicht mehr bin, wie es mit allen ist, die nicht mehr sind?

Oder ist es, weil ich mich geschämt habe, keine Blumen für den Altar mitgebracht zu haben? Unterm Kreuz standen Drei Plastikrosen. Und das nicht zum Ersten Mal.

Oder: Habe gestern überlegt, kein Acetylcystein mehr täglich zu nehmen. Habe keinen Husten mehr und die Nasen sind frei. Macht ACC süchtig? Es soll auch gegen Depression helfen. Hallo, Depression? Wieder da? Die Gebete im Gottesdienst waren zumehr als die Hälfte depressionsgetränkt. Das Halleluja wurde dort wie in allen Gottesdiensten, die ich in den letzten Zwei Jahren hier wie dort besucht habe, ohne Freude gesungen!

Oder: Mein Buch zur Friedenstheologie würde ja bald erscheinen: Abschied vom Normal-Sein? Abschied vom Modus „mir ist alles möglich" zu „nur das hast du zustande gebracht? In Drei Jahren? Lauter Zitate gesammelt und ein eigener Teil, gerade gut genug für die Frauenhilfe aber nicht für die Theologie?"

15:34 Uhr

Oder: Vorweggenommene Angst vor der niederschmetternden Antwort einer Ko-Lektorin dieser Arbeit?

Oder: Die Sehnsucht nach europäischer Musik, die ich zuletzt im Ohr hatte, schon der Vorweggenommene Umzug nach Europa?

15:35 Uhr gst
g e n e r a t i o n e n

generation für generation
neue wellen
nach gleichem muster
solange der wind
in gleicher stärke
flussabwärts auf den strom bläst
eingelassen zwischen den beiden ufern
die daran erinnern
dass auch sie noch vor kurzem vom fluss
begraben werden konnten

15:36 Uhr cfr
D e r S c h ü r z e n o r d e n

Damit bei einer nächsten Fastenaktionen für eine atomwaffenfreie Welt beginnen?

Als Zeichen dieses Ordens für Männer: Ein Anzug mit einer Schürze.
Das Versprechen:
- Den Mächtigen die Wahrheit sagen,
- Dienstbarkeit ohne Geld: Jedermann und jederfrau dienen: ,Komm, sag, wo ich dir beistehen kann! Ich komme – und du tust das gleiche für andere, hier ist deine Schürze!'
- Gebet
- Den Frieden feiern.

15:37 Uhr när
Alexandria, mit einer Gruppe von Freunden aus Deutschland hatten wir das Zentrum für Kinder in Gefahr/Straßenkinder besucht. Wir wurden mit einem Kleinbus abgeholt um zum Bahnhof zu gelangen. Ich saß vorne neben dem Fahrer, die ganze Breite der Windschutzscheibe vor mir. Der Fahrer wählte den kürzesten Weg, mitten durchs Gewühl der Kaufstände von Al Chadra, einem der Stadtteile von Alexandria. Da lehnte ein junger

Erwachsener am Laternenpfahl, las gelangweilt unauffällig aufmerksam um sich blickend die Nachrichten in seinem elektronischen Verbindungsgerät, Schulen hatten Schichtwechsel, Mädchen in ihrer Schuluniform zogen zu Dritt, zu Viert mit ihren schweren Ranzen auf dem Rücken über die Straße, vor den Obstständen mit den sorgfältig zu Rund- oder Eckpyramiden aufgehäuften Orangen, Guaven oder Lemonen kauften Frauen ein, mit einfarbigen Galabayas und solchen mit farbigen Mustern, am Ende der Straße erschien die Quetschestraßenbahn, obwohl solch eine Fahrt um ein mehrfaches länger dauert als jeder anderer Transport, ich habe noch nie eine Bahn vollständig leer gesehen. Alles sah ich wie den Abspann zu einem langen Spielfilm – die Handlung ist vorbei, alle wissen, es geht weiter und es wird einfach gezeigt wo. Entstand der Eindruck, weil ich im Bus vorne saß und die Scheibe vor mir wie eine leuchtende Kinoleinwand aussah? Und tatsächlich, mir wurde bewusst: Es ist ein Abspann. Es ist das letzte Mal, dass ich, jedenfalls nach Plan, in dem Zentrum während dieser Zeit des Lebens in Ägypten, zu Besuch war. Ich habe die Eindrücke in mich aufgesaugt wie eine leere Chipkarte alle Daten, die sie nur kriegen kann.

15:38 Uhr nsr
DAS SOFORT

Unter der Dusche. Nichts Weltbewegendes. Dusche immer kalt. Nur zum Schluss – vom Arzt empfohlen, wer kommt denn sonst auf so etwas – warte ich aufs warme oder sogar heiße Wasser für den Rücken, die Wirbelsäule, damit sich die Muskeln lösen während ich mich strecke und recke. Kaum aber, dass warmes Wasser kommt, weht der Duschvorhang in die Dusche hinein: Ein Wind entsteht: Die warme Luft steigt auf, die kältere von unten zieht nach und bewegt den Vorhang. Das geht *sofort*. Ich halte einen Stein in der Hand, mit dem Handrücken nach oben, fest, lasse ihn los und *sofort*: Er fällt. Ich fülle die Kanne, kippe sie und sofort fließt Wasser über den Ausguss, *sofort*. Was ist daran Besonderes? Das ist banal. Dennoch wundere ich mich darüber. In der Antike verfügten nur große Potentaten über die Macht, dass das, was sie sagten, *sofort* getan wurde. Das gr. euthýs, εὐθύς, im Neuen Testament, besonders im Markusevangelium, ist Kennzeichen solcher, ja eigentlich göttlicher Vollkommenheit, Inbegriff von Allmacht: Ohne Aufschub, ohne Widerstand, *sofort* geschieht, was gewollt wird.

Nicht nur, dass Normalmensch ständig mit Hindernissen und Widerstand rechnen muss, es zeichnet ihn gerade aus, sich in Geduld zu üben, wenn er oder sie icht vollständig resigniert und aufgibt. Statt *sofort* heißt es *Nie*. Aber das ist es nicht, was mich wundert. Sondern, dass es im Geistigen völlig anders ist: Da steht eine Entscheidung an – und *sofort* geschieht: Erst einmal *gar nichts. Nichts!* Weder ein ‚*Sofort*‘ noch ein ‚*Nie*‘; äußerlich nicht von Untätigkeit zu unterscheiden, ist der Handlungsaufschub, die Bedenkzeit und möglicherweise die Beratung eine Gabe wie sie vielleicht nur dem Menschen gegeben ist.

Alle Naturgesetze sind und wirken ununterbrochen, da gibt es – jedenfalls außerhalb des Nanobereiches, wo vieles anders abzulaufen scheint – keinen Aufschub: Ich öffne die Hand und der Stein verweilt noch eine Zeitlang in der Hand bis es ihm gefällt sich fallen zu lassen – absurd. Oder großes Kino, wenn gut gemacht. Oder das wasser in der Kanne – es kann sich in das Gefäß ergießen, aber vielleicht jetzt gerade nicht. Unsere ganze Existenz, der gesamte Körper, alle Wahrnehmung, jede Bewegung etc. beruht darauf, dass die Gesetzmäßigkeiten bruchlos wirken. Dafür gibt es keine Garantie außer der, dass es widerspruchslos nicht denkbar ist, dass es anders möglich wäre – denn dann auch nur auf Grund des Einflusses einer Kraft oder Ähnlichem, die eben gerade wirkt und zwar sofort.

Das Denken kann verweilen.

Die Unlust zum Verweilen ist geradezu die Anpassung an die Welt der Gesetzmäßigkeiten. Die Möglichkeit innezuhalten erscheint so absurd wie der Stein in der geöffneten Hand, der, obwohl er nicht klebt und nicht angebunden ist, nicht fällt. Das ist ein Verlust an Freiheit, an Handlungsalternativen, der Mensch als Manipulationssubjekt seiner selbst. Sofort – weil und sofern das Denken nicht innehält. Warum aber sollte das Denken diesen Handlungsaufschub bewirken – was ja auch sofort möglich ist?! Weil das Denken aus der Erinnerung weiß, dass es ein Besseres gibt, als das, was einem zunächst einfällt? Weil es um Vermeidung von Fehlern geht? Aus Freude am Neuen? Weil das Denken in eins mit der Liebe Kapriolen schlägt, die gut tun?

15:39 Uhr nst
Die nicht-messbare Welt des Geistigen wird besetzt durch die virtuelle Welt der Algorithmen. Wo fliegt das Geistige hin?

15:40 Uhr npt
Kein „Ja“ und kein „Nein“ und kein „oder“ und kein „entweder-oder“: Das ist etwas Neues und Anderes.

15:41 Uhr näd
DER KIRCHENDIENER

In der griechisch-katholischen Kirche in Kairo-Heliopolis ist bislang in jedem Gottesdienst, bei dem ich anwesend war, ein Herr mit dabei, der in einem knöchellangen schmucklosen schon etwas abgewetzten grau-gräulichem Gewand – also das Gegenteil vom Talar des jeweiligen Priesters – liturgische Dienste übernimmt. Er trägt das Kreuz vor der Bibel – diese wird vom Priester gehalten – durch die Kirche. Er trägt das Kreuz durch die Gänge, wenn Teller und Kelch mit Brot und Wein – vom Priester getragen – durch die Gänge prozessieren. Er liest aus der Bibel die Schriftlesung der neutestamentlichen Briefe, wenn sonst keiner dafür da ist. Er hält einen Kerzenständer neben dem Lektor oder der Lektorin, wenn jemand anders liest. Er beantwortet aus dem Kircheninneren die Gesänge des Priesters, wenn es sich um einen Wechselgesang handelt und nur sehr wenige im Kirchenraum sitzen. Er reicht den Korb mit den Brotstücken während der Liturgie dem Priester an einer bestimmten Stelle des Ablaufes, damit sie gesegnet seien, die zum Ende der Feier allen, die wollen, als „Wegzehrung“ mit auf den Weg gegeben werden. Der gesamte Gottesdienst könnte ohne ihn so nicht stattfinden. Und man hat den Eindruck, er kann es sich ohne sich auch nicht vorstellen. Auch wenn zugleich der andere Eindruck da ist, dass man ihn lässt. Warum soll man es ihm nicht lassen, wenn es ihn doch erfüllt? Wie der Priester, auch er verzieht während der Messe keine Mine. Weder beim Öffnen, der in der griechisch-katholischen Kirche sehr verkürzten, um nicht zu sagen verkümmerten Ikonostase, die den Gemeinderaum vom Altarraum trennt, noch am Ende des Gottesdienstes, wenn er dem Priester den Brotkorb zum Verteilen reicht. Und ich weiß noch nicht einmal seinen Namen, fiel mir neulich auf. Es ist auch nicht so leicht ihn anzutreffen, im Gottesdienst selbst kaum möglich. Und danach, ja wo verschwindet er da?

Gar nicht, er war vor der Kirche, als ich unmittelbar nach dem Gottesdienst direkt nach Hause ging. Er überquerte die viel befahrene Straße in seinem typischen Gang: Leicht schräg, die rechte Hüfte ein kleines Stückweit nach vorne geschoben, den linken Fuß stets ein wenig nach sich ziehend. Die einen Halben Meter hohe steinerne Barrierre in der Mitte der Straße zu überqueren bereitete ihm einige Mühe. Dann stand er da. Ich war etliche Meter entfernt inzwischen auf fast gleicher Höhe. Die Autos gaben ihm keine Chance. Er benötigte ja mindestens das Doppelte an Zeit um sicher auf die andere Seite zu gelangen. Was tun? Er tat gar nichts. Ein junger Mann tat etwas. Er kam aus einem der Geschäfte am Straßenrand oder den am Morgen schon wieder geöffneten Cafés, querte mal eben durch das Gewusel der Autos und Motorräder die Fahrbahn, klemmte sich den alten Herrn unter und mit ihm an der Seite brachte er den Verkehr zur Vernunft. Brav hielten sie an und bildeten ein Spalier. Er strahlte. Strahlte, dass der Bürgersteig vergoldet schien. Aber das war nicht das Besondere. Es strahlte auch der junge Mann. Er freute sich derartig, dass man glatt neidisch werden konnte, es ihm nicht weg geschnappt zu haben, diese Aufgabe, den alten Kirchendiener sicher und gemeinsam über diese Klippe der schon längst veralteten Moderne – denn was braucht es noch Autos?! – geführt zu haben.

,Wie ärgerlich', denke ich, ,als ich solche Aufgaben in einem Altersheim wahr genommen hatte, habe ich auch so gestrahlt oder nur ernsthaft geschaut, wie wichtig und schwierig diese Arbeit sei? Wie schade', sage ich mir noch im Nachhinein, ,du hast dir selbst und anderen nichts gegönnt.'

15:42 Uhr gct

beginnt zukunft mit dem was wir tun?
oder verlängert dies eher die vergangenheit?

kann zukunft anfangen, dann wenn wir es sein lassen,
das das-war-schon-immer-so und die routine, das normale und besonders: das böse?

ist zukunft da, wo wir ihn
da sein lassen?

15:43 Uhr vft

Wenn die Menschwerdung Gottes den Gedanken beinhaltet, dass Gott sich hineinbegibt in die Begrenztheiten menschlichen Lebens, gilt das dann auch für alles Denken? Das heißt etwa, je eher Gott widerlegt werden kann, umso näher sind wir an der Wahrheit? Jesus selbst setzt sich der Möglichkeit aus, abgelehnt zu werden und hält es aus ohne selbst abzulehnen, also dies Verhalten seinerseits zu legitimieren.

Gott suchte sich durch die Menschwerdung selbst zu widerlegen, die methodisierte Feindesliebe. Um der Wahrheit willen, suche deine Feinde auf!

15:44 Uhr nsr

MALER

Komme mir vor wie ein Maler, der, bevor er sein Erstes großes Bild malt, zunächst alle vorherigen Werke studiert. Und sich sie nicht nur genau ansieht, sondern nachzeichnet, Proportion, Farbe, Ausschnitt, Linienführung und immer fort variiert und ausprobiert wie sie wirken. Er traut sich noch nicht ans eigene Werk. Da er immer neue Malereien entdeckt – kommt er noch zum eigenen Gemälde? Traut er sich noch selbst zu malen?

15:45 Uhr ndt

Er ging ins Café und bestellte ein Frühstück. Die Dame, die bedient und er, sie kennen sich seit Jahren. sie begegnen einander ausschließlich hier im Café. Er kommt meistens immer am gleichen Wochentag und um die gleiche Uhrzeit, morgens, eigentlich noch bevor das Café geöffnet ist nimmt er schon Platz und erwartet auch nicht, dass er bedient wird ehe alles vorbereitet ist. Sie mögen sich. Er bricht auf, verabschiedet sich von ihr und geht. Sie ist glücklich. Er hatte vergessen zu zahlen. Er kehrt um und will bezahlen. Es ist eine Kollegin da. Sie prüft die Bestellungen. „Nein, da ist nichts offen. Da ist alles bezahlt." Verwirrt verlässt er das Café. War das jetzt Zechprellerei? Hat sie für ihn bezahlt?

Wie kann er wiederkommen, ohne das anzusprechen?

Aber wie soll er es ansprechen, ohne dass es peinlich wird?

Sie hatten jetzt ein Geheimnis.

Erschien sie ihm bei der Verabschiedung darum als so glücklich, weil sie jetzt endlich die Chance zu einem solch ganz und gar unverfänglichen Geheimnis sah?

15:46 Uhr när

Kairo-Flughafen, vor der Schleuse dem Zugang zum Flugzeug für den Flug nach Wien. Der Raum ist gut gefüllt. Dies Warten mit vielen im Raum lässt eine merkwürdige Stimmung entstehen: Eine Gemeinschaft, mit der man keine Gemeinschaft haben möchte, weil man weiß, wenn das der Fall wäre, wäre es höchstwahrscheinlich ein Notfall. Und darauf würde man ja gerne verzichten. Also besteht schon im Vorfeld wenig Neigung auch nur irgendetwas in die Richtung hin zu tun, das zu einer Gemeinschaft führen würde, aus Angst davor, sie nötig zu haben.

15:47 Uhr när

Dank Mobiltelefon und ihren elektronischen Hilfen kann ich auf der Fahrt nach Alexandria genau sehen, wo ich gerade bin. Aber erst wenn ich sagen kann, wie der Ort heißt und ich weiß in welcher Beziehung dieser Ort zu anderen mir bekannten Orten steht, bekomme ich den Eindruck zu wissen, wo ich bin. Die Frage, wo bin ich?, enthält also die Frage nach der Menschheit, zum Gesamt der bekannten Welt, weil sie voraussetzt, dass ein Ort zu einem Gefüge von Orten gehört, die nebeneinander bestehen und prinzipiell unabgeschlossen und damit weltweit sind. Eben waren wir in Banha. Auf dem Weg nach Tanta. Banha ist der nächst größerem Ort nordwestlich von Kairo. In Tanta sah ich in einer Moschee, wie Derwische sich in einer Reihe zu Gesang gleichmäßig nach links und nach rechts bewegten. Ich bewege mich gegenwärtig gar nicht, sondern lasse mich bewegen, gleichmäßig nur in eine Richtung.

15:48 Uhr

In Subotica – was mache ich hier? Etwas völlig Verrücktes: Kümmere mich um die Bleibe für eine Roma-Familie, die nicht in meiner Gemeinde bleiben kann.

Nicht weil es die Gemeinde nicht wollte, sondern weil es der deutsche Staat nicht will. Auch über 60 Jahre nach dem Zweiten Weltkrieg und den Verbrechen an Roma nicht. Wären alle Roma Juden, würde man mit ihnen auch so umgehen? Die Schikanen, die ihnen in verschiedenen europäischen Ländern angetan werden – ist das anderes als Anti-Gitanismus? Eine Form von Rassismus? Gerade im Bus von Subotica nach Belgrad aus einer Dokumentation gelesen, dass der serbische Staat ein Gesetz einführen will, dass es verbietet, dass serbische Staatsbürger Asylanträge im Ausland stellen. So werden Roma doppelt stigmatisiert. Als Minderheit im Land den Blechhütten und Rattenlöchern überlassen und wenn sie aus dem Ausland nach vergeblichen Asylanträgen in die Heimat abgeschoben werden völlig legal diskriminiert. Ihnen wird – wenn sie denn einen Pass haben – dieser abgenommen. Oder in die vorhandenen Papiere etwas eingetragen, dass sie von den örtlichen Behörden geschnitten werden, z. B. keinen Anspruch auf Gesundheitsversorgung haben, niemand zahlt für sie. Und sie fliegen aus Krankenhäusern raus. Nur weil unsere Staaten es nicht ertragen wollen, dass Menschen selber entscheiden, wo sie leben möchten.

15:49 Uhr nft

Warum es ratsam ist in bestimmten Konfliken sich beizeiten aus dem Weg zu gehen um so früh wie möglich an anderer Stelle wieder zusammen kommen zu können:

1. Der Streit signalisiert Verbundenheit.
2. Um den Streit austragen zu können, bedarf es verschiedener Ressourcen. Diese sind – fast alle – begrenzt: Die Ressource der
   a) gemeinsamen Überzeugungen;
   b) zur Verfügung stehenden Zeit;
   c) der seelischen Kraft, Geduld aufzubringen und den Perspektivwechsel zu üben;
   d) der geistigen Kraft, die Dinge zu ordnen und zu beurteilen;
   e) Partner für externe Reflexion und das Erleben von Verbundenheit, das im Streit bedroht wird;
   f) der Liebe, im Anderen den Streitpartner zu sehen.

3. Wenn ein Streit von der Art ist, dass auch nur eine Ressource droht auszugehen ist dringend geraten, Abstand zu nehmen, weil sonst durch ein Trauma – Verzehr der zur Verfügung stehenden Kräfte und Möglichkieten – (im schlimmsten Fall) der Eindruck entsteht, der Streitpartner sei ein Gegner, den es zu vernichten gelte oder dem auf Dauer ausgewichen werden müsste. Beides würde den Konflikt verstetigen.

4. Ein Frühes aus dem Weg gehen bewahrt die Ressourcen, damit sie zur Verfügung stehen, wenn an anderem Ort zur anderen Zeit ein Zusammensein wieder ansteht und die letzte der unerschöflichen Ressource nicht weiter verstellt wird: Die Liebe, die im Anderen den Streitpartner sieht. Sie ist so etwas wie die Basisressource. Weil sie unbegrenzt zur Verfügung steht, begründet sie alle anderen. Nur im Zusammenspiel mit den anderen kann ein Konflikt gelöst werden. Allein und nur allein mit der Liebe geht es nicht, sie bedarfs der Begrenztheit des Lebens um wirksam zu sein.

15:50 Uhr npt
In Schriftzeugnissen, die von Gott sprechen, kann das, was mit Gott gemeint ist in jedem der Texte anders sein. In jedem Fall ist es eine geistige Wirklichkeit und damit bezogen auf die Menschen wirksam wie jede andere Wirklichkeit auch.

15:51 Uhr gst
ge-geben-heiten
leib
leben
liebe
denken
lob

ge-nommen-heiten
all das ohne dank

also
be-nommen-heit

15:52 Uhr näd
MAKAM

Lieber U.,

das muss ich dir unbedingt erzählen! Es ist erst vielleicht knapp ein Monat her, da wurden wir nach einem Gottesdienst in der griechisch-katholischen Gemeinde von Kairo-Heliopolis von einer sehr netten Dame in ihrem Auto bis vor die Haustüre gefahren. Sie bot es uns spontan an und wir sagten zu – wir haben ja gelernt. Das letzte Mal, dass sie uns fragte, ob sie uns mitnehmen könne, war gewiss schon ein halbes Jahr her und wir wollten damals unbedingt sowohl den Hin- wie auch den Rückweg zu Fuß zurück legen, so sehr hatten wir uns darauf gefreut und darum abgelehnt, auch mit dem Gedanken, es bietet sich schon noch einmal eine andere Gelegenheit dazu. Aber wir sind in Kairo. Da bietet sich keine andere Gelegenheit. Und wenn, ist diese aus anderen Gründen völlig anders. Das ewig gleiche Leben in dieser Megacity ist ein einziges Paradox, keine Sekunde gleicht der anderen auch wenn äußerlich alles gleich zu sein scheint. Einmal eine Gelegenheit verpasst – sie ist für immer weg. Also sagten wir zu. Und mussten erst einmal einen schönen Spaziergang zum Auto zurücklegen – da hatten wir ihn gleich mit! – denn Parken in Korba, dem zentralen Stadtteil von Heliopolis, ist eine Kunst. Auf der Rückfahrt erzählte sie uns von einem Kulturzentrum in unserer Nähe, wo es einmal alles Mögliche gegeben habe, vielleicht so ähnlich wie in Deutschland und Dänemark die Volkshochschulen, aber ob es das noch gäbe? Keine Ahnung. Schon am nächsten Tag war ich dort.

Es bot sich gerade zu an, weil im Gebäude nebenan, dem „Zentral", wie es genannt wird, ein Schalter ist, an dem man Fahrkarten für die ägyptische Eisenbahn kaufen kann. Für mich genial einfach bei den vielen regelmäßigen Fahrten nach Alexandria, ich muss dafür nicht umständlich zum Hauptbahnhof. Nach dem Kartenkauf eben kurz zum Nachbargebäude. Ein interessanter Rundbau, der jeder Kleinstadt die Ehre geben würde, jetzt aber neben dem Klotz „Zentral" und den Zwölf- oder Dreizehnstöckigen hochgezogenen Wohnblocks ringsum und an der Hauptverbindungsstraße nach Suez, kaum der Rede wert. Gerade hatte ich den Eingang gefunden, da wurde ich schon ins Zimmer der Leiterin geschickt, Frau R. Warum ich denn gekommen sei und wer ich wäre und was ich in Kairo machen würde und warum ich überhaupt an alle dem Interesse hätte: Denn ich fragte nach jemandem, der oder die mir Geigenunterricht in arabischer Musik gegen könnte. Sie schrieb fleißig mit, gab mir ihre Visitenkarte und lud mich zu einem Konzertabend mit Film und Liedern von FARID EL ATRASCH ein.

Das war – anderthalb Wochen später – ein Abend mit einem Huldigungsfilm zu einem in Ägypten unter der älteren Bevölkerung sehr bekannten Sänger, Komponisten und damals weltbesten Oud-Spieler, einem sehr langem Podiumsgespräch mit Drei bzw. Vier Kennern der Materie und einigen wunderbaren Stücken von ihm. Auf der Oud gespielt von – wie ich nachher erfuhr – seinem Sohn. Kurz vor Beginn der Veranstaltung kam R. zu uns und gab mir einen Zettel mit einer Telefonnummer und einem Namen – der Geigenlehrer, der ideal für mich sei, auch der englischen Kommunikation fähig.

Es dauerte wieder eine Woche bis ich ihn anrief. Also, das mit der englischen Kommunikation war nicht so ernst gemeint. Es klappte irgendwie. Und er wollte gleich am Abend kommen. Ach ja, wir sind in Kairo. Warum nicht? Acht Uhr pm. Er klingelte auf die Minute an der Tür und ein ausgesprochen freundlich wirkender Herr, in den Fünfundvierzigern und ein wenig breiter gebaut als meine Wenigkeit betrat mit Mantel – es ist bei Sechzehn Grad tagsüber Winter in Kairo! – und Geigenkoffer unsere Wohnung. Er trank Tee und wir kamen ein wenig ins Gespräch, wie es mit arabischen Floskeln, Händen und Füßen und ein klein wenig englisch eben so geht. Wir vereinbarten die Rahmenbedingungen – wobei ich nicht weiß wie „ägyptisch" das ist, aber für mich war das wichtig, damit ich mich wohlfühle – und los ging's.

Zunächst hatte ich die alten Tonbezeichnungen zu lernen. Sicherlich kannte ich sie, aber hatte ich sie verinnerlicht? Do Re Mi Fa Sol – da hörte es schon auf, und was war nochmal was? Dann ging's ans Stimmen. Und da fiel mir schon auf, dass es so anders klang, wenn er Zwei Saiten auf einmal spielte. Ich begriff es nicht. Spielte ich falsch? Was war das? Mein Stimmgerät half,

hier übrigens üblich auf Vierhundertundvierzig Hertz geeicht.

Dann kam die nächste Lektion: In Ägypten sei die Geige anders gestimmt. Nicht GDAE, sondern GDGD. Bitte?! Dann bräuchte ich eine Zweite Geige. Er sah mich etwas erstaunt an. Ich hatte nämlich einen Horror vor dem Stimmen mit Hilfe der Wirbel. Noch aus meiner Zeit, als ich Viola spielte, war das ein Trauma. Wie glücklich war ich, als die Feinstimmer üblich wurden und ich nur noch die Feinjustierung machen musste. Meine Wirbel saßen, einmal verstellt, nie mehr wirklich richtig – also: Never change a running system. Das saß immer noch tief.

Er meinte, das sei doch kein Problem, wenn er „classic" spielen würde, stimmte er eben um – und danach eben wieder zurück! Nahm mein gutes Stück und stimmte es um. GDGD, Quint, Quart, Quint, fertig. Interessant. Ich übernahm die Feinabstimmung und war überwältigt als ich die leere G-Saite, klassisch A-Saite, spielte: So hat meine Geige noch nie geklungen! Sie war aus dem Häuschen! Sie vibrierte mit allen Fugen und Flächen, so dass ich schon fast Angst hatte, sie würde mir gleich auseinander fliegen und dachte – ist meine Geige – die Leihgabe eines Freundes – eigentlich eine arabische „Kamanga"?

Aber wie sollte ich mir die Fingersätze merken, wenn doch jetzt plötzlich mitten drin die Quart statt der Quint steckt? Ich beschloss aus dem Stand arabische Musik *ohne Noten* zu lernen – was für Ägypter kein Novum ist, hier spielen sie fast alles ohne Noten. Zur Erinnerung schreibe ich die Namen auf. Auf Arabisch.

Eine interessante Ansicht, sage ich dir: Da haben im Mittelalter in Europa Mönche mit Hilfe eines lateinischen Hymnus' ein Tonsystem verfasst, in dem „Dominus" an markanter Stelle vorkam, was später den Tonnamen „Do" ergab – und das hatte ich jetzt vor mir auf dem Notenständer auf Arabisch stehen: دو . War da mal 'was vom Kampf der Kulturen?

Weiter gehts: Wie ein „b" benannt wird und wie ein „#", ok. C-Dur-Tonleiter. Auch gut. Do Re Mi etc. mit den Ganz- und Halbtonschritten markiert. Geschenkt. Und dann nächste Lektion. Und auf einmal sah ich mich in den Kurs ‚Harmonielehre' an der Musikschule Bonn versetzt: Unter lauter lerneifrigen Klavierkünstlern, alle in meinem Alter und ich als absoluter Außenseiter mitten unter ihnen, wo uns der begeisternde Lehrer die Kirchentonarten erklärte. So jetzt hier: Die Halbtonschritte bleiben zwischen den gleichen Tönen – also zwischen e und f sowie h und c – aber die Tonleiter beginnt mit B. Und wie es anders klingt! Völlig anders! Und dass das im Arabischen nicht „Leiter" heißt, sondern „Makam", in der Literatur oft mit „Maqqam" wieder gegeben.

Später sah ich nach, was das heißt. Im Hocharabischen nichts anderes als „Ort". Das leuchtet auch ein. Denn er stellte mir die ‚Makam Kurd' vor. Und die ‚Makam Hägis' – das ist der arabische Name für die arabische Halbinsel, heute Saudi-Arabien genannt. Es sind die Tonsysteme dieser Landschaften. Mir rauchte der Kopf. Schnell machte ich mir Notizen, damit ich nicht alles umgehend wieder vergaß, er spielte mit Hilfe dieser Makams einige Tonfiguren, die ich sogleich – ohne seine Künste der Halb- und Vierteltöne – nach zu spielen versuchte und zurück ging's zu den Tonleitern, halt, plural Makamat. Ich war fix und alle. Und irgendwie glücklich, wie einfach der Einstieg gelungen ist. Und im Übrigen gab er mir noch so nebenbei allerlei Tipps z. B. zum Greifen aber vor allem zum Bogenstrich – ein altes Problem bei mir. Ich war es gewohnt den Bogen mit Druck zu spielen. Es muss ja klingen, dachte ich immer. Das hat wahrscheinlich tiefe psychologische Wurzeln. So wie mir während so mancher Probe immer wieder etwas durch den Kopf ging, das wie eine angewandte Therapie auf mich wirkte: Es könne nichts aus sich heraus einfach klingen, alles müsse gemacht und gedrückt und gepresst werden: Also – Entschuldigung, aber es passt – Scheiße. So war das bei mir zu Hause. Und jetzt nimmt er meinen Bogen und zieht ihn über die Saite wie ein Kind die Spielzeugeisenbahn über die Holzspur – alles leicht und einfach und das Tollste, was ich kaum zu glauben wagte: Ja, es klingt!

Das, lieber U., wollte ich jetzt einfach mit dir teilen!
Mit besten Grüßen
Dein

15:53 Uhr cft

Jünger sein heißt Gott lernen, wie Kochen oder Autofahren – so einer der Brüder in Steyl.

15:54 Uhr ndr

In Alexandria steht das Haus für die Arbeit mit Seeleuten, früher Seemannsmissions genannt, direkt gegenüber einem der größten Gefängnisse von Alexandria. Im Gefängnis werden Fensterplätze vermietet, um von dort aus sich mit Familienangehörigen oder auch Kumpels zu verabreden oder auch nur auszutauschen. Tagsüber bis weit in die Nacht ein ziemliches Gebrülle. Zwischen dem Haus und dem Gefängnis die Bahnlinie Kairo-Alexandria. Immer wenn ein Zug sich nähert warnt der Zugführer die Menschen, die im Gleis stehen, sich rechtzeitig in Sicherheit zu bringen. Dazu ertönt eine durchdringende Hupe. Es gibt die Anfrage, diese Arbeit zu übernehmen. In dieser Nähe zum Gefängnis sehe ich die eigentliche, die menschliche Herausforderung. Habe ich davor Angst? Über dem Eingang bringe ich ein Schild an mit der Aufschrift: ‚Für wen ich heute bete'? Und beziehe die Namen der politischen Häftlinge von amnesty international mit ein? – Es kam nicht zum Vertrag.

15:55 Uhr npr

Wenn mein Zahnarzt den Behandlungsstuhl zurückfährt sehe ich an der Decke eines seiner Gemälde. Das hat den Vorteil, dass der Patient was zu gucken hat und der Zahnarzt hat in seiner Praxis zugleich seine eigene Ausstellung. Das surrealistisch angehauchte Bild war Anlass für ein längeres Gespräch über das Phänomen der farblichen Differenz-Konstanz, die in den Jahrhunderten der europäischen Malerei sich merklich veränderte:

- An jeder Stelle des Gemäldes ist eine Farbe gleich: Wenn mit Goldfarbe gemalt wird, ist sie an allen Orten gleich, wenn rot dann rot etc. Es spiegelt die Sicht Gottes auf die Welt wieder, für ihn ist alles gleichbleibende Gegenwart, ohne Wechsel und Veränderung, eine Parmenides-Welt, zu sehen in der Ikonenmalerei

- An jeder Stelle des Gemäldes ist eine Farbe ähnlich: Da steht das menschliche Auge im Mittelpunkt: Je nach Schattigkeit, Lichteinfall, Nähe oder Ferne, die dargestellt werden soll: Rot ist nicht gleich rot, es changiert, von grellrot, hellrot, blassrot bis dunkelrot, selbst wenn es um den gleichen roten Gegenstand geht, der gemalt wird: Die Konstanz des Gegenstandes wird abhängig zu seinem Darstellungsort mit verwandten Farbtönen der gleichen Farbe dargestellt. So in der Malerei der Renaissance, vgl. Leonardo da Vinci.

- An jeder Stelle ist die Farbe selbst für den gleichen gemalten Gegenstand anders: Zum Auge als gedachten Ausgangspunkt tritt die Lichtinvarianz: So wie die Sonnenstrahlen den schwarzen Asphalt in goldenes Licht verwandeln kann, so kann das Licht an jeder Stelle, auf die es fällt andere Segmente der Regenbogenfarben hervorscheinen lassen, auch mitten im grünen Blatt etwas Rotes, die Pferde blau und der Himmel rot, s. Expressionismus.

In der Ikonenmalerei ist jeder Zeit-Raumpunkt zu jedem anderen nur in der Relation zueinander verschieden, in Bezug zur Relation zu Gott gleich.

In der Renaissancemalerei ist jeder Zeit-Raumpunkt nur in Bezug zueinander anders, im Bezug zum Betrachter gleich. Im Grunde keine große Veränderung, nur dass die Zentralperspektive an die Stelle der Allgegenwart Gottes getreten ist.

Chirocco verwirrte, weil er die Invarianz der Farben wie in der mittelalterlichen Malerei wieder einführte und schuf den metaphysischen Realismus.

Im Expressionismus und Surealismus ist jeder Zeit-Raumpunkt zu jedem anderen individuell und mit keinem anderen zu keinem anderen Zeitpunkt gleich. Nur darin sind alle Zeit-Raumpunkte gleich: Das ist der Zusammenhang durch Differenz.

Was als zusammengehörig dargestellt wird, wie in dem Bild über mir beim Zahnarzt, etwa ein Brett, eine Sandbank, Himmel, Meer, erscheint an keiner Stelle mit einer anderen Stelle gleich, aber mit jeder benachbarten ähnlich: Nicht in allem anders aber mit manchem unterschieden: Differenz-Kohäsion.

Die Ikonenmalerei zeigt die Invarianz-Konstanz.

Die Renaissancemalerei die Differenz-Konstanz.

Der Expressionismus zeigt die Differenz-Kohäsion.

Vermutlich haben die Impressionisten und Expressionisten diese Farb-Differenz-Kohäsion gerade bei den alten Meistern, wie Rembrandt u.a., entdeckt: Die Haut des Mädchens im Gemälde, das Rubens von seiner Tochter Clara gemalt hat, erscheint als das eine Gesicht, genauer betrachtet ist fast das gesamte Farbspektrum zu sehen.

15:56 Uhr cfr

Vertrauen kann in Richtung Ganzheit gehen: Es wird die Integrität, das ist Ganzheit, Ungebrochenheit, Uneingeschränktheit und Widerspruchslosigkeit der Person zuerkannt, der man Vertrauen schenkt. All das lässt sich nicht beweisen, allenfalls widerlegen. Was bedeutet diese Asymmetrie?

Vertrauen kann in Richtung Zukunft gehen: Du bist treu – auch in kommenden Tagen, Monate und Jahre.

Vertrauen geht in Richtung Vergangenheit: Du warst treu – auch wenn ich das nicht beweisen kann.

Was ist Misstrauen?

Der verzweifelte Versuch, das, was Vertrauen leistet, beweisen zu wollen? Also die Herrschaft der Gegenwart – „das ist so" über die anderen Zeitformen in der via negationa: „Das ist so nicht", jedenfalls solange, wie nicht das Gegenteil bewiesen wird. Das aber ist bei Abwesenheit des Behaupteten unmöglich. Irak konnte nicht beweisen, dass es keine Atomwaffen hat. Was nicht vorhanden ist, kann nicht bewiesen werden.

Skepsis ist das Vertrauen, dass das Misstrauen unberechtigt ist – es muss nicht bewiesen werden, dass etwas nicht stimmt oder nicht da ist – was logisch nicht geht, s. o. -, sondern, dass das, was stimmt sich zeigt: Was ist, beweist sich.

Skepsis ist das gereifte Vertrauen des Erwachsenen?

Kinder als die Genies im Vertrauen vervollständigen zum Guten, zum Ganzen, zum Heil, was ihnen nur teilweise, bruchstückhaft, vereinzelt, partiell, unzusammenhängend begegnet.

Nihilismus ist das Vertrauen, das, was einem begegnet, zum Nichts, Tod, Untergang, Zerbrochensein ergänzt, als Vertrauens-Leistung, also auch ein Kind der Liebe. In seiner negativen Vollständigkeit wie das kindliche Vertrauen.

In der Armee wird beides harmonisiert: Vertrauen in den Vorgesetzten. Nihilismus in den Feind.

Die Kunst ist, das Vertrauen aufzubauen und abzuspalten, also zu unterscheiden, wem du vertraust und wem nicht. Vertrauensbruch als Erfahrungsvoraussetzung für das Funktionieren des Militärs? Organisiert? In der Spaltung von Hauptmann, und anderen höherrangigen Vorgesetzten, und Spieß, der sich um seine Soldaten kümmert. Wie der Vater der schlägt und die Mutter die tröstet.

Nach Luther ist der Mensch vor Gott Sünder. In Christus „wird die Person von der Sünde weggerissen, nicht die Sünde von der Person": Es entsteht eine neue Person als Christus in mir: Gott als Ganzheit in Jesus Christus in mir.

Wenn Christus das All ist, ist das All eine Person. Und zugleich Teil und Ganzes?

In meinem Bild zieht der Christus zwischen uns – so wir ihn dort zulassen und nicht mit anderem, wie etwa einer Waffe oder mit Geld in der Hand von uns fern halten – die Sünde in mir und dir an sich, dekontaminiert dich und mich; er vergiftet sich an meiner und deiner Sünde, so dass du – wie ich – ebenso wie andere, nicht mehr länger an den Folgen meiner Irrtümer, Fehler und Bosheiten leiden musst. Du und ich, wir bilden ihn gemeinsam, Christus.

15:57 Uhr cfr
GLÜCK UND GOTT

Da wohnt ein Sehnen tief in uns,
o Gott,
nach dir,
dich zu sehn,
dir nah' zu sein.

Kirchenlied, Gotteslob Nummer Siebenhundertundneunundneunzig

Die Derwisch-Lösung des Sufi-Glaubens:

Da wohnt ein Sehnen tief in Gott,
o Mensch,
nach dir,
dich zu sehn,
dir nah zu sein!

Die Legende: Der allezeit Betende und sich Kasteiende und sich verzweifelnd Fragende, ob er auch alles getan habe, um Gott zu gefallen, wird eines Tages von Gott gefragt: ‚Und, gefalle ich dir?' ‚Aber ja!', rief er, sprang auf und voll Freude fing er an, sich im Kreis zu drehen.

15:58 Uhr cfr
Der Ausdruck „von Neuem geboren werden" im Johannesevangelium (Johannesevangelium Kapitel Drei Vers Drei folgende) ist radikal. Mein Erster Kollege in der Gemeinde hätte das entschieden abgelehnt: Der Mensch bleibt immer derselbe. Wenn ich an mich denke, ist es – bestenfalls – ein fortwährender Übergang. Dennoch, die Radikalität der Neugeburt bleibt. Beides ist wichtig: Der Bruch im Neuanfang – was zugleich ein schrittweises Hinwachsen (!) nach der Neugeburt ist – und: Dass kein Bereich ausgelassen wird. Das ist eine umgekehrte Revolution: Revolution ist erst Herrschaftssturz und dann Herrschaftsaufbau. Hier: Neuwachstum, Aufbau und das führt zum Herrschaftssturz, siehe Magnifikat, Lukasevangelium Kapitel Eins Vers Zweiundfünfzig.

15:59 Uhr cfr
Jesus, der zwischenmensch:
mit meinem unbedingt-wirken-wollen, stand ich jahre
	Jesus im weg.
meine ohnmacht nicht ganz gelebt.